MY BOSS

#Undone

MÉLANIE MARCHANDE

MY BOSS

#Undone

Traduit de l'américain
par Stéphanie des Horts

EDITIONS PRISMA

Titre de l'édition originale :
HIS SECRETARY #UNDONE

Responsable éditoriale : Ambre Rouvière
Correction et composition : Nord Compo Multimedia
Conception graphique de la couverture : Chloé Sadoun
Photographie de couverture : © dariyad/fotolia

ISBN : 978-2-8104-2141-1

PEFC
10-31-1601
Certifié PEFC
pefc-france.org

Depuis 2009, Prisma Media met en place une politique d'achat éco-responsable. Ainsi, près de 100 % du papier de nos magazines est certifié PEFC (gestion durable des forêts). La fabrication des livres des Éditions Prisma s'inscrit également dans cette démarche.

Chapitre 1

Je vais lui balancer un cendrier à la figure !
Bon d'accord, je me calme. Mais vraiment…

Mon boss est absolument insupportable ! Je veux dire : avec un grand I ! Il ne s'intéresse qu'à lui, et à la rigueur à sa Lamborghini. C'est le plus grand des enfoirés, des super riches enfoirés ! Je suis sûre que son majordome a lui-même un majordome. Il est suffisamment riche pour acheter des politiciens à la pelle s'il veut. Il croit dur comme fer aux vertus du travail bien fait, un concept que naturellement il ne s'applique que rarement. Ses journées sont une suite de mondanités sans fin, champagne à la main, il papillonne et tout le monde le trouve oh-si-merveilleux avec son sourire oh-si-faux. Tout le monde sauf moi.

Ah oui, est-ce que j'ai précisé qu'il avait l'allure d'un mannequin pour sous-vêtements ? Et voilà ma vie : assise derrière un bureau minuscule, juste à l'entrée du sien, je trie le courrier, gère l'agenda et réponds aux coups de fil de monsieur Adrian Risinger ! Quand j'ai de la chance, il ne me voit pas. Mais la plupart du temps, il me convoque dans son antre au moins quatre à cinq fois par jour, et me pose mille questions indiscrètes jusque sur ma vie personnelle !

Cela m'a pris des années avant de comprendre que je pouvais l'envoyer balader. Et il adore ça. Quand je me mets vraiment en colère, il m'offre un sourire comme si c'était une faveur, un sourire carnassier qui n'a rien à voir avec la façon dont il charme ses associés. Non, moi il me fixe, comme un prédateur devant sa proie. J'en rêve la nuit.

Je déteste ça !

Il y a deux raisons pour lesquelles je ne démissionne pas. La première est économique évidemment. Je ne vais pas cracher dans la soupe. Qui le pourrait ? La seconde, c'est que je culpabilise. C'est mon côté tordu ! Je songe qu'il va avoir un mal fou à me remplacer. Personne ne serait capable de tenir ce poste. Il en a eu des flopées d'assistantes avant moi. Aucune d'entre elles n'a tenu plus de quelques semaines. C'est assez dingue je sais, mais je suis incapable de le laisser patauger dans la semoule. Je dois développer le syndrome de Stockholm, non ?

Ça, c'est pour ma vie professionnelle. Le reste ne vaut guère mieux. Mes parents sont aussi froids et méprisants que mon boss. C'est sûrement ce qui explique mon addiction au personnage. Je devrais peut-être faire une psychanalyse… Mais quel que soit le point de vue adopté, le fait est que je ne trouverai pas d'amour ni de tendresse auprès d'eux. Tous mes amis se sont envolés après le bac, ou bien ont cessé de me rappeler parce que je ne savais que me plaindre amèrement d'une situation dans laquelle je m'étais plus ou moins enfermée toute seule. Parce que non content de pourrir ma vie professionnelle, Adrian Risinger se plaît aussi à ruiner ma vie privée !

Il y avait une chose qui me rendait vraiment heureuse dernièrement. Une chose qu'il ne pourrait pas détruire. Enfin, c'est ce que je croyais bêtement.

Tout a commencé parce que je surfais sur Amazon un soir où j'étais un peu pompette. Je cherchais des ouvrages de *self-help* du style « Comment gérer son quotidien avec un boss impossible » parce que mes problèmes avec M. Risinger pourraient tout à fait se retrouver dans un manuel de survie en milieu professionnel hostile, non ? Oh… soyez indulgents, j'étais désespérée.

Bref, je faisais donc défiler les pages quand soudain ce bouquin m'a sauté aux yeux. Littéralement. Pourtant ce n'était pas du tout ce que je cherchais : la couverture montrait en gros plan un homme en train de glisser ses boutons de manchettes dans la fente de sa manche de chemise. Et pourtant, surtout avec le whisky que j'avais avalé, c'était la vision la plus diablement sexy !

Le titre était : *My boss*.

Alors j'ai cliqué dessus ! Pourquoi pas après tout ?

C'était de la *new romance*. Et je m'en suis vite rendu compte au fur et à mesure que je le feuilletais : pas une de ces histoires cuculs avec des filles qui rêvent de se marier, ni même une classique histoire de tripoteur. Non, non, rien de tout cela.

Celui-ci était beaucoup plus excitant et assez… pornographique ! C'était même le meilleur truc que j'aie lu depuis des lustres ! Sans m'en rendre compte, ma main est descendue le long de ma culotte. Depuis quand je ne m'étais pas caressée ? Quelque chose dans la liaison de cette fille avec son boss multimillionnaire très très sexy était d'un érotisme torride. Je n'en avais lu que cinq pages et je soupirais et frissonnais dans mon fauteuil, le corps entier vibrant dans un plaisir oublié depuis trop longtemps.

Cette nuit-là, j'ai dormi comme un bébé pour la première fois depuis longtemps. Et la nuit suivante, j'ai terminé le livre. Et je me suis caressée encore. Et encore. C'était infiniment bon. Mais j'étais un peu triste d'avoir lu la dernière page.

Alors j'ai découvert que l'auteur, une certaine Natalie McBride, avait écrit toute une série : *My boss : attachée* ; *My boss : nue* ; *My boss : libérée*… Naturellement, je les ai commandés illico… et dévorés dans la semaine, et ça a été la plus belle semaine de toute ma vie !

Si M. Risinger s'est rendu compte de quelque chose, il ne l'a pas montré. De toute façon, c'était une période où il était bien trop occupé pour s'apercevoir que sa secrétaire était tout émoustillée. Tant mieux car même s'il ne pouvait en connaître la raison, il aurait certainement trouvé une raison de critiquer. Donc tant mieux.

Je bouillais d'impatience à l'idée de lire le prochain tome et je me mis à vérifier tous les jours s'il n'était pas sorti. Bien sûr, j'aurais pu m'abonner à la *newsletter* de l'auteure ou rejoindre son FB mais j'adore entretenir le mystère. Je préfère avoir la surprise. Mon petit plaisir à moi.

Bon j'avoue, cela n'a duré qu'une journée. Parce que je n'y tenais plus ! J'ai rongé tous mes ongles et me suis précipitée sur FB. Une suite est prévue dans un mois ! L'auteur poste des *teasers* suggestifs, et je suis tellement excitée ! J'ai rapidement découvert que je ne suis pas la seule. Nous sommes des millions de fans, lecteurs avides sur les charbons ardents, guettant le prochain Natalie McBride. Je fais partie des *addicts*. C'est comme une drogue. Je me demande comment les autres survivent à cette impatience fiévreuse.

Et enfin, enfin le jour glorieux arrive. J'attends désespérément l'e-mail de confirmation de ma précommande pour télécharger le livre. Mais rien n'arrive. Finalement, épuisée et déprimée, je rafraîchis ma boîte mail une dernière fois avant de me coucher. Et ça y est, il est là !

En râlant, je me jette sur ma tablette et m'enfonce dans mon lit. Juste quelques pages, je me dis, parce que dans sept heures, il faut que je sois au bureau.

Juste quelques pages…

Le soleil est levé quand je termine le livre, les yeux chassieux et fébrile à cause du manque de sommeil. Je me précipite sous une douche brûlante et me convaincs presque que je peux tenir jusqu'au soir mais je sais que la journée va être rude. Oh la la… et ce n'est rien de le dire.

M. Risinger semble être sur le chemin de la guerre, pas contre moi heureusement, mais je sens que je ne vais pas y échapper. Il me hurle dessus, et même dans mon état second, je remarque que lui aussi a de lourds cernes noirs sous les yeux. Je suis sur le point de compatir jusqu'au moment où il me dit d'arrêter de regarder des idioties à la télévision toute la nuit.

Mais quel sale type sexiste ! Je ne lui avouerai certainement pas que j'ai effectivement passé ma nuit à lire un roman érotique. C'est mon problème, pas le sien !

Quand je rentre chez moi, je suis épuisée, impossible de me reposer. Je fais les cent pas dans mon appartement puis saisis ma tablette et cherche les passages qui m'ont enflammée. Mais je la repose car mes yeux se ferment, je n'arrive pas à me focaliser sur le texte. Finalement, je prends mon ordinateur et je commets l'impensable.

J'écris un e-mail à Natalie McBride.

Je me mets à nu. Je lui raconte tout ce que ses livres représentent pour moi, combien ils m'ont offert une échappatoire indispensable à l'enfer qu'est ma vie. Que je culpabilise un peu, car je ne suis pas censée aimer ce genre de livres. Pornographiques je veux dire. Mais il ne faut surtout pas qu'elle se vexe car elle est talentueuse. Et lire un ouvrage érotique, c'est un peu comme sortir avec des copains… Je lui parle aussi de mon boss misogyne, qui serait mort de rire s'il savait à quoi je passe mes nuits… Il n'a rien à voir avec le héros de son histoire, le *bad boy* au grand cœur, dommage.

Je lui dis combien j'aimerais rencontrer un homme comme son héros. Combien je suis seule.

Je lui avoue le peu d'estime que j'ai de moi, à me laisser marcher sur les pieds. Ce n'est pas comme cela que ça devrait se passer. Les femmes sont censées être fortes, modernes et sûres d'elles. Nous ne sommes pas supposées supporter tous les problèmes.

Je lui écris tout cela, et ensuite, pour une obscure raison, je clique sur le bouton « envoi ». Et je m'endors immédiatement dans mon fauteuil.

Le lendemain, je me réveille en retard, enfile des vêtements à la va-vite et saute dans le train qui m'amène juste à l'heure au bureau. Comme je n'ai pas eu le temps de me maquiller, je sais que je vais devoir endurer toutes les railleries de M. Risinger, mais je ne suis pas aussi mortifiée par cette pensée que par le souvenir de ce que j'ai écrit à Natalie McBride pendant la nuit.

J'essaie de ne pas vérifier mes e-mails. Je tiens jusqu'au déjeuner.

– Meghan, chantonne M. Risinger en passant devant mon bureau.

Il s'appuie toujours tout contre moi, dans le genre « rien ne me résiste ». À l'exception de ma mère, il est la seule personne à utiliser mon prénom entier, et qu'est-ce que je déteste ça !

– M. Risinger, dis-je sur le ton le plus neutre possible.

Je sens ses yeux me transpercer et m'apprête à lancer la repartie adéquate…

– Une nuit difficile ?, demande-t-il en faisant glisser ses doigts sur mon bureau, légèrement, juste assez pour rendre sa présence impossible à ignorer. J'ai noté que vous ne chevauchiez pas votre balai de sorcière ce matin, pourtant vous en avez tout à fait l'apparence !

– Oui j'étais justement en concile toute la nuit avec les sorcières du coin, je réponds en tapant comme une malade sur mon agrafeuse. D'ailleurs, on a fait pleuvoir des grenouilles, j'ajoute en couvrant ma bouche dans un geste de chagrin feint. Oh zut, vous ne le saviez pas, vous n'avez pas encore mis le nez dehors pour prendre votre voiture. J'ai gâché la surprise ?

– Des grenouilles, vraiment ? C'est un tour d'amateur. Une sorcière expérimentée comme vous devrait au moins savoir transformer l'eau que je bois en sang frais !

Il prend un petit air narquois, dépose un dossier sur mon bureau et parcourt le texte de ses yeux bleu-gris.

– Oh j'ai bien peur que cela ne soit redondant, comte Dracula, dis-je en me levant. Maintenant, si vous voulez bien m'excuser, c'est la pause déjeuner. Souhaitez-vous que je fasse un crochet par la Croix Rouge ?

Il secoue la tête.

– Désolé Meghan, ça ne vole pas haut, vous ne marquez qu'un demi-point pour cette blague. Essayez d'être plus originale.

Il s'éclaircit la voix, puis s'éloigne en roulant des mécaniques. Je ne remarque absolument pas que sa barbe de trois jours parfaitement travaillée ressemble à celle de Dirk, le héros milliardaire de mes fantasmes !

– Oh, et faites-moi une copie de ce dossier avant de courir vous repaître de la chair des vivants…

– Oh, et vous, vous avez le droit de faire des blagues sur les zombies ? C'est vraiment mieux que ma blague sur les vampires ?, je crie dans son dos.

Mais il ne m'entend pas, il est déjà parti. C'est fou ce qu'il marche vite !

Et sans le vouloir, je vérifie mes e-mails ; pas l'adresse du bureau, non, celle avec laquelle j'ai contacté Natalie. L'adresse secrète avec un pseudo, que même au fond de mon brouillard ensommeillé j'ai eu la présence d'esprit d'utiliser.

Elle a répondu.

Mon cœur bat la chamade, je clique dessus avant de changer d'avis. Je dois savoir.

Meg,

Merci mille fois pour ton e-mail. Cela me fait un bien fou de savoir que mes livres ont une réelle influence sur la vie de mes lecteurs. Ne crois pas que tu es ridicule, sûrement pas. Tu sais, la plupart des gens disent que ce genre de livres n'apporte rien. Mais on a tous besoin de s'échapper de temps en temps.

Ton boss a l'air d'être vraiment difficile. Non pas que je veuille l'excuser mais je suis sûre qu'il ne voulait pas te blesser. Il a sans doute été élevé dans sa bulle pour milliardaire. Comment saurait-il se comporter avec les gens comme toi et moi ? C'est plutôt normal et courant comme défaut. Mon héros, Dirk, est inspiré de quelqu'un qui, crois-le ou non, ressemble beaucoup à ton boss. Bon, j'ai adouci ses traits, pour le rendre plus sympathique. La licence artistique, tu vois ?

Bizarrement, je suis déçue de réaliser que Dirk n'existe pas. Ou que s'il existe, c'est *grosso modo* M. Risinger avec un peu plus d'humanité. Ah non alors ! Assez des salauds !

Je prends une grande inspiration avant de continuer. Natalie s'est montrée sympa, même si elle doit me prendre pour une folle. Je n'ose même pas relire l'e-mail que je lui ai envoyé, je ne me souviens que de bribes de texte. Ça vaut sans doute mieux.

Après quelques phrases toutes mignonnes, elle conclut ainsi :

J'espère que tu m'écriras encore, Meg. Beaucoup de gens ne poursuivent pas nos correspondances, je le regrette. Ils doivent croire que je suis trop occupée. Mais cela m'intéresse de savoir comment les choses tournent avec ton boss. Essaie d'être gentille avec lui, juste pour la journée, juste pour tester. Souviens-toi de ce que Dirk dit à Amanda : s'il la taquine tout le temps, c'est parce qu'elle lui répond. Et il adore qu'on ose se mesurer à lui. Quand tu te disputes avec ton boss, sache que tu fais exactement ce qu'il désire, tu fais voler en éclats sa petite bulle de milliardaire !

Bon, et puis si cela ne marche pas, tu auras une journée entière pour trouver de nouvelles insultes !
Bisous

Natalie

Cela me fait rire. J'essaie de me souvenir la dernière fois que j'ai laissé parler M. Risinger sans le contredire mais il me semble impossible que sa méthode marche. Ce n'est pas parce que cela marche avec Dirk que cela fonctionnera avec M. Risinger. Il me maltraite depuis le premier jour.

Mais la situation n'a rien à voir. Sauf qu'il a réellement commencé à me provoquer quand je me suis mise à lui répondre. Zut ! Et si Natalie avait raison après tout ? Elle m'a conseillé d'être sage toute une journée. Je vais commencer dès maintenant, on verra bien. Je m'empresse de faire ses photocopies et file à la cafétéria chercher un sandwich. Je préfère sortir à midi, mais je suis noyée sous le boulot, donc autant rester sur place.

– Alors, la chasse a été bonne ?, demande M. Risinger en surgissant derrière moi alors que j'ai la bouche pleine de salade de thon. La lumière du jour ne vous aveugle pas trop ?

J'essaie de mâcher doucement, d'avaler sans m'étouffer, Satan rôde sur mon épaule. Je me redresse, esquisse un petit sourire.

– Les dossiers sont sur votre bureau, monsieur.

– Oh, j'adore quand vous me parlez comme ça, ricane-t-il.

Je lui fais face, bien droite, gentille, la parfaite secrétaire. Innocente, un rien railleuse.

– Cette remarque est à marquer d'une pierre blanche, monsieur. Y a-t-il autre chose que je puisse faire pour vous plaire ?

Il me fixe bêtement, essayant de voir si c'est du lard ou du cochon. Finalement, il laisse tomber. Oh c'est trop bon ! Natalie a raison, elle est géniale ! Il passe à côté de moi sans un mot, file à son bureau et claque la porte derrière lui. Il me fiche la paix pour le reste de la journée. Comme s'il avait décidé que je n'existais plus, que je ne valais rien puisque je n'étais pas capable de me mesurer à lui. Et même s'il est particulièrement jouissif d'insulter quelqu'un, je préfère encore ce mépris non déguisé.

À peine arrivée à la maison, je me précipite sur mon ordi et envoie un e-mail à Natalie pour lui raconter. On est vendredi. Puis samedi. Pas de retour. Je suis déçue. Mais elle ne doit pas communiquer avec ses fans durant le week-end. Je suis en train de devenir accro aux réseaux sociaux ! Rien pendant plusieurs semaines. J'y pense de moins en moins. Quant à M. Risinger, il me prend tellement la tête que nous atteignons une nouvelle fois une situation intolérable.

Et Natalie répond. Elle est si contente que les choses s'arrangent pour moi. Elle est désolée de n'avoir pas donné signe de vie avant mais elle a été très occupée. Elle travaille, un job à plein temps, elle n'est pas uniquement romancière. C'est fou ! Il y a des gens qui savent tout faire. Moi je suis incapable de bouger un doigt quand je m'en reviens de l'Enfer. Natalie évoque les difficultés de l'écriture. Quant à la publication, c'est pire : c'est comme voir ses enfants se lancer dans la vie et ne rien pouvoir faire pour eux. Elle est super stressée avec la sortie du livre. C'est pour cela qu'elle a mis du temps à revenir vers moi. Elle espère que je comprends.

Bien entendu ! Je me sens tellement en confiance que je lui écris immédiatement et lui raconte toute ma vie, mes problèmes avec ma famille, les raisons pour lesquelles je me prends la tête avec M. Risinger… Si jamais j'arrive enfin à changer de boulot, je suis persuadée que cela sera grâce à elle. J'arriverai à me guérir de cette mauvaise habitude de toujours tenir tête aux hommes. Enfin, aux mauvais garçons. Oh, la fiction vaut tellement mieux que la réalité !

Elle enchaîne immédiatement, elle est fantastique. Une douce chaleur m'envahit, quelque chose que je n'ai pas ressenti depuis longtemps, cela doit être ça d'avoir une amie fidèle. Je lui raconte que M. Risinger est super sexy, certainement autant que Dirk. Mais je ne sais pas s'il fait aussi bien l'amour aux femmes. Cela l'amuse beaucoup :

Oh vraiment ? Tu sais, j'ai créé Dirk de façon à ce qu'aucun autre homme ne lui arrive à la cheville. Bon, il faut que je rencontre ton M. Risinger.

Est-il aussi sexy ? Je ne sais pas mais quand il entre dans une pièce, voici ce que l'on ressent : `https://www.youtube.com/watch?v=-KT-r2vHeMM`

Oh mon Dieu ! Voilà à quoi je m'attendais plutôt :

https://www.youtube.com/watch?v=BZhfFXEMMI4

Et je pars dans un fou rire pendant une bonne dizaine de minutes. Durant les semaines suivantes, on échange souvent. Plutôt en dehors des heures de boulot. Mais je note bien tout ce qui m'arrive pour lui raconter plus tard. J'ai l'impression de tomber amoureuse. Cela ne me plaît guère. Parce qu'en fait, les filles, ce n'est pas mon truc sexuellement parlant. En plus, je suis persuadée qu'elle est mariée. Non mais de toute façon, c'est bien d'avoir une amie. J'avais juste oublié l'effet que cela faisait. Bon d'accord, ce n'est pas vraiment une amie. Mais cela pourrait l'être…

– Qu'est-ce qu'il y a de si drôle ?

Ignore-le. Fais comme s'il n'existait pas. Non je ne le vois pas. Mais si je le vois. Là juste devant moi. Oh non ! Et toute mon antipathie ressurgit d'un seul coup. Il est impeccable, magnifique. Et cette façon de se déplacer comme s'il venait de soulever des haltères de dix tonnes. Juste comme ça, parce qu'il n'avait rien de mieux à faire à l'heure du déjeuner. C'est sûr qu'il possède un corps de rêve, il doit l'entretenir dans une salle de sport hyper classe. Je me souviens de la scène où Amanda ne peut détacher ses yeux de Dirk en train de travailler ses abdos, elle mouille littéralement sa petite culotte. Je rougis, oh zut, je rougis...

– Rien, il n'y a rien.

– Parfait, continue M. Risinger. Je vous attends dans mon bureau.

Mais je ne bouge pas.

– Maintenant !, hurle-t-il.

Et nous y voilà une fois de plus. Bon, d'accord, allons-y, je pénètre dans l'antre du fauve et ferme la porte derrière moi.

– Asseyez-vous, Meghan.

Il a un air si sérieux... Il a croisé les mains. Cela n'augure rien de bon. Je me demande à quelle sauce je vais être mangée. En fait je ne l'ai jamais vu comme ça. Je ne le reconnais pas.

– Vous vous souvenez, ma chère Meghan, de la clause de non-concurrence que vous avez signée quand vous êtes entrée à mon service ?

– Oui.

– Il n'est pas indispensable que je vous répète ce que vous encourrez si vous ne la respectez pas.

Mais de quoi parle-t-il ?

– Vous avez quelque chose à me reprocher ?

– Non, non. C'est à titre préventif seulement, dit-il en fronçant les sourcils. Cette conversation est strictement confidentielle, c'est bien compris Meghan ?

– Oui, monsieur.

Je sens que je ne vais pas aimer du tout ce qui va suivre. Allô SOS lavage de cerveau…

– Est-ce que vous lisez, Meghan ?

– Je n'en ai pas vraiment le temps, dis-je en pâlissant.

Il jette un coup d'œil distrait sur le côté.

– Vous allez pourtant devoir vous y mettre assez vite. Vous n'allez faire que cela dans les semaines qui viennent. Trois cent mille mots environ à avaler. Je veux que vous connaissiez tout de ces ouvrages. Oh n'ayez pas peur, c'est très léger comme littérature.

Si c'est le genre de Natalie, je veux bien, et plutôt deux fois qu'une ; mais je n'aurai pas cette chance. Il se penche, ouvre le dernier tiroir de son bureau et en sort une pile de livres qu'il dépose devant moi, un par un. Le monde s'arrête de tourner. C'est forcément une coïncidence, ça ne peut être que cela, n'est-ce pas ?

My boss ; *My boss, Déshabillée* ; *My boss, Attachée* ; *My boss*...

Chacun d'entre eux, étalés devant mes yeux... ces sublimes couvertures glacées, si sexy... La moitié de mon cerveau est anesthésiée. L'autre tente de réagir, comme l'ancienne Meg le faisait, celle qui ne suivait pas les conseils de Natalie McBride. Rien.

– Ma chère Meghan, comme vous me le rappelez quotidiennement, vous n'êtes pas ma secrétaire, mais mon assistante personnelle, n'est-ce pas ?

– OK. Pourquoi dois-je tous les lire ?, dis-je en retrouvant mon souffle.

Il s'enfonce dans son fauteuil, les bras croisés sur la poitrine. Le genre d'attitude que vous prenez quand vous voulez persuader quelqu'un de quelque chose. Qu'est-ce qu'il veut ?

– Je veux que vous soyez elle.

De son doigt, il pointe le nom sur la couverture, Natalie McBride. Mon cerveau a déclaré forfait.

– Elle ?

Il acquiesce.

– C'est très simple. Je veux que vous lisiez tous ces livres pour être capable d'en parler. Je veux que l'on vous prenne pour l'auteure. Vous les avez écrits. Mais n'en faites pas une analyse complète. Les lecteurs ne vont pas jusque-là. Rassurez-vous.

– Les lecteurs ?, je bafouille en songeant qu'il n'a pas répondu à ma question.

– Natalie McBride part en tournée. Des dédicaces dans tout le pays. Vous allez rencontrer des gens, faire des interviews, répondre à des questions sur le féminisme dans la *new romance*. C'est dans vos cordes, n'est-ce pas ?

Ses yeux pétillent, il s'amuse. Il ne dit pas tout. Il joue avec moi.

– Mais pourquoi ne peut-elle assurer sa tournée de dédicaces ?

Il y a quelque chose de pas clair. J'essaie de me souvenir si le groupe de M. Risinger a des parts dans l'édition. Et pourquoi mon patron serait-il impliqué d'ailleurs ?

– Parce que Natalie McBride, c'est moi !, dit-il en me gratifiant de son plus beau sourire.

Chapitre 2

J'ai l'impression de recevoir un seau d'eau glacée sur la tête. Puis mon cœur lâche et tombe direct sur mon estomac.

Et soudain, je me souviens des e-mails.

Oh non, voilà qu'il est en train de se moquer de moi. Bien sûr qu'il m'a reconnue !

Avec tout ce que je lui ai raconté sur ma vie.

Tout ce que je lui ai dit.

À elle. Non, à lui.

Je sens que je vais vomir. Ce n'est pas ça qui va arranger mes affaires.

Et c'est alors que j'aperçois le cendrier. Et puis sa tête.

Ce salaud ! Il s'est infiltré au cœur de ma vie, ruinant ses aspects les plus intimes. Jusqu'à ceci. Tout ce que j'avais !

Non je n'y crois pas ! Il ne peut pas être à l'origine de la seule chose qui ait réussi à me donner le sourire ces dix dernières années.

À me faire rire. Me faire jouir.

Oh mon Dieu, non ! Je me suis masturbée sur ses mots à lui.

Ce n'est pas d'un cendrier dont je vais avoir besoin mais de quelque chose de beaucoup plus lourd.

– Vous êtes toute pâlotte, s'amuse M. Risinger en ouvrant un autre tiroir de son bureau. Un bourbon ?

Zut, il n'est que onze heures du matin… J'accepte.

Je l'observe, un côté de mon cerveau fonctionne encore. Il n'a pas l'air de se moquer de moi. Au contraire, il est très sérieux. Pourtant M. Risinger adore me faire tourner en bourrique. À moins que ce ne soit un coup vraiment tordu, je pense qu'il ne sait pas que j'ai dévoré tous ses livres. Comment peut-il être aussi idiot ?

Et si quelqu'un d'autre répondait à ses e-mails ? Mais qui cela pourrait-il être ? Qui pourrait être au courant ?

– Je ne comprends pas, finis-je par murmurer. Vous êtes un auteur de romans érotiques ?

Il hausse les épaules et me tend le verre de whisky.

– J'en ai eu l'idée, un jour. Et j'en ai parlé avec quelques personnes. Cela les a fait beaucoup rire. Alors j'ai décidé de relever le défi…

Son sourire de prédateur que je connais si bien me rassurerait presque.

– Et j'ai réussi. Je suis en tête des ventes à New York. Pas mal !

J'avale une gorgée de bourbon, laisse sa douce chaleur m'envahir.

– C'est vrai que vous ne faites pas vraiment Natalie, comme ça… Sous-entendu cent pour cent testostérone ; je ne le dis pas mais cela ne vaut guère mieux.

– Effectivement. Mais je vous ai, vous !

– Pourquoi accepter les salons, c'est si important ?, demandé-je en me raclant la gorge.

J'essaie par tous les moyens de poser les questions qui me permettront d'arriver droit au sujet qui me tient à cœur : qui gère la correspondance de Natalie ?

– Mon agent pense que j'ai atteint un seuil critique, assure-t-il, l'air excédé. Et pour tout vous dire, peu m'importe, mais cela semble essentiel pour elle. Elle s'est investie énormément, et plus j'ai du succès, plus elle en récolte les fruits.

Ce n'est pas l'Adrian Risinger que je connais. Je fronce les sourcils d'un air réprobateur en faisant tournoyant le reste de whisky au fond du verre.

– Quelle bonté, on dirait que vous lui jetez un os comme à un chien errant.

Cela l'amuse.

– Attendez, mettons les choses au point tout de suite. Je ne couche pas avec elle. Et je n'en ai pas l'intention. Enfin je veux dire, ce n'est pas que je n'en ai pas envie, mais ce n'est ni essentiel, ni dans le contrat.

J'aperçois une étincelle au fond de ses yeux. Je me demande brièvement quelles conditions il imposerait s'il était obligatoire de coucher. En fait je ne suis pas certaine de vouloir les connaître. Je les connais déjà.

Je peux me la représenter cette fille sur laquelle M. Risinger jetterait son dévolu. Une chevelure blonde, longue et mousseuse, une silhouette élancée, parfaite. Exactement mon contraire.

– Cela me semble être une bonne chose, affirme-t-il. Faire preuve d'un peu de bienveillance à l'égard des autres. Je ne me suis toujours occupé que de moi-même.

– Vous devenez très philosophe, M. Risinger, ajouté-je en trempant mes lèvres dans le whisky.

– S'il vous plaît, Meghan, fait-il en se penchant vers moi. Nous allons passer beaucoup de temps ensemble. Appelez-moi Adrian.

Mon sourire se fige.

– N'est-ce pas trop difficile de se comporter en femme quand vous postez des statuts FB ou quand vous répondez aux e-mails de vos fans, M. Risinger ?

C'est peut-être amené un peu brutalement. Mais j'ai besoin de savoir. Et je ne vais certainement pas lui accorder ce petit plaisir, l'appeler Adrian, non mais !

Il secoue la tête.

– Je ne m'occupe pas ça, lâche-t-il avec un geste méprisant. Mon agent gère le fan-club.

Ouf. Je peux respirer enfin. Il ne sait pas que c'est moi qui ai envoyé ces e-mails, il ne peut imaginer que j'ai lu tous ses livres.

Ses livres. Quelle plaie !

Je ne suis pas franchement certaine d'être apte à gérer le problème.

Et sur la pile déjà importante, il en ajoute un. Un manuscrit en fait, même pas broché.

– Ça, c'est le roman dont vous allez faire la promotion. Mon éditeur ne l'a pas encore lu. Je viens de le finir. Il doit être bourré d'erreurs de frappe, désolé.

– Oui, je réponds, à deux doigts de l'évanouissement.

Je ne peux même plus fantasmer sur son assassinat. Je suis vidée. Il n'a pas conscience de ce qu'il me fait.

C'est comme si j'avais perdu une amie.

Je me sens tellement nulle. Et pathétique. Je suis si seule dans la vie que je m'attache à des personnages de fiction puis à leur auteur. Et je me rends compte que tout ceci n'est que mensonge. Un horrible et terrible mensonge.

– Meghan, est-ce que vous vous sentez bien ?, demande M. Risinger en me fixant. Vous avez vraiment l'air plus morte que vive.

– Oui, oui, assuré-je en bégayant. C'est juste que j'ai besoin… En fait j'ai peur. Cela me terrifie. Je souffre d'un genre d'agoraphobie.

C'est un peu vrai.

– Je ne sais pas du tout si j'en suis capable.

D'habitude je ne dévoile jamais mes faiblesses quand traîne un requin alentours mais là, cela vaut encore mieux que de dire la vérité.

– Oh, mais vous serez parfaite. De toute façon, je vous soutiendrai, explique M. Risinger d'un air assuré. Vous n'aurez qu'à...

– D'accord. Alors quand vous évoquez la branlette du héros, que dois-je expliquer à votre public de ménagères de plus de cinquante ans ?, je lance d'un ton rageur.

Pendant une fraction de seconde, il me fixe, interloqué.

– Euh, en voilà une description bien imagée. Je pense que vous trouverez un peu plus qu'une suite de branlettes en tous genres dans le roman. Quoique... ajoute-t-il d'un air coquin.

– Hum.

J'attrape la pile de livres avant qu'il continue.

– Épargnez-moi la suite. Je vous préviens que si certaines pages se révèlent poisseuses, je les brûlerai sans hésiter.

L'idée que M. Risinger et moi-même ayons pu nous masturber sur les mêmes passages m'emplit d'un dégoût sans nom. Ce qui est encore pire, c'est de savoir que c'est lui qui les a pondus.

– Oh pardon, fait-il alors qu'il n'est pas du tout gêné. Il s'agit d'une sortie tout à fait propre, rien que pour vous, assure-t-il en me faisant un clin d'œil.

Il me fait un putain de clin d'œil ! À moi !

– Mon Dieu, je soupire en serrant les bouquins dans mes bras. Vous savez, j'ai toujours pensé que vous étiez le genre de mec qui se masturbait en se regardant dans un miroir. Mais là, vous faites carrément fort !

Cette petite pointe assassine va celer mon destin tragique.

***

Et je suis assise au beau milieu de mon salon avec ce sacré manuscrit sur les genoux.

Hier, non il y a quelques heures encore, j'aurais été complètement extatique à l'idée de lire le tout dernier tome de *My boss*. Enivrée de bonheur. Mais ça, c'était avant de connaître la vérité.

En retirant mon vernis à ongles avec les dents, je me demande si l'agent de M. Risinger a évoqué avec lui son courrier des lecteurs. Enfin, le mien.

Est-ce qu'elle a deviné que je travaillais pour lui ? Ce serait une de ces coïncidences !

À moins que...

Mon cœur s'emballe. Je me précipite sur mon Google et la page auteur de Natalie McBride. Je ne veux pas regarder. Mais je dois le faire.

Il faut que je sache.

Même si cela me terrifie.

Je cherche la date de publication du premier livre de la série.

J'ai la gorge sèche et les mains qui tremblent. Quand ai-je commencé à travailler pour lui ? Je déroule le dossier documents. C'est vrai qu'après tant de temps passé à côtoyer un dingue, on en arrive à oublier mille petits détails, comme les mois et les années à ses côtés.

J'espère vraiment que je me trompe, je ne suis pas à son service depuis aussi longtemps, non ce n'est pas possible. Parce que si ma mémoire est bonne...

Deux mois...

Je travaillais pour lui depuis deux mois quand le premier livre est sorti.

Je n'y crois pas. Mais si. Mon horrible boss s'est servi de ses romans comme d'un dérivatif aux tentations sexuelles que je faisais naître chez lui. C'est le truc le plus bête que j'aie entendu de toute ma vie. Ce n'est pas crédible.

Mais rien de ce qu'il a raconté ne vient le contredire. Ce qu'il t'a avoué c'est qu'une idée lui était venue...

Non, non, non. On est entouré de coïncidences, voilà. Pourquoi devrait-il y avoir toujours des explications ? Il n'y en pas. Un point, c'est tout.

J'essaie de me souvenir des descriptions d'Amanda. Physiquement je veux dire. Il suffit de regarder. Mais je n'y arrive pas. Je n'ose pas. Je me souviens que sur le forum d'échange des fans, il y a en avait beaucoup qui essayaient de l'imaginer. Non il n'aurait pas fait cela. D'ailleurs, tout le monde l'ignore.

Mon Dieu, est-ce que tu es en train de penser sérieusement ce que tu es en train de penser ? Est-ce que tu restes là à te demander si Adrian Risinger a écrit ces ouvrages parce qu'il avait envie de te baiser ? Non mais regarde-le. Meg. Regarde-le. Et regarde-toi.

Je ne veux pas.

Je sais exactement à quoi je ressemble, surtout quand je suis assise. Mes hanches font un kilomètre de large, mon ventre est une petite boule que je dois toujours penser à rentrer. Toutes ces années, Adrian Risinger m'a traitée de mille noms : sorcière, zombie, parasite suceur de sang (troublante ironie), mais il ne m'a jamais dit qu'il me trouvait trop grosse.

Je me suis souvent demandée pourquoi. Maintenant je le sais.

On ne nous a jamais épargnées, mes rondeurs et moi. Au lycée, à la fac, j'ai souvent entendu les autres se moquer de moi derrière mon dos. Mes soi-disant amis. *Oh je l'ai vue s'enfiler un énorme sandwich l'autre jour, j'ai failli lui dire de se dépêcher d'aller vomir.*

Je n'ai rien de spécialement glamour. Et même si j'étais mince, je suis couverte de taches de rousseur avec des cheveux roux en bataille. Je suis très loin d'une héroïne de roman.

D'ailleurs, Dirk ne ressemble pas du tout à M. Risinger. Il a ce côté beau ténébreux que l'on retrouve partout, cheveux noirs, regard sombre et *tutti quanti.* M. Risinger est plutôt blond sale et il est trop grand. Il n'a rien de tendre ; bien au contraire, son regard acier transpercerait une tonne de plomb comme un rayon laser.

Revenons à l'instant présent. Je ne peux lire ce foutu bouquin. Je me demande si je ne vais pas démissionner car maintenant que je sais ce que je sais, je ne peux pas continuer à travailler pour ce salaud. Comment le pourrais-je ? Dois-je faire semblant de ne pas savoir ?

Et sans les conseils de Natalie pour tenir le coup, comment passer mes journées à ses côtés sans rêver de l'assassiner pour la énième fois ?

Sauf que je n'ai pas le choix. Je pèse le pour et le contre alors que je sais parfaitement ce que je vais faire. Ce que je dois faire. M. Risinger a besoin de moi car je suis la seule personne à pouvoir le supporter. Mais j'ai besoin de lui aussi. Nous sommes « interdépendants », comment l'expliquer autrement ? Je suis incapable de travailler pour quelqu'un qui n'est pas égocentré et paranoïaque.

Après ma journée au bureau, j'ai pris l'habitude de rouler des yeux dans les orbites pour éviter le stress. Je suis devenue une espèce de conasse maso cosmique parce que telle est ma réalité. Tant que je demeure dans cet environnement de dingue, je n'apparais pas tarée. Rien n'est dysfonctionnel. Tant que je reste avec lui, j'ai une chance de sauver ce qui me reste de santé psychique.

Et c'est accompagnée de cette pensée réconfortante que je me sers un immense verre de vin et me plonge dans ma lecture.

Chapitre 3

E-mails archivés : depuis plus d'un mois

`De : megatron_liberee@bmail.com`
`A : natalie@nataliemcbrideauteur.com`

En fait, vous avez certainement raison. Il n'est pas si méchant que cela, même si je rêve souvent de verser du cyanure dans son café. Il me fait rire, ce qui n'était pas le cas de la plupart des hommes avec qui je suis sortie.

`De : natalie@nataliemcbrideauteur.com`
`A : megatron_liberee@bmail.com`

Je vous répondrai plus tard, je suis noyée sous le boulot. Mais avant d'oublier, je voulais juste savoir :

pourquoi « Megatron » et qui a osé vous mettre en prison ?

De : megatron_liberee@bmail.com
A : natalie@nataliemcbrideauteur.com

Ha, ha, je pensais que c'était pas mal quand je l'ai créé il y a une éternité. Et puis cela a un petit côté SF sympa. Quant à la prison, je ne sais pas vraiment. Vous pensez qu'il y a un Dirk pour moi dans la vraie vie ?

Brouillons : Non envoyés

Mail : natalie@nataliemcbrideauteur.com

Dans mon bureau, Meghan, immédiatement. Il faut qu'on parle de votre productivité.

***

Au chapitre 3, Dirk a attaché Amanda à un pilier au milieu de la pièce. Je ne me souviens pas avoir aperçu ce pilier avant. Et je me demande bien pourquoi je me focalise là-dessus. Amanda est immobilisée par une fine chaîne qui part de ses tétons et fait le tour du pilier. En théorie elle peut bouger, mais…

Je n'ai jamais eu de chaîne accrochée au bout des seins, quelle horreur ! Mais Natalie – M. Risinger – a une façon d'évoquer les choses qui les rend tellement excitantes. C'est ce que j'adorais chez elle (chez LUI !). Aujourd'hui, ça me rend malade.

J'essaie de passer outre les passages les plus chauds mais mon corps me trahit. M. Risinger sait exactement comment se jouer de ma libido et réveiller mes désirs.

Après avoir descendu toute la bouteille de vin, cela finit par m'amuser ! Ah oui, son ego s'en trouverait sacrement développé s'il savait qu'il me fait fantasmer encore plus que les hommes qui m'ont touchée. Juste quelques mots pour atteindre le septième ciel alors qu'il est à des kilomètres.

Heureusement, l'alcool fait passer la pilule et me permet d'apprécier le comique de la situation.

Je crois que demain, je vais être malade. Et si je quittais le pays définitivement ? Non, ce n'est pas mon genre de fuir les situations délicates. Je vais affronter les choses dignement, même si j'en crève.

Amanda se tord par terre. Ses cuisses se frottent l'une contre l'autre, à la poursuite de ce désir qui va la submerger. Mais combien de temps va-t-il l'abandonner ainsi ? Sa tête oscille d'avant en arrière au rythme de l'excitation. Elle ne sait plus si elle est là depuis quelques secondes, quelques minutes ou plusieurs heures...

Je balance le manuscrit sur mon lit et me précipite dans la salle de bains. J'ouvre la douche à grande eau. Une eau glacée. Plus froide que froide. Polaire.

Et je me jette dessous. Avec mon pyjama et tout et tout.

Je frissonne dès que l'eau réfrigérante me transperce. Je me mets à hyperventiler immédiatement et sors de là à toute allure ; mes fringues trempées inondent la salle de bains.

C'est plutôt bizarre de penser que c'est un truc que les gens font rarement finalement. Prendre une douche froide, c'est un euphémisme. Mais un euphémisme à bien considérer, étant donné tout ce que j'apprends sur Dirk et Amanda.

Bien sûr, je pourrais prendre de la distance avec le texte, me vider la tête et m'atteler sérieusement à la tâche. Mais je sais très bien que cela ne marchera pas. D'abord ma libido est sans cesse sollicitée par ce que je lis. Ensuite car je suis persuadée aujourd'hui d'être incapable d'avoir un orgasme si je ne fantasme pas sur M. Risinger.

C'est bon, je suis foutue. Officiellement bonne à jeter et sans espoir d'avenir.

Trêve de papotages, il est temps de reprendre ma lecture.

***

– Il est neuf heures passées de cinq minutes, miss Burns.

Voilà les premiers mots que prononce M. Risinger quand je pénètre dans son bureau avec une tasse de café.

Arrête de mordre !

Et même si ce n'est qu'une insulte, l'idée se matérialise et je l'imagine plantant ses crocs dans mon épaule, glissant le long de mon cou pour finir par mordiller avidement le lobe de mon oreille. Non mais qu'est-ce qui m'arrive ? Comment ai-je pu faire un transfert entre le personnage et son auteur, un jour seulement après avoir appris la vérité ?

C'est vrai qu'il est diablement sexy, à part son air renfrogné, mais ce pouvoir incroyable sur ma libido ne devrait pas me rendre dingue.

– Neuf heures passées de cinq minutes, répète-t-il en appuyant sur chaque syllabe.

Je me focalise sur sa bouche, espérant que cela me donne un air concentré. Je remarque qu'il a oublié de raser un morceau de sa barbe, ce qui est assez inhabituel. Cela laisse une ombre sur sa joue et accentue le côté angulaire de son visage.

– Pardon M. Risinger, mon réveil doit retarder un peu, marmonné-je en déposant le courrier devant lui.

– C'est tout ce que vous trouvez à répondre ?

Il avale une gorgée de café et fait la grimace.

– Pas de répartie incisive ; vous êtes malade ou quoi ?

Je soupire.

– Le café n'est pas bon ?

Il passe la langue sur ses lèvres en fronçant les sourcils.

– Est-ce bien le café de Sumatra ?

Ce salaud et son foutu café.

– Évidemment, répondis-je en doutant légèrement.

J'ai laissé l'un des stagiaires gérer les cafés ce matin. Le minuscule *coffee shop* qui nous fournit (recommandé par M. Risinger) est incapable d'assurer ses commandes si elles ne sont pas effectuées par fax. Sa ligne est continuellement bloquée. Entre nous, j'ai autre chose à faire, donc je délègue.

Naturellement, cela tombe sur moi.

– Ce n'est pas, dit-il en pinçant ses lèvres fines, le café torréfié à Sumatra. Qui a passé la commande ?

Je laisse tomber, cela ne vaut pas le coup.

– C'est moi, répondis-je en croisant les bras. Ils ont dû faire une erreur de livraison.

– Bien, fait-il en posant son mug. On n'est pas dans un putain de roman de Dickens. Pourquoi est-ce que vous couvrez un stagiaire qui aura disparu dans un mois ? Pourquoi passez-vous votre temps à mentir ?

– Bah, je ne mens pas. Et même si je le faisais, j'imagine que vous sauriez très bien pourquoi.

Soudain, mon rythme cardiaque s'accélère, j'ai une montée d'adrénaline quand je sens que nous allons nous affronter. Cela se mêle à quelque chose de nouveau que je n'arrive pas à nommer.

– Je sais comment gérer la situation avec vous. Au contraire de ces pauvres jeunes qui débarquent ici tout plein d'espoirs et d'illusions.

– Si vous ne me dites pas qui c'est, je vais tous les engueuler !, hurle-t-il, le visage tordu par un rictus cruel. Autant cracher le morceau…

J'inspire profondément en le regardant droit dans les yeux, sans ciller.

– Je vous l'ai dit. C'est moi. Vous pouvez brailler sur les stagiaires si cela vous chante, vous allez vous ridiculiser.

– De toute façon, je dois économiser mon énergie pour la grande réunion de cet après-midi. Débrouillez-vous pour arranger les choses. Et allez me chercher un autre café.

Je le regarde, interloquée.

– Mais on est tous pris.

– Et alors ?

– Mais non, M. Risinger, éclaté-je soudain. Ce n'est pas possible, pas aujourd'hui, je n'ai pas le temps, je n'ai même pas été capable de m'en occuper ce matin !

– Ah, ah… Ses yeux brillent et il s'assied profondément dans son fauteuil. Je savais bien que vous mentiez.

Zut et rezut.

Je vais devoir prendre un taxi et me traîner jusqu'au « seul *coffee shop* dont le café est buvable », cela va me prendre au moins une demi-heure et je n'en ai pas franchement le temps.

En plus il ne va pas me lâcher tant que je ne lui aurai pas donné le nom du coupable.

En plus, je n'ai pas fermé l'œil de la nuit et j'ai l'équivalent de ce que l'on peut appeler « les boules ».

Donc j'ai le choix entre le tuer ou bien me faire jouir en me frottant contre sa jambe. Pour l'instant, je ferais mieux de mettre de l'ordre sur mon bureau.

***

Naturellement, il y a eu un problème sur le chemin du *coffee shop* et je mets plus d'une heure pour en revenir. Je me sens prête à essuyer une engueulade mais il est très calme quand j'arrive. Et quand je dépose le café sur son bureau, il ne semble même pas s'en apercevoir. Puis il lève le nez de son dossier et acquiesce.

– Alors ?, demande-t-il en me faisant signe de fermer la porte ; j'obtempère. Vous en pensez quoi ?

Je m'assieds, croise les mains sur mon ventre et le regarde intensément.

– À propos de quoi ?

– Les romans, Meghan, rétorque-t-il, l'air acerbe. Vous ont-ils tenue éveillée toute la nuit ou pas ?

Je ne sais pas comment je parviens à garder ma contenance mais je mérite un Golden Globe pour mon attitude :

– Je ne sais pas. Je suis un peu perdue dans l'intrigue. J'ai l'impression d'avoir manqué quelque chose. Peut-être aurais-je dû lire les autres d'abord.

Pas mal, convaincante, je suis très contente de moi.

M. Risinger fronce les sourcils.

– Qu'est-ce que vous voulez dire par « les autres » ? Vous n'avez pas commencé par le tome 1 ?

Et pan pan pan !

– Ah mais non, je pensais qu'ils étaient indépendants les uns des autres.

Il martèle son bureau comme si c'était une grosse caisse. Il fait toujours cela quand sa patience atteint son paroxysme.

– Cela ne vous est pas venu à l'idée que les numéros sur les couvertures pouvaient signifier quelque chose ?

Je fais rouler mes yeux comme des billes, essayant de me souvenir comment la véritable Meg – ou ce qu'il en reste – réagirait.

– Je ne sais pas, M. Risinger. Je les ai sortis de mon sac en arrivant chez moi et j'ai commencé à lire, c'est tout. Si j'avais su que c'était une série, j'aurais peut-être fait plus attention.

Mon boss m'observe comme s'il se retenait de dire quelque chose. Normalement, quand il se mord la langue, c'est pour s'empêcher de répondre à ses associés seniors. Mais ce n'est pas le cas ici. Je ne comprends pas. Qu'est-ce qu'il ne me dit pas, qu'a-t-il besoin de cacher ? À part sa courtoisie usuelle.

– Bon, laissez-moi vous aider. Ils se chamaillent, ils baisent, ils tombent amoureux. Savonnez, rincez et recommencez. Mais pas toujours dans cet ordre.

– Ils tombent amoureux plus d'une fois ?

Ne rougis pas, ne rougis pas, my God, *ne rougis pas.*

– Bien entendu, je dois susciter l'intérêt. Tomber amoureux, se séparer, tomber amoureux encore. Mes lecteurs sont englués dans une vie terne et monotone, ils sont avec la même personne depuis des années. Ils n'ont aucune envie de voir Dirk et Amanda en train de vider un lave-vaisselle.

Je m'en fiche un peu mais il ne me demande même pas ce que j'en pense. Je ne peux m'empêcher d'ajouter mon grain de sel.

– Vous connaissez rudement bien vos lecteurs pour quelqu'un qui n'a jamais rencontré de ménagère américaine de la classe moyenne…

– Je sais comment ils dépensent leur argent, coupe-t-il sèchement. Et c'est tout ce qui compte.

Je connais M. Risinger depuis si longtemps que je ne devrais pas être choquée. Et pourtant je le suis. J'avais cru que Natalie McBride était quelqu'un de bienveillant, pour qui le lecteur avait une grande importance, et qu'elle créait ses personnages en fonction de lui. M. Risinger n'a qu'une envie, c'est s'en mettre plein les poches alors qu'elles sont déjà pleines, c'est écœurant.

– Pourquoi faites-vous ça ?, demandé-je.

C'est sorti tout seul. Je n'ai pas souhaité poser la vraie question sincère et en fait je me rends compte que c'est exactement ce que j'ai fait. Cela le déstabilise plus que je m'y attendais. Il fronce les sourcils et je me demande si lui aussi a souvent des migraines épouvantables comme moi. J'ai fait du yoga un temps pour tenter de les atténuer mais cela n'a servi à rien, mon téléphone sonnait pendant les cours de méditation. C'était toujours M. Risinger naturellement. J'aurais dû éteindre l'appareil, c'est de ma faute. Je n'y suis jamais retournée mais je me souviens qu'ils avaient évoqué ce troisième œil dans lequel sont concentrées toutes les tensions.

Si M. Risinger possède un troisième œil, il ne l'utilise que dans un but néfaste.

– Je vous ai déjà répondu. J'avais une idée et j'ai fait en sorte que cela marche. C'était un défi par rapport à mes détracteurs.

– Bon, donc c'est dit, continué-je en croisant les jambes délicatement. Puis je tire un peu sur ma jupe. Ses yeux ne me quittent pas. Ce n'est pas une réponse formidable à donner aux lecteurs quand je les rencontrerai.

– Quand vous les rencontrerez, reprend-il alors qu'il allait se servir un whisky. Donc, vous acceptez, Meghan. Je suis surpris, je m'étais attendu à une bataille rangée.

Je hausse les épaules.

– C'est vrai que je me suis laissée emporter. Mais je ne peux pas vraiment me permettre de refuser un nouvel apport financier.

Il est génétiquement impossible pour cet homme d'éprouver une once de culpabilité. Il m'offre un autre verre de bourbon, que je refuse cette fois-ci.

– Je viens de vous apporter un café, dis-je en pointant du doigt le mug.

Il ajoute des glaçons à son whisky. Mais où les garde-t-il dans ce satané bureau ?

Il trempe son doigt dans le bourbon. Puis il le suce et lèche l'alcool. Mon cœur s'arrête de battre pendant cinq secondes puis s'emballe pour rattraper le temps perdu.

– Hum, je pense que le moment whisky est passé, c'est l'heure du déjeuner.

Je vais le tuer. Je vais vraiment le faire. Avec les éclats de cristal de sa carafe de whisky. Et aucun tribunal de ce pays n'osera me condamner !

– J'ai beaucoup de travail aujourd'hui, je m'entends répondre. Il faut que je m'occupe de vos notes de frais. Les gens de la comptabilité disent que si on les leur envoie encore une fois sans en faire le détail précis… Enfin ils évoquent la tyrannie des patrons, leurs grandes colères et la vengeance qui va finir par s'abattre... Je ne sais plus, j'ai tout noté si vous voulez.

Il me fixe en fronçant les sourcils.

– Renvoyez tout à la comptabilité en l'état.

– C'est facile à dire, ce n'est pas vous qui allez subir leurs gémissements et leurs menaces.

– Mon Dieu. M. Risinger se frotte le bout du nez. Vous n'êtes pas payée pour faire le job des autres, Meghan. Pourquoi les femmes veulent-elles toujours tout gérer ?

– Parce que comme ça, c'est fait !, expliqué-je en croisant les bras contre ma poitrine. Et c'est mieux que de passer son temps à entendre les autres se plaindre parce que ce n'est pas fait.

– Mais ne les écoutez pas, s'écrie-t-il avec de grands gestes. Dites-leur que ce n'est pas votre problème et partez !

– Très bien, répondis-je en riant. Cela va certainement arranger les choses.

Il se lève et s'approche de la fenêtre.

– Tout le monde s'en fout que les choses s'arrangent. C'est pour moi que vous travaillez, pas pour la compta.

– Oui, je suis votre côté humain, soupiré-je en me laissant glisser dans la chaise. Je me dois d'être douce et proche des gens car vous ne l'êtes pas.

La moitié du bureau aurait déjà démissionné s'il était dans l'obligation d'être en contact quotidien avec vous.

M. Risinger jette un coup d'œil par-dessus son épaule et m'observe. Il n'a aucune idée de ce à quoi j'occupe mes journées, je m'en rends compte. Je passe mon temps à l'excuser auprès des gens. J'essaie de les persuader qu'il est très pris par la direction de l'entreprise. Je n'ai pas eu à convaincre vraiment jusque-là, mais cela ne saurait tarder.

– Très bien, alors restez ce soir et travaillez sur mes notes de frais puisque vous y tenez. Et moi, j'attendrai que vous ayez fini pour que nous voyions ensuite tout ce dont j'ai besoin.

Peut-être que mon cerveau me joue des tours mais la façon dont il dit « tout ce dont j'ai besoin » me fait frissonner.

J'inspire un grand coup :

– J'ai quelque chose de prévu ce soir.

– Non, vous n'avez rien, assure-t-il d'un ton narquois. Et vos heures supplémentaires seront payées le double.

Seigneur, je te rends grâce, fais en sorte que je ne lui plante pas son coupe-papier en plein dans le cœur.

– Je suis salariée, M. Risinger, rétorqué-je en serrant les dents.

– Alors ce sera un bonus, lance-t-il, en agitant les bras. Tout ce que vous voulez. Mais vous savez, je ne suis pas obligé de vous offrir quoi que ce soit. De toute façon, si vous ne donnez pas mes notes de frais au comptable, vous êtes coupable de désobéissance.

– Je suis désobéissante tous les jours, rétorqué-je en laissant échapper un petit rire. C'est le côté absurde de cette conversation.

– Cela n'a jamais été un problème jusque-là.

Il se tourne vers moi en souriant. Et pour une raison que j'ignore, mon cœur bat plus fort.

– Débrouillez-vous avec la compta, établissez des faux, je vous couvre.

Le sourcil levé, je lui assène :

– Et ma réputation ? Vous vous conduisez comme quelqu'un d'autoritaire et moi comme une froide intrigante.

M. Risinger secoue la tête.

– Vous devriez pourtant savoir que la seule façon de bien jouer sur tous les tableaux, c'est parfois de donner un grand coup de pied dans la fourmilière.

Et il mime le geste.

– Vous avez raison, bien sûr. On va tout résoudre par la violence. Vous avez naturellement appris cela dans vos cours du soir sur les femmes, n'est-ce pas ?

Il se vautre sur son fauteuil.

– Écoutez, faites ce que vous voulez. Vous pensez vraiment qu'Emma Peel en avait quelque chose à faire de sa hiérarchie ? Mais non ! Alors ruez dans les brancards !

– Je ne vais surtout pas me conduire comme une justicière vêtue d'une combinaison SM en cuir et perchée sur des talons aiguille.

– Tst tst. Si, catégorique. Je vais vous envoyer à ce cours du soir pour femmes, miss Burns, vous allez y apprendre deux ou trois trucs.

***

Il est tard et je suis toujours au boulot. Et même si je déteste m'attarder au bureau, un tableur bête et méchant est exactement ce dont j'ai besoin à l'instant présent. J'avance dans les chiffres avec Nicky Minaj qui hurle dans mes écouteurs et commence enfin à me relaxer.

Jusqu'à ce que quelqu'un pose la main sur mon épaule et, comme n'importe quel être normal et mature, arrache la prise de mon casque.

MON ANACONDA, MON ANACONDA

Je ferme vite l'écran de l'ordinateur pour couper la musique.

– Je pensais que vous étiez parti.

Je la joue un peu cool même si on voit bien que je suis dans tous mes états. M. Risinger s'appuie sur mon bureau de façon désinvolte, sa hanche frôle mon épaule. J'essaie de regarder ailleurs mais il n'y a rien à voir sur mon bureau à part la plaque qui porte mon nom. Et si j'ouvre l'ordi à nouveau, les sons si harmonieux des tubes de Sir Mix-a-lot vont envahir l'espace. Je suis fichue, je m'attends d'une seconde à l'autre à entendre M. Risinger ordonner « *baby got back* », mais j'essaie de contrôler la situation autant que possible.

– Je pensais que vous étiez plutôt du genre à aimer Taylor Swift, lance-t-il en agrippant le bord du bureau l'air espiègle. C'est bon de savoir que vous arrivez encore à me surprendre.

– Je vous préviens, j'ai un avocat, rétorqué-je en fixant le vide. La plupart des gens ne sont pas unidimensionnels comme vous.

Il ricane.

– Nous sommes en dehors des heures de travail, donc je vais me passer du règlement. Par contre, ne laissez jamais un stagiaire vous surprendre avec vos écouteurs sur les oreilles. Vous savez comment ils sont.

– Oui, l'homme est faible, réponds-je, un rien lascive. C'est dégoûtant, n'est-ce pas ?

– Tout ce que je sais, c'est que je ne me serais jamais conduit comme eux. À leur âge, j'entends. Cette génération est persuadée que tout lui est dû.

– Vous savez que nos aînés pensent exactement la même chose à notre propos. J'attrape mon agrafeuse, que je repose aussitôt. Et la génération d'encore avant pense aussi cela de nos aînés. Et celle…

– Oui, c'est terrible, coupe-t-il avec une pointe d'impatience. Vous avez quelque chose à vous mettre pour les dédicaces ?

Cela me prend une petite seconde pour comprendre où il veut en venir.

– Je ne sais pas trop ce qu'il faut porter…

– Vous devez avoir l'air de celle à qui tout réussit.

Son regard se perd sur mon corps, oh j'ai le souffle court, je suffoque, rien à faire.

– Bon, non, pas ça..., dit-il.

Il sort de sa poche un portefeuille qui vaut certainement plus cher que ma garde-robe tout entière. Pensif, il en retire une carte de crédit qu'il laisse tomber sur mon bureau. Je croirais presque avoir entendu un minuscule « merci ». La carte claque comme s'il s'agissait d'une roche volcanique.

– Achetez de jolies tenues. Au moins cinq ou six. Parce que si tout marche comme je l'entends, nous devrions même donner une conférence à Austin.

– Hum. Je me saisis de la carte, ne sachant pas trop ce qui va suivre. Vous savez, je...

– L'argent n'est pas un problème, assure-t-il, un rien méprisant. Naturellement.

Je le regarde. Il sourit. Il sait qu'il est odieux.

– Naturellement, je répète. Et je souris à mon tour car je ne peux m'en empêcher.

Il soutient mon regard sans un mot. Je sens mes lèvres s'ouvrir.

– Merci, Adrian.

D'abord, il n'y a aucune réaction. Puis une fraction de seconde, son regard change, je ne suis pas vraiment sûre, peut-être est-ce mon imagination, mais je vois son visage s'adoucir, il est perturbé, surpris. Je ne sais pas pourquoi j'ai dit cela. Je ne sais pas pourquoi je l'ai appelé Adrian. Je n'ai jamais pensé à lui de cette façon. Apparemment, maintenant, j'y pense.

– Alors c'est parfait, conclut-il en s'éloignant.

Puis, au moment de disparaître dans le couloir :

– Aucun problème pour les dépenses, c'est sur le compte de la société.

Je ne pense pas que ce soit bien, mais c'est son problème et celui de son comptable. C'est drôle parce qu'on dirait que cela l'a fait fuir. Normalement, il absorbe tout comme une éponge, le positif comme le négatif.

Mais qui peut bien être le comptable et quel est son pouvoir sur mon boss ?

Chapitre 4

E-mails archivés : depuis plus d'un mois

De : megatron_liberee@bmail.com
A : natalie@nataliemcbrideauteur.com

Au fait, j'ai adoré le chapitre où elle trouve sur son paillasson le paquet qui contient le petit ensemble de lingerie fine. Cela m'a fait tellement rire, je l'imagine comme ça avec ce paquet par terre, elle le fixe sans oser l'ouvrir. J'aurais fait exactement la même chose. Et il ne cherche même pas à la voir dedans, c'est cela qui est tellement érotique, il ne veut qu'une chose, c'est qu'elle se sente sexy au bureau. Je ne peux même pas concevoir porter des jarretelles, des bas et un string en dentelle pendant une journée de travail de dix heures minimum. Mais avec un mec comme Dirk, wow, je veux bien essayer.

De : natalie@nataliemcbrideauteur.com
A : megatron_liberee@bmail.com

Vous n'avez jamais porté un ensemble sexy pour aller au bureau ? Oh, vous devriez essayer. Je suis persuadée que votre boss vous traitera différemment.

De : megatron_liberee@bmail.com
A : natalie@nataliemcbrideauteur.com

Trop drôle ! Oui, peut-être, si je lui fais des appels de phare. Autrement, il ne remarquera rien. Il ne voit que ce qui est critiquable.

E-mails archivés : non répondus

De : natalie@nataliemcbrideauteur.com

Je vous mets au défi d'essayer les DIM Up avec une jupe suffisamment courte pour qu'on les devine quand vous vous asseyez. Vous verrez sa réaction…

***

– Alors poupée, ça va ?
Aïe aïe aïe aïe.

C'est Mike du juridique, gluant au possible. Pas comme M. Risinger, non ce terme ne convient pas pour décrire Adrian. Comme ça, Mike paraît plutôt sympa, mais ce n'est pas le cas du tout. Mike est tellement gluant qu'il en laisserait presque une traînée luisante derrière lui. Il est persuadé d'être le meilleur. Et surtout il considère les filles du bureau comme faisant partie de son harem personnel, qu'elles soient d'accord ou pas.

– Tu vas te prendre un direct de la part de M. Risinger si tu t'adresses à moi comme ça, assuré-je calmement.

Je ne sais pas si c'est vrai mais c'est ma technique d'intimidation. Ce qui ne l'empêche pas de continuer à rôder autour de moi comme un chien autour d'une charogne.

– Oui, résiste-moi… ça m'excite… Tu vois ce que je veux dire, lance-t-il en quittant le bureau d'un pas nonchalant.

S'il continue ainsi, je vais avoir besoin d'un sac en papier pour vomir. C'est de pire en pire chaque jour et ça me rend malade.

J'essaie d'oublier l'incident et ouvre mes e-mails. Il faut aussi que je prévoie mon shopping spécial Nathalie McBride. Je me demande s'il existe des boutiques pour les rondes dans le coin.

Je ne voudrais pas perdre trop de temps à l'heure du déjeuner. J'ai toujours la tête sous l'eau mais au moins j'ai un plan d'action et cela m'apaise. Il faudrait juste que rien d'inopportun ne survienne.

***

Après avoir pris une barre protéinée au distributeur, je m'arrête devant le bureau d'Adrian pour le prévenir que je vais faire les achats qu'il m'a recommandés. Il ne m'a pas signalé de rendez-vous et sa ligne téléphonique est libre, alors j'entre sans frapper.

Mais il n'est pas tout seul. L'une des stagiaires de la compta est là, assise en face de lui dans une position qui me rappelle une canette que l'on n'a pas réussi à ouvrir. Elle est en pleurs. Oh mon Dieu, j'avais complètement oublié l'incident du café. Il a dû attraper quelqu'un au hasard pour passer sa colère.

Je suis furieuse mais ne peux exploser sans être tout à fait sûre de savoir ce qui se passe exactement.

– Je suis désolée, je laisse échapper en reculant. Je ne savais pas…

– Aucun problème, Meghan, répond-il.

Il n'a pas cette lueur sadique qu'il a dans le regard quand il engueule quelqu'un. Peut-être que je me trompe après tout.

– Elle s'en allait. Merci d'être venue m'en parler, Ashley. Rentrez chez vous maintenant, prenez votre journée.

Elle acquiesce en reniflant et disparaît.

– Asseyez-vous, Meghan. Il tapote sur son bureau d'une façon très particulière, comme un bourreau qui va exécuter sa proie dans quelques secondes. Est-ce que vous connaissez Mike Morgan, du juridique ?

Je me mords les lèvres sans le vouloir.

– On pourrait dire ça ; il passe souvent quand vous n'êtes pas là.

Adrian croise les doigts, les coudes ancrés sur le bureau.

– Vous en pensez quoi ?

– Il me fiche la trouille, terriblement. Pourquoi ?

– Est-ce qu'il vous a déjà touchée ?

C'est une question factuelle ; je ne suis pas habituée à ce ton chez Adrian.

– Oh certainement pas, je lui arracherais le bras !, répondis-je, horrifiée.

Le visage d'Adrian m'apprend tout ce que je dois savoir. J'en ai des hauts le cœur.

– Je suis… J'aurais dû vous en parler. Je serre mes bras autour de moi. Je me disais juste qu'il… Oh je ne sais pas vraiment ce que je pensais.

Je pensais que tu en rirais, Adrian, voilà pourquoi je n'ai jamais attiré ton attention sur lui.

– Oh, cette pauvre fille.

– Vous n'avez rien à vous reprocher, coupe Adrian brusquement. Il savait très bien que personne n'oserait dire quoi que ce soit. Il savait jusqu'où il pouvait aller, c'est comme un sixième sens chez ces gens-là.

Il attrape son stylo et en retire le capuchon de façon brusque.

– Cette fois-ci, il s'est trompé.

Je ne l'ai jamais vu comme ça. Même s'il est insupportable, Adrian ne m'a jamais inspiré le dégoût que je ressens quand j'aperçois Mike. Et il n'a jamais rien insinué de graveleux, comme Mike. Je n'aurais pas cru qu'il prendrait les choses aussi sérieusement. J'avais tort.

– Est-ce que les ressources humaines ne devraient pas traiter le problème ?, je suggère timidement.

Il me sourit :

– Reposez-moi la question quand j'aurai embauché le nouveau DRH.

Oh mon Dieu.

– Elle est virée aussi ?

– Il semblerait que Kelly soit une très bonne amie de la sœur de M. Morgan. Les enfants jouent au foot ensemble. Pourquoi les gens se vexent-ils quand j'avoue rêver de n'avoir que des robots pour employés ?

– Si j'étais sa sœur, je l'aurais poussé sous un bus depuis longtemps, grondé-je, mais peut-être sa famille ne sait-elle pas vraiment qui il est…

Adrian m'adresse un grand sourire.

– Je sais bien que vous l'auriez poussé, c'est pour cela que je souhaite que vous assistiez à l'entretien. Prête pour le bain de sang ?

Il veut savoir si cela ne me gêne pas d'être témoin. C'est drôle, il ne prend pas tant de pincettes normalement.

– Mais avec grand plaisir, répondis-je.

Il est obligatoire qu'un témoin assiste aux licenciements, c'est la règle. Je l'ai déjà fait, mais jamais avec autant de satisfaction. J'inspire un grand coup alors qu'il demande qu'on convoque immédiatement M. Morgan. Adrian s'assied, fait claquer ses doigts et étire sa nuque. Le show peut commencer.

– Wow, glaciale l'ambiance ici, lance Mike en pénétrant dans le bureau.

Il regarde autour de lui, je peux entendre le bruit des connexions synaptiques de son cerveau.

– Il y a un problème ?, demande-t-il.

Un ange passe.

– Asseyez-vous, je vous en prie, ordonne Adrian d'une voix aussi froide qu'un bloc de marbre. On m'a rapporté ce matin un incident, vous voyez certainement ce à quoi je fais allusion.

Mike devient blanc comme neige.

– Non, pas du tout.

– Laissez-moi vous rafraîchir la mémoire. Cela concerne une petite stagiaire, Ashley. Et votre main.

Il croise les bras juste en dessous de sa poitrine. C'est la chose la plus terrifiante que j'aie jamais vue de ma vie.

– Cela vous dit quelque chose ?

– Pas du tout, assure Mike, sur un ton beaucoup plus calme.

Adrian soupire vivement.

– Les caméras parlent d'elles-mêmes. Arrêtez ça, Mike.

– Qu'avez-vous vu exactement ?, interroge Mike avec difficulté.

– Votre main qui empoigne ses fesses, principalement, rétorque Adrian en faisant glisser un crayon entre ses doigts. Et vous murmurez des mots doux à son oreille j'imagine… Est-ce que cela ravive votre mémoire ?

Mike a du mal à parler :

– C'était un accident…

Adrian lui jette un coup d'œil qui pourrait faire tourner un litre de lait.

– C'était juste une petite plaisanterie, murmure Mike. Ses mains tremblent maintenant. C'était juste…

Les doigts d'Adrian battent la mesure sur son bureau. Le bourreau resserre le collet autour du cou de sa victime.

– Vous savez comment elles sont toutes, éclate soudain Mike. Elles jouent les saintes nitouches, mais en fait elles ne veulent qu'une chose…

J'avale toute la bile que j'ai en moi. Adrian se lève brusquement, la bouche tremblante :

– La sécurité va vous escorter jusqu'à votre voiture, M. Morgan, explique-t-il doucement. Et si vous vous avisez de vous approcher une nouvelle fois d'Ashley, que ce soit dans la rue, le métro ou autre, je vous trouverai et vous le ferai payer.

Il se penche vers Mike, toujours assis et à deux doigts de l'hyperventilation.

– Ne me donnez pas une raison de me souvenir de votre nom.

***

Je suis encore sous le choc quand j'entre dans la boutique. Je prends à peu près tout ce qui me tombe sous la main, sans regarder le prix, je ne pensais pas en être capable, mais je suis dans un tel état que tout est tellement plus simple.

C'est un côté d'Adrian que je ne connaissais pas. Je ne peux m'empêcher d'y repenser, tout en essayant ces fringues qui risquent d'en impressionner plus d'un, même lui.

Cette colère si juste et ce ton terriblement protecteur. Deux attitudes que j'ai du mal à associer à mon boss. Enfin jusqu'à maintenant.

Je me dirige vers la caisse quand mon œil est attiré par la lingerie.

Des dessous en soie.

Je suis bien certaine de n'en avoir jamais possédé. Les miens sont en coton et en solde, cela m'a toujours convenu. Je tiens bien fermement dans ma petite main toute chaude l'Amex d'Adrian, et cela me semblerait presque un péché de ne pas succomber. Comment mes nouvelles tenues si chics pourraient-elles bien tomber sur mes pauvres dessous élimés de chez Hanes ? Évidemment qu'il me faut de la lingerie fine !

Après avoir choisi des ensembles noir, rouge et d'un rose très *girly*, je passe à la caisse. La vendeuse est bien en chair et superbe, cela me rassure. Elle me félicite pour mes achats et quand je lui tends la carte de M. Risinger, elle me regarde avec un petit air complice :

– Alors vous l'avez aimée, n'est-ce-pas…

– Euh… Je jette un œil interrogateur à mes achats, puis à la vendeuse. Quoi ?

– La… nuisette… Ses yeux s'agrandissent. Oh pardon, je suis désolée. J'ai cru… Il l'a achetée pour la Saint-Valentin. Je pensais qu'il vous l'avait déjà offerte. J'espère ne pas avoir gâché la surprise.

Mon cerveau valdingue plusieurs fois.

– « Il » ?

– M. Risinger, répond-elle en me rendant sa carte gold. Votre petit ami je suppose, enfin cela ne me regarde pas.

J'essaie d'avaler. Ma gorge est si sèche soudain.

– Il a acheté… hum… une nuisette ici ?, dis-je avec effort.

Elle acquiesce et se mord les lèvres nerveusement.

– Oui, enfin, vous pouvez appeler cela comme ça. C'est ravissant. Pas très pratique, c'est vrai.

Un rire nerveux lui échappe. Zut alors, je suis vraiment, vraiment désolée. Je devrais tourner ma langue sept fois dans la bouche avant de parler. Surtout, ne lui dites rien. Il serait furieux. Et ma directrice aussi, si elle savait.

– Ne vous inquiétez pas. Je pense qu'il me l'offrira pour une autre occasion. Je ne dirai rien.

Je la gratifie d'un sourire bienveillant, elle semble se relaxer. Apparemment, elle a eu très peur de se retrouver au cœur d'un vrai sac de nœuds.

Après tout, il est bien normal qu'elle suppose que la carte de crédit appartienne à mon amant ou mon protecteur. Je ne porte pas d'alliance. Non, la question c'est : pourquoi M. Risinger a-t-il acheté une nuisette quelques jours avant la Saint-Valentin ?

En fait, ce n'est pas une vraie question. Ce ne sont surtout pas mes affaires. Je ne sais pas à quoi ressemble sa vie amoureuse et je ne veux pas le savoir. Mais il ne m'était pas venu à l'esprit qu'il puisse passer du temps avec…

Des filles qui me ressemblent. Qu'il leur offre de la lingerie fine.

J'essaie de cacher mon trouble jusqu'à ce que je sorte de la boutique, je ne veux pas que la vendeuse croie qu'elle a dévoilé que M. Risinger me trompait.

Ainsi, il les aime rondes.

Cela veut dire quelque chose.

Non, cela ne veut rien dire. Cela n'a aucun rapport. On s'en fiche de ses préférences sexuelles. Ce n'est pas comme si j'allais coucher avec lui. Toutes ces années, il n'a jamais montré le moindre intérêt. S'il en avait eu envie, je m'en serais rendue compte. De toute façon, je n'aurais jamais rien fait. C'est ridicule. C'est un personnage toxique et je suis persuadée que son pénis est sous le coup d'une malédiction comme dans *Indiana Jones*. Partager une pièce avec lui, c'est déjà suffisamment dur.

Mais en y repensant… C'est comme ces histoires d'éléphants roses qui n'existent pas. Plus on y pense et plus on doute.

***

Quand je rentre, Adrian n'est pas à son bureau. Je suis perplexe. Quand les gens cherchent Adrian, c'est moi qu'ils viennent voir. J'appelle la réceptionniste au rez-de-chaussée, elle n'est pas vraiment certaine mais elle pense qu'il est à l'étage de la salle de sport.

Oui, évidemment.

Je n'ai pas mis les pieds dans cet endroit depuis que j'ai été embauchée. Je préfère faire du sport chez moi, loin du regard des autres. Spécialement si les autres sont les gens avec lesquels je travaille. Ou mon boss. Je ne sais pas ce qu'Adrian penserait de mon programme fitness, je ne suis pas spécialement douée.

L'endroit est immense. On entend le clic clac de mes talons qui résonnent alors que je scrute la salle de musculation à sa recherche. Il doit être en train de se doucher ou de se rhabiller, je n'ai qu'à l'attendre.

Se doucher. Il y a donc de très fortes probabilités pour qu'Adrian Risinger soit nu dans cet immeuble où je viens travailler tous les jours.

Ce n'est pas franchement la pensée qui devrait me traverser l'esprit au moment présent.

Je reconnais un des types du service informatique sur un tapis de course et lui adresse un petit signe.

– Hey, souffle-t-il en retirant ses écouteurs. Ça va ?

– Je cherche M. Risinger, vous ne l'auriez pas vu ?

Il m'indique la porte à double battants au fond de la salle.

– À la piscine, je crois.

Aïe ! Bon, OK.

– Merci, dis-je en me sauvant.

Cela fait un temps fou que je ne me suis pas accordé une petite gratification sans risque. En fait j'essaie de ne pas penser à ce genre d'images, ou je n'ose pas. Des images comme celles que je vais voir maintenant.

Bon, essaie d'agir comme n'importe quelle personne normale et tends-lui sa carte de crédit tout simplement.

Quand je pousse les deux battants de la porte, je m'attends à être prise à la gorge par une odeur de chlore forte et doucereuse à la fois. Mais non. Je m'avance vers la piscine, en prenant garde à ne pas glisser et en gardant les yeux bien fixés au sol pour éviter les flaques d'eau.

Je devine au bruit qu'il est en train d'effectuer des longueurs. Je ferme les yeux et me souviens de ce sentiment incroyable, le son de la nage ; je le préfère tant au silence. Celui du va-et-vient de l'eau qui glisse sur ma peau.

Quelle énorme erreur !

S'il sort la tête hors de l'eau, il va me voir. Il faut que je m'en aille. Je n'ai qu'à reculer...

Ses mains agrippent le bord, à quelques centimètres à peine de moi. Puis son visage émerge, il secoue ses cheveux, se frotte les paupières et cligne des yeux.

– Prenez une photo, c'est pour la postérité, lance-t-il en me souriant.

Je serre mes poings et mes propres ongles me blessent.

– Je voulais juste...

– Me rapporter ma carte de crédit, je sais. Il montre une pile de vêtements bien pliés sur une table basse dans le coin. Mes affaires sont là mais vous auriez pu tout aussi bien la laisser sur mon bureau.

– C'était prendre le risque que quelqu'un la vole, je murmure en fixant mes chaussures. Ce qui ne sert à rien car j'aperçois toujours ses avant-bras agrippés au bord.

Il s'ébroue et ajoute :

– S'il y a dans cette boîte quelqu'un capable d'avoir suffisamment de courage pour oser me voler ma carte de crédit, alors qu'on me le présente. Et je lui donnerai une promotion immédiatement. Je sens ses yeux sur moi tandis que je vais déposer sa carte sur sa chemise. Elle porte son odeur. Un parfum piquant et amer en même temps, quelque chose que je n'ai senti sur personne d'autre.

– Vous savez que vous pouvez venir ici n'importe quand pour nager, explique-t-il. C'est très sympa, c'est de l'eau salée, il n'y a pas de chlore, vous pouvez ouvrir les yeux sous l'eau.

– C'est bon à savoir.

Je devrais m'en aller mais je reste. Il me regarde avec un petit air de défi.

– Je vous interdis de m'éclabousser !, je m'exclame.

– Vous éclabousser ? Moi ? Jamais !, jure-t-il en se frappant la poitrine. J'étais juste en train de me demander combien de plaintes pour harcèlement j'allais encourir si je vous jetais à l'eau.

Je ne peux m'empêcher d'éclater de rire :

– Juste une, j'imagine.

– Non, je veux dire, rétrospectivement. Je vois la poche du chameau se vider peu à peu. Il secoue la tête. Pour la surprise, c'est fichu.

– Eh bien, vous ferez mieux la prochaine fois.

J'essaie de trouver une raison pour partir. J'essaie de trouver une raison pour rester. Mon esprit est vide et Adrian diablement sexy avec ses cheveux plaqués en arrière.

– Je peux vous faire remettre un nouveau pass pour la piscine si vous avez perdu le vôtre.

Je fais non de la tête.

– Pourquoi êtes-vous obsédé tout à coup par mon accès à la piscine ? Si vous souhaitez améliorer mes conditions de travail, j'ai mille suggestions à vous faire avant celle-ci.

Il me lance un petit sourire méchant :

– Oh, j'en suis persuadé mais je sais que vous adorez nager. Vous avez ce trophée sur votre bureau.

C'est vrai mais c'était avant. Et il y a si longtemps que je suis ici. Il fait partie du paysage.

– Oui, bon, d'accord, c'était à une autre époque.

– Personne ne déteste nager naturellement. À moins d'avoir failli se noyer. Et si vous aviez failli vous noyer, vous n'auriez pas conservé ce trophée sur votre bureau, conclut-il avec un geste qui signifie « voilà ».

– Bravo inspecteur Colombo. Je passe d'un pied sur l'autre mais cela ne change rien, j'ai des fourmis dans les jambes. Peut-être n'en ai-je plus le temps ni l'énergie à cause de mon boss qui est complètement dingue.

– Vous ne travaillez pas, maintenant, remarque-t-il.

– Non, mais je devrais.

Il rit.

– Deux semaines de congés payés si vous sautez dans l'eau maintenant.

Je le dévisage, bouche bée :

– Comment ?

– Vous m'avez bien entendu. Il pointe deux doigts. Dès que la série de dédicaces et de conférences est terminée et juste avant que ne redémarre la saison. Sautez dans l'eau. À moins que vous n'ayez peur.

Les lèvres pincées, je rétorque :

– Je n'ai pas peur.

– Très bien ; alors vous n'avez aucune raison de refuser. Ses yeux pétillent. À moins que vous ne préfériez que je vienne vous chercher, si c'est plus simple pour vous…

– Bien, OK, venez me chercher, murmuré-je dans un souffle.

Un éclair traverse son visage mais s'évanouit aussitôt.

– Quel défi !

– Vous avez peur de vous blesser.

Il fronce les sourcils.

– Je ne sais pas vraiment qui vous cherchez à insulter, mais vous feriez mieux de faire attention. C'est moi le boss.

Il tente de m'éclabousser, mais je l'évite.

– Vous savez, miss Burns, que vous pourriez me servir d'haltère pour ma séance de musculation.

– Oh, c'est une des choses les plus gentilles que vous m'ayez jamais dites.

Je fixe l'eau en repensant à son défi idiot.

– Et puis, je ne veux pas mouiller mes vêtements.

– Vous avez deux options. Il fait semblant de réfléchir et ajoute : Un, je pense que vous avez compris ce que je proposais, il faudrait que je vérifie mais je crois que je ne suis pas censé faire ce genre de proposition à une employée. Deux, vous avez un sac plein de vêtements neufs, juste là, tout près.

– Je suis certaine que les boss n'ont pas le droit d'échanger des congés payés contre des concours de T-shirts mouillés.

– Meghan, je vais finir par me vexer. Sa voix regorge de promesses douteuses. À moins que ma libido ne soit remontée en superpuissance.

– Cela n'a rien à voir avec moi. C'est juste pour que vous preniez un peu de bon temps.

Alors là, je m'esclaffe :

– Vous vous fichez de moi ! Vous savez exactement pourquoi je ne prends jamais de bon temps.

– Oui, et c'est cela que je veux corriger.

– Vous savez quoi ? Très bien. Mais c'est ridicule.

Je balance mes chaussures assez violemment pour qu'elles glissent à l'autre bout de la salle.

– Vous pensez que je suis trop coincée ? Très bien, très bien.

– Je n'ai jamais dit ça.

Quelque chose en moi vient de se casser net. Je ne sais pas ce que c'est ni pourquoi. Peut-être cinq années de tension, peut-être le choc qu'on m'ait retiré le plaisir de ma lecture favorite, la disparition de mon amitié avec Natalie… Je réalise que la seule chose dont j'ai envie, c'est de pouvoir me regarder en face, avec un sourire démentiel, et il pourrait bien être à dix mille miles de moi, ce serait pareil. Car il est à dix mille miles de moi.

Je retire mon collant : dans la piscine, c'est une mauvaise idée un collant. Adrian me regarde sans ciller, j'ai l'impression que je vais prendre feu sur place. Ce qui ne serait pas une mauvaise idée finalement.

– Meghan, je plaisantais…

Je le dévisage, il est troublé. Mais dans le bon sens du terme. Ce qui m'étonne beaucoup. Il a l'air intrigué et même… excité ?

– Quoi ? Vous disiez quoi ?

Je balance mes collants dans la même direction que mes chaussures.

– Relaxez-vous, je fais un peu d'exercice, je ne voudrais pas corrompre vos petites pupilles vierges.

– Le strip-tease… je plaisantais bien entendu à propos du striptease, assure-t-il d'un timbre plus calme.

Bien sûr qu'il plaisantait. Adrian Risinger a certainement un mannequin de chez Victoria's Secret qui l'attend chez lui. Moi je fais plutôt dans le genre mannequin pour les grosses. Un peu molle au milieu, avec des vergetures. Et de la cellulite. La créature à qui est destinée la nuisette de la boutique a certainement tout ce qu'il faut au bon endroit.

Je pénètre dans l'eau et il m'observe, fasciné. Il ne s'attendait pas du tout à ce que je le fasse. Pour une fois, c'est moi qui gagne.

– Alors, combien de congés payés pour ce bain de minuit en votre compagnie ?

Il secoue la tête, ses yeux ancrés dans les miens.

– Non, Meghan. Il s'agrippe fermement au bord de la piscine et ajoute : Je sais que cela semble nul venant de ma part, mais s'il vous plaît, Meghan, ne vous déshabillez pas, je suis un homme !

C'est ridicule, il n'a aucune raison de vouloir me voir nue. Sauf délire énorme.

– Je ne vais pas le faire, eu égard aux caméras de sécurité.

J'avance vers lui, diminuant la distance qui nous sépare. Il ne bouge pas.

– Et si je retirais mon soutien-gorge et ma culotte ? Il n'y a pas vraiment de différence avec un bikini.

Je n'ai jamais porté de bikini de ma vie. Mais j'adore cet air effaré sur son visage.

C'est peut-être la pleine lune, à moins que le sel ne se soit infiltré dans mon esprit, mais on dirait bien qu'Adrian Risinger a diablement envie de moi. J'ai la tête qui tourne. Je ne me souviens même pas que je le désire encore plus.

Bon, j'ai toujours la main, n'est-ce pas ?

Car c'est ainsi que les choses fonctionnent.

Cela fait si longtemps que je ne me suis pas perdue dans le sexe. Je ne sais pas si je saurai encore.

– Les caméras, souffle-t-il, pas devant les caméras.

– Et devant vous ?, je demande en souriant.

Il a le souffle court, son torse semble se soulever et s'abaisser.

– Est-ce que vous portez un micro, miss Burns ?

En riant, je me rapproche de lui. Nous sommes si près que nous pourrions nous toucher.

– Voilà, vous m'avez maintenant. Tout cela est un coup monté pour vous faire payer toutes vos fautes. J'étais le meilleur appât qu'ils aient pu trouver.

– C'est très plausible.

Il passe sa langue sur ses lèvres en me fixant.

– Parfait.

J'attrape sa main et la pose sur mon ventre. Ses yeux sont deux soucoupes.

– Si vous ne voulez pas que je me déshabille devant les caméras, alors touchez, rendez-vous compte par vous-même. Pas de micro, pas de piège. Juste moi.

Ses doigts me trouvent, me caressent, il me presse contre lui avec son autre main.

Je gémis quand il fait sauter mon soutien-gorge et le laisse glisser. Ses mains s'attardent sur mes seins qui flottent dans l'eau.

Mon bras s'accroche à son cou, sa jambe trouve son chemin entre mes cuisses et je laisse échapper un soupir. Oh mon Dieu, cela fait tellement longtemps…

– Si tu me voulais, pourquoi n'as-tu rien dit ?, murmure-t-il en attrapant mes hanches ; et en se glissant tout contre moi, je sens son sexe bien dur appuyer fermement contre l'intérieur de ma cuisse. J'ai toujours fait tout ce que je pouvais pour assurer le confort et la bonne santé de mes employés.

– Tais-toi, dis-je dans un souffle.

J'ai du mal à respirer, j'essaie de contrôler mes mouvements.

– Combien de semaines de congés payés pour un baiser ?, demandé-je en approchant mon visage du sien.

Il fait non de la tête.

– Je ne monnaye pas mes baisers. Si tu m'embrasses, c'est parce que tu en as envie.

Et je l'embrasse. Encore et encore.

Jusqu'à ce que cela arrive, je ne m'étais pas rendue compte que c'était exactement ce que je voulais. Et je le voulais désespérément. Depuis cinq ans. Cinq ans de colère et de frustration, de mésentente et d'hostilité. Cinq ans de désirs à se demander quel goût il pouvait avoir.

Un rien de whisky et de citron.

Nos langues se cherchent, il prend tout. Et ça me va. Il explore ma bouche, ses doigts glissent sous ma culotte et écartent mes cuisses ; si nous n'étions pas dans une piscine, il verrait que je suis toute mouillée d'excitation.

Je ne peux me retenir. J'ai un orgasme presque immédiatement alors que normalement cela me prend un temps fou. Enfin je n'ai pas pratiqué depuis longtemps. Il lâche ma bouche, sa tête est collée contre la mienne, je sens son souffle tout contre moi et je me perds au rythme de ses doigts.

– Oui !

Je crie, je hurle, l'extase me traverse, encore plus aigüe. Je ne sais pas s'il s'agit d'un très long orgasme ou de multiples petits, quand j'arrête enfin de me tordre de plaisir, je songe qu'il doit avoir de sacrées crampes dans les poignets.

Il n'a pas l'air de se plaindre.

Mes cuisses sont enroulées autour de sa jambe comme un étau. J'agrippe son maillot de bain et me saisis de son sexe, il est long et dur, je l'entraîne dans un va-et-vient lancinant, puissant, comme Dirk aimerait. Sauf qu'il ne s'agit plus de Dirk et d'Amanda. D'ailleurs, il ne s'est jamais agi d'eux.

Depuis combien de temps j'attendais cela ? Combien de fois ai-je repoussé cette idée ? À quoi ressemble-t-il intimement ? Ces lèvres si désirables, ces costumes si bien taillés qui ne cachent rien de son anatomie. Pas plus que la petite monnaie dans sa poche. Il n'y en a pas, cela casserait la ligne.

– Je t'interdis de demander combien de semaines de vacances pour des caresses, murmure-t-il.

– Je n'allais pas le faire. Il tremble quand mon souffle chatouille son oreille. Je veux juste te voir jouir.

Son rythme cardiaque s'accélère, il a le souffle court, il gémit, ses articulations blanchissent quand il s'accroche au bord de la piscine.

Et quand mon vœu s'exauce, le charme se rompt.

Je le sens. Ses yeux se ferment quand il vient, il émet un bruit indéfinissable qui va résonner dans ma tête pour le reste de ma vie. Sa tête bascule en arrière, il halète.

Yep. Je viens de branler mon boss dans la piscine.

Il fuit mon regard, j'imagine qu'il est en train de penser la même chose que moi. Il s'écarte, nous nous éloignons chacun d'un côté. Je cherche l'échelle quand le poids de la gravité, à moins que ce ne soient mes vêtements mouillés, me rappelle à la réalité.

– Meghan…

Je m'arrête, l'eau ruisselle de toutes parts autour de moi.

– Ne remonte pas comme ça, je vais demander à un stagiaire de descendre tes affaires.

Il se hisse d'un seul coup hors de l'eau, parce que c'est ainsi. Adrian Risinger n'a pas besoin d'une échelle pour sortir d'une piscine. Il me tend une serviette à bout de bras. J'aimerais qu'il dise quelque chose à propos de ce qui vient de se passer mais cela n'arrangera rien.

C'était une erreur, nous le savons tous les deux.

Je me laisse tomber dans un transat, une serviette autour des épaules ; mes cheveux pendouillent. Comment est-ce arrivé ? Comment a-t-on pu laisser ça se produire ? Dans le genre mauvaises décisions prises au boulot, celle-ci regroupe : sexe avec un collègue, sexe avec son boss, sexe avec son boss sur le lieu de travail, sexe avec son boss sur son lieu de travail avec des caméras branchées dans un endroit où n'importe qui peut entrer, et finalement sexe avec son boss sur son lieu de travail avec des caméras qui filment dans un endroit où tout le monde peut entrer avec un boss égocentré et à moitié dingue avec qui vous partagez une relation malsaine d'interdépendance !

Le stagiaire laisse mes vêtements secs à l'entrée de la piscine comme si on était en train de procéder à l'échange d'un otage. Adrian dépose le sac plein à mes pieds.

– N'oubliez pas les dédicaces samedi matin. J'espère que vous aurez terminé les livres d'ici là. Je vous enverrai un taxi. Huit heures pétantes.

J'ai du mal à prononcer un mot.

– Je serai prête…

Probablement le plus gros mensonge que j'aie jamais prononcé de ma vie.

***

Je déteste l'odeur de ces nouvelles fringues.

Je déteste leur sensation sur mon corps, ce tissu rêche, étranger, j'ai l'impression idiote d'avoir laissé pendre une étiquette ou une vignette quelque part.

Je me focalise sur ces vêtements que je déteste et que je suis obligée de porter parce que cela m'empêche de songer à autre chose.

Je passe par mon bureau avant de rentrer chez moi. Alors que je prends mes affaires, je distingue la voix d'Adrian :

– Oui, l'entreprise de nettoyage de la piscine… oui je sais bien qu'ils étaient là la semaine dernière… Est-ce que vous me comprenez ou pas ? Vous parlez français ? Qui vous a placé à ce poste ?

Un moment de silence, puis :

– Tout de même, merci !

Et quand je suis enfin seule dans l'ascenseur, j'éclate de rire. Puis en sanglots.

Chapitre 5

Brouillons : non envoyés

De : megatron_liberee@bmail.com

C'est complètement dingue.

Je me demande pourquoi je vous écris. D'autant que je sais que vous n'êtes pas franchement vous. Donc je ne peux pas vous envoyer ce mot. Mais à qui parler alors ? J'ai peur de relire nos anciens échanges car même si je sais qu'il ne s'agit que de votre agent, je me demande bien ce qu'elle a pu vous raconter. Je veux dire, s'il connaissait toutes les méchancetés que j'ai dites sur lui, il s'en servirait contre moi. C'est peut-être un bon signe finalement.

Je continue à croire que ce n'est pas vrai. Je me sens comme le narrateur dans Fight Club ou le héros de Beautiful Mind. Comment survivre à l'idée que quelqu'un avec qui tu as eu une vraie relation n'existe pas ?

C'est comme ça, c'est complètement fou. Tu n'y peux rien.

C'est comme se faire escroquer. Je n'aurais jamais pensé que cela puisse m'arriver. Bien trop intelligente pour ça. En fait, bien trop seule. Et vous êtes sortie de nulle part, vous avez débarqué dans ma vie, j'ai été surprise. Et puis il y avait toutes ces petites choses à propos d'Amanda, je me retrouvais en elle, j'ai relu les passages, cela me faisait tellement rire. Et parfois pleurer.

Zut. Est-ce que j'ai déjà écrit ça ? Et si Adrian tombe dessus ?

Zut.

Vous voyez, je n'arrive toujours pas à concevoir que vous et Adrian soyez la même personne. Mon cerveau refuse de l'intégrer.

Et dire que j'ai couché avec.

OK, pas vraiment. On n'a pas couché. On s'est fait du bien. On s'est caressé mutuellement dans la piscine. Je sais, c'est horrible. Mais en fait non. C'était dément.

Natalie, je deviens dingue et c'est de votre faute.

***

Adrian a dix minutes d'avance. Naturellement.

Je m'en doutais et j'étais plantée dehors sur le trottoir avant même que son chauffeur n'ait le temps de freiner. Je porte une petite robe de cocktail noire avec des manches ballon. Mes cheveux sont relevés en un simple chignon, quelques mèches folles s'en échappent et entourent mon visage. Je n'ai pas eu le temps de laver les dessous en soie, ils dorment dans un tiroir et je porte mes vieux trucs.

Il m'explique qu'il va jouer le rôle de l'éditeur. Il a besoin d'une excuse pour se pencher par-dessus mon épaule et lire mes dédicaces.

Il se tourne vers moi quand je m'installe à côté de lui et m'accorde un signe d'approbation avant de laisser errer son regard dans le vide.

Hou ! Entre nous, les choses ne sont jamais simples, mais quand elles deviennent maladroites, c'est pire.

– Alors, qu'en pensez-vous ?

Il me lance un coup d'œil puis se détourne immédiatement.

– Pardon ?

J'écarquille les yeux.

– Vous sembliez tellement concerné par mon allure ; est-ce que cette tenue vous convient ?

J'ai droit à un léger « parfait » alors qu'il me regarde à peine.

J'ai l'estomac serré comme le poing. Je savais que c'était une erreur de se laisser aller à cet instant de sensualité. Bien sûr, les choses n'étaient pas extraordinaires avant, mais on arrivait à travailler ensemble. Maintenant ce sera horrible. Je ne sais pas comment nous allons pouvoir surmonter cela.

Et comme s'il lisait dans mes pensées, il coche la première entrée.

– Je pense qu'on devrait évoquer l'incident.

« L'incident ». Je lui accorde un sourire niais.

– Est-ce qu'on peut vraiment en parler ici ? On ne va pas être enregistré ?

Il prend l'air surpris mais cela l'amuse :

– Je suis désolé de vous l'apprendre, mais je crois que tout le monde est au courant.

– Oh non, vous croyez ?, et je m'affale sur la banquette. Non, les gens ne peuvent rien imaginer de tel à mon propos.

– Ce n'est pas ça le problème… Vous ne m'aviez pas averti que vous hurliez si fort.

Il déclare cela en suivant avec le pouce la ligne de chacun de ses doigts. Et en recommençant quand il arrive au bout. Un tic nerveux sans aucun doute.

– Il y a un écho dans une piscine.

Je m'esclaffe.

– Si vous croyez que ça, c'était un cri…

Il me jette un regard acerbe :

– Ce n'est pas drôle, je suis sérieux…

C'est nouveau.

– Bon, très bien. Je m'éclaircis la gorge. Puisque nous évoquons les faits sérieusement, je suis désolée de m'être laissée aller.

Je ne sais pas vraiment si ce que je dis est adéquat, mais il faut bien que je dise quelque chose.

– Désolée ? Mais non, Meghan. Il soupire. Je vous ai provoquée. C'était totalement immature de ma part. Je ne pensais pas qu'on en arriverait là. Évidemment. Sinon je n'aurais pas commencé. Tout est de ma faute.

– N'ayez pas l'air si terrifié.

– Je ne suis pas terrifié, insiste-t-il. Les choses ne vont jamais aussi loin habituellement entre vous et moi. J'ai franchi la ligne rouge.

Je n'en reviens pas.

– Non mais sérieusement, *sérieusement*, vous vous découvrez soudain une conscience parce que votre pénis a fait des siennes ?

Il tressaille.

– Y a-t-il un autre problème que vous souhaitiez évoquer, Meghan ?

Est-il sincère ? Ou se fait-il des idées ? Estime-t-il que nous avions une relation saine et solide avant qu'il ne soit question de… double masturbation furtive ?

Hallucinant ! Il est encore plus déconnecté de la réalité que je ne l'imaginais.

– Non, bon, d'accord.

Je ramène mes bras sous ma poitrine ; pas la peine que j'essaie de lui expliquer.

– Merci pour votre sollicitude, mais vous n'avez pas profité de moi. J'ai collé votre main entre mes jambes, j'étais d'humeur badine.

C'est une façon de l'exprimer.

Il a l'air furieux. Et moi aussi maintenant. Il avait qu'à ne pas jeter cela sur le tapis. On aurait fait semblant. Comme si rien n'avait jamais eu lieu. D'autant que je ne suis pas près de recommencer. Même s'il est beau à se damner dans son costume si bien coupé. Et je sais dorénavant que ce qui se cache à l'intérieur est fort prometteur.

– Vous allez rencontrer mon agent, Kara, prévient-il après un long silence. Naturellement, elle devient le vôtre maintenant. La plupart du temps, laissez-la parler.

Je ne vois pas où il veut en venir, mais je n'aime pas cela.

– Kara… ah… Kara, acquiesçé-je en croisant les bras. J'avais oublié Kara.

Il me lance un regard menaçant. Je ne sais pas pourquoi l'idée même de cette fille me donne de l'urticaire. Peut-être parce qu'il me semble inconcevable qu'Adrian puisse demander ou suivre les conseils de quelqu'un. Tout ce temps à ses côtés, je me suis heurtée à un mur et voilà que Kara débarque et il traverse la ville pour suivre ses suggestions ou autres recommandations.

Je suis ridicule. Et c'est uniquement parce que sa main repose sur son genou et que je ne peux m'empêcher de penser à la façon dont ses doigts m'ont fait jouir.

***

Je me suis entraînée à afficher un sourire enjôleur et à tracer une belle signature. Enfin celle de Natalie. Mais rien n'aurait pu me préparer à ce que je trouvai dans la salle de conférence de cet immense hôtel.

Il y a des piles énormes d'exemplaires du dernier livre de Natalie avec sa couverture glacée : comment s'est-il débrouillé pour qu'il sorte si rapidement alors que je n'avais qu'un manuscrit entre les mains la semaine dernière ? Il doit avoir ses secrets. Cela fourmille d'hormones féminines dans la pièce. Adrian attire les regards concupiscents de ces dames, et je ne sais pas pourquoi, j'ai l'impression d'avoir avalé une boîte entière de punaises. Non, je ne veux surtout pas me l'expliquer.

Et que se passe-t-il si je retire ma culotte et mon soutien-gorge ? Idiote, il s'en fiche bien de toi. Tu ne vois pas que tu l'embarrasses ? Tu t'es jetée à sa tête. Non mais qu'est-ce que tu croyais ?

La foule d'auteurs est assez bigarrée. À quelques tables de moi, il y a un gars avec une grande cape noire. Bon, j'espère pour lui qu'il écrit des histoires de vampires sinon il est mal barré. Je ne comprends pas pourquoi Adrian était si obsédé par mes tenues. Derrière il y a même un écrivain qui porte un T-shirt Disney avec écrit en gros « 1994 » !

Je pense qu'il souhaite que je véhicule une certaine image. Je ne sais pas combien ses livres lui ont déjà rapporté, mais apparemment il se fiche d'apparaître dans un costume que la plupart des éditeurs seraient incapables de s'offrir, même au bout de dix ans de salaire. Disons que je lui rapporte un paquet !

Une femme arrive comme une furie sur le côté. Elle n'est pas aussi grande que moi, mais elle est fine et plutôt athlétique. Elle doit avoir une quarantaine d'années mais se débrouille pour en paraître dix de moins. Elle porte un costume assez chic et bien coupé, mais à côté de celui d'Adrian, il paraît venir de chez K-Mart.

– Mais tu ne m'as pas attendu ?, profère-t-elle avec un regard noir.

Adrian hausse les épaules.

– Tu étais en retard, rétorque-t-il. Et Natalie qui est là se demandait ce que tu faisais.

Il se tourne vers moi et je réalise qu'il s'agit de Kara et qu'elle a apparemment oublié de qui elle était l'agent.

– Ah, parfait, riposte-t-elle sans la moindre pointe d'humour. J'espère que vous savez à quoi vous attendre.

Et c'est alors que les portes de la salle s'ouvrent en grand.

Heureusement, les organisateurs savent gérer, ils s'arrangent pour que les files d'attente ne soient pas trop longues devant les tables. Ce qui laisse peu de temps aux éventuelles questions des lecteurs, même si je suis persuadée de connaître l'œuvre d'Adrian bien mieux que lui-même. Et je souris et souris encore et souris toujours. Et je dédicace et serre des mains.

« Vos livres ont sauvé mon mariage… »

« Mon mari m'a demandé de vous remercier de sa part… »

« Grâce à vous je me remets à lire… »

Je pense que les chevilles d'Adrian vont tellement enfler qu'il ne pourra même plus sortir d'ici.

Je joue de modestie autant que je peux. « Oh vous savez, j'adore écrire… Merci, merci mille fois… Cela signifie tellement pour moi. »

Ce qui m'étonne c'est qu'on ne m'ait pas encore demandé de photo et quand cela arrive « Hum », je ne sais pas si c'est permis, je regarde autour de moi, je ne suis pas certaine de vouloir ma tête accolée au nom de Natalie McBride sur Internet.

– Pas de photo, avise la voix d'Adrian derrière moi. On n'a pas le temps, il y a trop de monde.

– Merci, chuchoté-je ; mais je ne suis pas certaine qu'il m'ait entendue.

Le temps passe à vitesse grand V. Il y a encore des gens qui attendent dehors mais il semblerait qu'ils soient là pour quelqu'un d'autre qui attire presque autant de monde que moi. Et quand les organisateurs expliquent que c'est fini, un brouhaha de mécontentement s'élève.

Dès que la salle est vide, je m'affale sur la table.

– Comment va le poignet de la star ?

Adrian effleure mon épaule et je ne ressens absolument aucune décharge électrique.

– Pffff…

Je relève la tête et balaie la salle du regard.

– Je boirais bien un verre. Ou même dix.

Il me saisit la main et m'aide à me relever.

– Ne vous inquiétez pas. Kara est partie. Il fait une drôle de tête. Elle n'avait pas l'intention de se montrer aussi froide. C'est à moi qu'elle en veut, pas à vous. Cette idée ne lui plaisait guère, mais je pense que cela a marché.

– C'est sûr. Pour vous, rien de très difficile. Je masse mon poignet en grimaçant. Cela ne vous dérange pas trop la façon qu'ont les gens de s'épancher ?

Il hausse les épaules puis explique :

– Je suis heureux de contribuer au bonheur du monde.

Je cherche la pointe de sarcasme sur son visage.

– C'est vrai que cela vous ressemble tellement…

– Bon alors, on le prend ce verre ?

Il m'invite ou quoi ? J'accepte avant de peser le pour et le contre. Je ne suis pas sûre de savoir ce qui se passe entre nous mais au moins il n'est plus en colère.

Pour le moment.

***

Il m'entraîne dans un petit pub à moitié désert, au bout de la rue. Dieu merci, je ne vois personne de l'hôtel avec badge agrafé à la poitrine, nous sommes les deux seules personnes au bar. Il commande ce qu'il aime et je ne discute pas, peu importe ce que j'avale, du moment que c'est liquide et que c'est de l'alcool.

– *Cheers*, prononce Adrian en levant son verre.

J'aime le goût du whisky qui brûle ma gorge. Je sens une crampe dans mon bras, j'espère que cela va passer.

– Si j'attrape le syndrome du canal carpien, vous devrez payer.

– Très bien ; mais il faudra prouver que cela n'a rien à voir avec une séance de masturbation poussée due à la lecture de mes livres.

Il finit son verre cul sec. Son regard se perd dans le mien :

– Je remarque que vous ne niez pas.

Je me souviens qu'il ne sait pas. Il ne sait rien de mon addiction à la littérature de Natalie McBride avant la découverte de son identité. Je rougis, malgré moi.

– Je ne m'abaisserai pas à répondre, assuré-je d'une façon que j'espère convaincante.

– Je suis désolé pour la piscine, coupe-t-il soudain. Il fait tourner son verre sur le bar. Pas pour l'incident. Mais pour m'être conduit comme un con après.

– Non, pas plus que d'habitude, répondis-je. Je ne sais pas comment vous ou moi aurions dû nous tenir après.

– Oh, vous avez très bien su vous tenir, précise-t-il en ricanant. Pardon, vous avez raison.

Je m'accoude au bar et soupire :

– C'était tellement inattendu.

Il acquiesce, commande un autre verre.

– J'ai toujours pensé… Au bout de cinq ans, cela devait arriver…

Je l'observe avec attention et murmure :

– Vous y aviez pensé…

– Pas vous ?, se moque-t-il.

– Non, pas jusqu'à maintenant ; je ne suis même plus certaine que ce soit réel.

La bouche d'Adrian se tord dans un rictus :

– Pourquoi mentez-vous toujours ?

– Honnêtement, je n'ai jamais pensé… Je m'éclaircis la gorge. Vous êtes terriblement séduisant, c'est vrai…

Voilà que je rougis encore.

– … mais je n'avais pas de désir. Peut-être suis-je trop occupée à vous haïr.

– Le désir n'est jamais exclusif, vous savez.

Son genou frôle le mien, est-ce intentionnel ou pas ?…. Puis il demande :

– C'est si horrible de travailler pour moi ?

Un éclat de rire m'échappe :

– Vous êtes sérieux, là ?

– D'accord, je ne suis pas quelqu'un d'évident… Il fronce les sourcils en fixant son verre. Mais vous êtes plutôt du genre à relever les défis, non ?

– Oui, apparemment.

Quel enfer ! Je finis mon verre et en prends un autre. Il me dévisage, attendant une réponse plus développée. Mais comment expliquer la situation à quelqu'un qui ne peut même pas la concevoir ?

– Vous me traitez de tous les noms, vous m'engueulez si je vous amène votre café avec cinq minutes de retard, vous empiétez sur ma vie privée. Vous critiquez tout. Vous ne me remerciez jamais, même pas une carte de vœux pour Noël. Mais je sais exactement ce que vous êtes et si je suis encore là… eh bien, ce n'est pas franchement de votre faute. Mais de la mienne, je voulais quelque chose de différent certainement.

Impavide, il fixe le bar. Je me demande s'il a bien tout imprimé.

– Je ne pensais pas que les cartes de vœux avaient de l'importance pour vous, énonce-t-il platement.

– C'est tout ce que vous retenez…

Il paraît serein :

– Je ne suis pas certain de comprendre ce que vous souhaitez, Meghan.

– Pfff, rien. C'est vous qui jetez de l'huile sur le feu. Si vous voulez que quelqu'un l'éteigne, vous vous trompez de personne, ce ne sera pas moi.

Adrian fait courir son doigt tout autour de son verre.

– « Haïr », le verbe est fort.

– J'adore les mots forts.

C'est peut-être le bourbon, mais il a l'air tellement… abattu. Je m'esclafferais si ce n'était pas si triste.

– Hey, fais-je en lui prenant le bras. Vous êtes un drôle de type c'est vrai, mais je… J'inspire un bon coup avant de poursuivre :

– … je ne vous hais pas vraiment.

Et au moment même où je prononce ces mots, je réalise combien ils sont vrais.

– Pourquoi ?, souffle-t-il avec une expression macabre. Vous venez de décrire le pire des boss. Moi, je l'aurais déjà tué.

– Oh, j'y ai pensé souvent. Ma main est toujours posée sur son épaule, je ne la retire pas. Mais qui me ramènerait à la réalité alors ?

Il sourit sans bruit, se laisse glisser du tabouret, sort un billet de son portefeuille et dit :

– J'ai une terrible migraine ; cela devrait suffire pour les verres et un taxi.

J'acquiesce, essayant de taire les sentiments qui s'agitent en moi.

Impossible, j'ai mal pour lui.

***

Je prends le métro et marche jusqu'à la maison. Il fait encore bon dehors et j'ai besoin d'y voir plus clair. J'ai laissé un gros pourboire au barman, je rendrai le reste à Adrian demain.

Pourquoi est-ce que je me sens coupable ? Je n'ai pas mal agi. Il devait entendre la vérité. Mais j'ai l'impression qu'elle l'a anéanti.

Mon garde-manger ne renferme que la moitié d'une boîte de biscuits, il faut que je m'arrête chez l'épicier du coin. Je ne sais pas quoi prendre ; quelque chose qui fasse passer le bourbon.

Au rayon fromages, je tente de déchiffrer les étiquettes quand quelqu'un m'effleure le bras.

– Meghan, oh mon Dieu, ça fait des lustres !

– Shelly… Je lui fais face avec un sourire un peu forcé. Wow, comme tu dis !

– Je me demandais ce que tu devenais. Toujours super occupée au boulot ?

J'acquiesce en attrapant une boîte de Monterey Jack :

– Oui, c'est de pire en pire. Je n'ai plus de vie. Mais bon au moins, je n'ai pas de problèmes.

Ha.

– Oh, tant mieux, je suis contente.

Je lis un tel abyme en elle que j'ai peur de poser la question.

– Et le refuge ?, je demande finalement.

– Oh, ça va, réplique-t-elle sans conviction. Les animaux vont bien. Je viens de faire entrer un chaton abandonné dans un carton au milieu des bois. Tu peux le croire ? Les gens sont fous.

Mon cœur s'emballe.

– Au moins, Misty avait été trouvée dans une arrière-cour.

– Elle a eu encore plus de chance, admet Shelly. Elle t'a trouvée, toi.

Cela fait presque un an maintenant, mais je refuse d'en parler.

– Tu es sûre que ça va ? On ne dirait pas en fait.

Son visage s'assombrit.

– Depuis que tu es partie, Meghan, les choses ne se sont pas arrangées. Bien au contraire. J'ai tout fait pour qu'on s'en sorte, mais bon. Pour faire court, on est expulsé. Je ne sais pas ce qu'on va faire. Les animaux…

Elle s'arrête et je la contemple, bouche bée :

– Quoi ? Comment ?

– Il y a quelques mois, on a reçu une lettre qui disait qu'on ne respectait pas les normes de sécurité. Le problème c'est qu'on n'avait pas l'argent pour se mettre aux normes. Il n'y a aucun danger réel au refuge, mais plus la ville conduit d'inspections, plus elle récolte de subventions. Et puis il y a ce formulaire qu'on a perdu ou oublié de remplir. Et voilà, on se retrouve expulsé du jour au lendemain…

Elle hoche la tête puis reprend :

– … Maintenant c'est trop tard. Et je ne peux en héberger plus. J'essaie de contourner la loi. Tu sais comme je prends bien soin d'eux. Je n'ai jamais maltraité un animal. Mais la municipalité ne peut en accueillir aucun. Tous les refuges sont pleins. Il n'y a pas une place libre dans cette fichue ville !

Des larmes coulent sur ses joues, elle les essuie du dos de la main.

– Je ne devrais pas t'ennuyer avec mes problèmes. Je me suis déjà sortie du pire. Il y aura toujours une place pour toi au refuge. Elle esquisse un sourire. Tu manques à tout le monde, tu sais.

– Ils me manquent aussi. J'aimerais avoir le temps de venir vous aider, mais…

– Je comprends. Elle s'accroche à mon bras. Ne te sens pas obligée de te justifier. Tu as travaillé bénévolement, plus que nous tous. Et ton énergie positive rayonne encore et pour de nombreuses années.

Cette conversation tourne dans mon esprit ; je me dirige vers la caisse avec mes achats. Je pense à Shelly, à mes amis, aux animaux.

Je pense à Misty.

Il faut que je fasse quelque chose.

Si c'est une question d'argent pour trouver de nouveaux locaux ou s'il s'agit juste de mettre les anciens aux normes… Mon boss est milliardaire tout de même ! Et il paraît enclin aux bons sentiments actuellement.

Non, impossible. En même temps je ne peux imaginer tous ces animaux qui vont finir par être piqués. Ou pire. Mais si j'en parle à Adrian, il va se moquer de moi. Il ne pourra pas résister, même s'il est plutôt sympa en ce moment.

Oh, bien sûr qu'il y a un autre moyen !

On reçoit sans arrêt des lettres pour des opérations caritatives au bureau. C'est moi qui fais le tri. Je pourrais monter un dossier, le rendre très convaincant et gérer tous les intermédiaires si bien que Shelly n'en saurait jamais rien. Aucune envie de recevoir des mercis à gogo ou des baisers mouillés, ce n'est pas mon style. Tout ce que je souhaite, c'est sauver les animaux.

Oui, cela va marcher. Adrian n'y verra que du feu. De toute façon il ne sait rien de Misty.

Quand elle est tombée malade, je me suis absentée pour l'emmener chez le vétérinaire. J'ai précisé que j'avais une gastro-entérite. Je savais qu'il n'irait pas vérifier. Tout est très simple. Il n'a qu'à signer un chèque. Cela ne sert à rien d'abuser des bons sentiments.

Ça va marcher.

Chapitre 6

E-mails archivés : depuis plus d'un mois

De : megatron_liberee@bmail.com
A : natalie@nataliemcbrideauteur.com

J'ai réussi à retenir mes larmes jusqu'à mon retour à la maison.

Je déteste ce sale type ! Vraiment. Je ne le supporte plus, il m'horripile. C'est comme s'il savait exactement sur quel bouton appuyer. Je suis désolée de me défouler sur vous. Mais je suis au bout du rouleau, vous voyez. Je ne sais pas combien de temps je vais pouvoir tenir encore.

De : natalie@nataliemcbrideauteur.com
A : megatron_liberee@bmail.com

Je suis désolée, Meg. Si seulement je pouvais faire quelque chose pour vous aider.

Je suis persuadée qu'il ne voulait pas vous mettre dans cet état. Il se sentirait très mal s'il savait. Imaginez-le, votre *big*, *bad boss* qui ouvre sa bouteille de whisky et qui la descend tout seul parce qu'il s'est rendu compte que vous étiez bouleversée, il sait bien que c'est de sa faute mais il n'a aucun moyen d'arranger les choses.

Hé, ce n'est pas mal comme titre de bouquin : *Les milliardaires ne pleurent pas*. Non, en fait c'est nul, on oublie.

Pourquoi ne démissionnez-vous pas ? Cela vous paraît impossible, c'est si difficile, vous avez peut-être juste besoin d'un nouveau départ ? De toute façon, il trouvera quelqu'un d'autre à humilier. Il n'en tirera certainement pas autant de plaisir qu'avec vous, mais il s'en sortira très bien.

De : megatron_liberee@bmail.com
A : natalie@nataliemcbrideauteur.com

Non. J'y pense chaque jour que Dieu fait c'est vrai, mais j'en suis incapable. Il faut que j'y pense encore.

Comment dites-vous qu'il boit son whisky ?

De : natalie@nataliemcbrideauteur.com
A : megatron_liberee@bmail.com

Ah, devinez...

De : megatron_liberee@bmail.com
A : natalie@nataliemcbrideauteur.com

Vous êtes toujours là ou votre clavier s'est envolé ?

De : natalie@nataliemcbrideauteur.com
A : megatron_liberee@bmail.com

Je tape d'une main. Non, je sais ce que vous pensez, coquine... Ce n'est pas ça. Je suis en train d'avaler un sandwich.

Parfois je me dis que j'aurais dû faire évoluer les choses différemment entre Dirk et Amanda.

Je ne veux pas revenir sur votre mauvaise journée mais cela tourne dans ma tête depuis un bon moment et j'aimerais en discuter avec vous si cela ne vous ennuie pas. Je pourrais m'en servir dans le prochain livre. Ou pas. C'est vrai que le désir qui monte *crescendo*, c'est bien. Mais si tout arrivait de façon plus brutale ? Par exemple, il a mis un temps fou à lui avouer qu'il était amoureux d'elle : est-ce qu'il ne pourrait pas juste le dire comme ça, tout d'un coup ?

Ce sont des pensées un peu folles. Mais vous êtes la seule personne avec qui je peux m'entretenir car votre vie n'est pas si éloignée de mon intrigue. Donc je m'interroge. En gros, comment réagiriez-vous si votre boss vous convoquait dans son bureau et vous avouait soudain qu'il est fou amoureux de vous ?

De : megatron_liberee@bmail.com
A : natalie@nataliemcbrideauteur.com

Je crois que c'est vous qui venez de terminer la bouteille de whisky, ma chère !

Non, pour de vrai ? Je sortirais en vitesse de son bureau et tâcherais d'oublier la chose au plus vite. C'est trop délirant. Je ne veux pas dire que cela ne marcherait pas dans la fiction. Mais vraiment, je ne peux même pas le concevoir. Ne vous inquiétez pas, je suis certaine que vous allez y arriver et en faire un passage super sexy.

***

Quand je dépose le courrier sur le bureau d'Adrian lundi matin, il relève la tête et m'observe.

– Bonjour, lance-t-il, merci, Meghan.

Cela sonne faux. Mais je dois m'estimer heureuse : au moins il essaie.

– Je ne fais que mon travail, répondis-je en me faufilant vers la sortie.

J'espère que l'enveloppe toute neuve en haut de la pile va attirer son attention. J'ai tapé un rapport assez éloquent et passionnel sur le refuge. Il ne va pas laisser passer sa chance de jouer les héros.

– Asseyez-vous une minute, ordonne-t-il alors que j'ai déjà un pied dans l'autre pièce. S'il vous plaît.

Refrénant un soupir, je m'exécute. Je sens que ce qu'il va m'annoncer ne va pas me plaire du tout.

– Vous vous souvenez, nous avions évoqué cette conférence à Austin. Dans trois semaines. Comme les dédicaces se sont très bien déroulées l'autre jour, j'aimerais beaucoup que vous m'accompagniez là-bas.

S'il croit que ses mots bien choisis cachent le fait que c'est un ordre et non une prière, il se trompe. J'aperçois cette lueur d'autorité dans son regard.

Je pose les mains sur mes genoux et réponds :

– Ne vous adressez pas à moi comme à une débile mentale.

Son sourire se ferme.

– Je tâche d'être gentil.

– Laissez tomber.

Il s'agace.

– Qu'est-ce que je suis censé faire, Meghan ? Vous m'avez démontré que j'étais un sale con quand nous avons pris ce verre ensemble, et maintenant vous me reprochez d'être trop sympa ?

Je laisse échapper un petit rire moqueur.

– Vous ne pouvez pas être sympa. La plupart des gens le sont. Mais ce n'est pas dans votre nature. Cela sonne faux.

Adrian a les mains croisées sur son bureau. Ses jointures blanchissent.

– Parfait. Donc, vous venez à Austin avec moi. Et c'est un ordre !

– Ah ! C'est mieux ainsi !

J'esquisse un sourire, espérant la même chose de sa part :

– Si je n'appréciais pas les hommes impossibles qui passent leur temps à m'aboyer dessus, je ne serais plus là depuis longtemps. Et je n'aimerais pas leurs livres non plus.

C'est sorti tout seul. Son visage se détend.

– Parce que vous les aimez ?

– Bien sûr, répliqué-je en haussant les épaules. Je suis dotée d'un vagin, ce qui semble essentiel.

Il pouffe, enfin, et avoue :

– Oui, j'aime bien m'en souvenir…

Un silence sinistre s'abat sur nous. Nous nous regardons droit dans les yeux. Je préfèrerais qu'il continue à me donner des ordres. Je me demande s'il est comme Dirk au lit ? Un rien pervers et dominant. C'est difficile de savoir parce qu'à la piscine, c'est moi qui ai pris les devants. Au bout du compte, il m'a fait un bien fou.

– Je ne sais pas si je connais suffisamment Natalie McBride, avisé-je soudain. Et si je dois me mettre dans sa peau pendant une semaine, et non pas quelques heures, que suis-je supposée être ou faire ?

– Soyez naturelle, répond-il, c'est une enveloppe vide.

– Mais je n'ai aucune idée du discours à tenir…

J'insiste :

– C'est vous l'auteur. Au moins, indiquez-moi ce qui vous traverse l'esprit quand vous écrivez. J'ai besoin d'un minimum de matière.

– Écoutez, j'ai énormément de travail aujourd'hui. Et vous aussi.

Il attrape des feuilles éparses et les arrange en pile avant de reprendre :

– Ce soir, on pourrait discuter. Je peux passer chez vous. J'amène une bonne bouteille, parce que j'imagine que vous n'avez que du coca ou de la piquette.

Il est focalisé sur ses dossiers ; puis relevant les yeux, il ajoute :

– Discuter, c'est tout. OK ?

– Je ne vois pas pourquoi vous vous sentez obligé de préciser cela.

Je bredouille et gesticule sur ma chaise en me sentant devenir rouge écarlate avant d'ajouter :

– Je vous ai dit que cela ne se reproduirait jamais.

Adrian attrape un crayon.

– Non, je ne crois pas que vous me l'ayez dit.

– OK, bon alors je vous le dis maintenant.

– C'est noté, réplique-t-il d'un air coquin. Ce soir, Meghan, vingt heures, n'oubliez pas les cornichons.

Il me congédie d'un signe de la main et agrippe son téléphone avant que j'aie pu réagir.

Il y a trois ans, quand je pensais encore qu'il y avait une part d'humain en lui, nous avions passé une nuit entière à travailler sur un horrible dossier pour le compte de ses associés qui s'étaient excités une fois que tout le monde avait quitté les bureaux. Il m'avait fait de la peine, je savais qu'il ne pourrait y parvenir tout seul et comme ni l'un ni l'autre n'avions envie de rester au bureau, je lui avais proposé de venir chez moi, ce n'était pas très loin.

On avait préparé ce dossier en sirotant le whisky préféré d'Adrian, il m'avait même convaincue d'essayer un mélange de bourbon avec du sel et du jus de cornichon. Et c'était génial. Il était beaucoup plus détendu alors ; je m'en souviens bien.

***

Quand j'arrive chez moi, je fais un peu de ménage pour recevoir Adrian. J'aurais préféré que nous nous retrouvions dans un restaurant ou un *coffee shop* mais je sais que : a) il m'aurait envoyée balader comme d'habitude, b) j'aime assez l'idée de le savoir chez moi. La dernière fois qu'il était venu, étrangement, nous avions passé un très bon moment. J'ai le sentiment que l'homme avec lequel j'ai ri il y a des années est toujours là, enfoui sous une carapace de rictus, railleries et perfectionnisme mal placés.

Tout étant enfin rangé, je me confectionne un plateau télé. Je ne vais certainement pas boire le bourbon d'Adrian l'estomac vide même si je n'ai pas très faim.

Mon téléphone sonne en plein milieu de mon repas et le nom qui s'affiche me fait craindre le pire. J'inspire un bon coup avant de répondre.

– Bonjour maman.

– C'était rapide, déclare-t-elle. J'espère que tu ne restes pas assise sur ton téléphone toute la nuit.

Et c'est parti pour les méchancetés. Papa a dû l'envoyer paître avec sa technique habituelle d'indifférence affichée.

– Non, je suis terriblement occupée à broder une tapisserie de La Cène grandeur nature.

Elle soupire.

– Je ne suis pas d'humeur pour tes reparties ironiques.

– Pourquoi m'appelles-tu, maman ?

Moi non plus, je ne suis pas d'humeur.

– Arrête de parler la bouche pleine.

Mon sang ne fait qu'un tour, je repose ma fourchette et assène :

– Enfin maman, tu m'appelles au milieu de mon dîner !

– Eh bien, tu n'aurais pas dû répondre, c'est mal élevé.

– Si je ne réponds pas, tu téléphones sans arrêt. Je serre les poings. Et tu recommences.

– Alors, arrête de dîner, continue-t-elle sur un ton de reproche. Sauter un repas ne te ferait pas de mal.

Je prends sur moi pour ne pas balancer le téléphone contre le mur.

– Il faut que je raccroche maman, j'ai un rendez-vous.

– Mais bien sûr… Je visualise son sourire ironique à l'autre bout du fil. Ton père et moi voulions juste savoir quand tu arrivais pour Thanksgiving ; c'est pour prendre ton billet.

– Je vais m'en occuper moi-même cette année, M. Risinger m'a donné un bonus.

– C'est idiot, tu dois mettre cet argent sur ton compte épargne.

– C'est mon argent, je te préciserai quand j'arrive, mais je prends mes billets moi-même cette année. Et si tu le fais c'est tant pis pour toi.

– Mais enfin, Meghan, qu'est-ce qui te prend ?, s'exclame-t-elle. Je te jure que…

– Je dois y aller, M. Risinger m'appelle sur l'autre ligne.

Et je jette le téléphone sur le sofa en hurlant. Je ne risque pas de terminer mon dîner maintenant.

***

Je suis assise en face d'Adrian, il se rend compte que quelque chose ne va pas.

Cela m'amuse énormément de le voir hésiter sur la conduite à suivre, j'en oublie que ma vie est un tel gâchis.

Enfin pas tout à fait.

– Bon, que voulez-vous savoir de Natalie ?, demande-t-il.

C'est étrange, il en parle comme si elle existait vraiment. Comme si elle était un balai dans un coin de sa cuisine avec du rouge à lèvres.

– Vous ne la considérez pas comme faisant partie de vous ?

– Pas vraiment, c'est plus simple pour en parler sans tout mélanger.

J'ai déjà la migraine, mais pour être honnête, ce n'est pas vraiment de sa faute.

– Donc, elle est vous, mais sans pénis.

– Elle n'est personne, rétorque-t-il d'un air las. C'est juste un nom sur une couverture de livre. Vous feriez mieux d'en parler avec Kara.

– Mon petit doigt me dit que Kara n'en a aucune envie.

Il fait la moue.

– Elle est très protectrice pour tout ce qui concerne ma carrière. Elle a peur de ce qui pourrait la mettre en péril.

Ah, sa carrière. Oui, c'est ça…

– Vous êtes sceptique, je le vois bien, reprend-il. Mais croyez-moi, chaque femme que je rencontre n'est pas immédiatement submergée par la jalousie.

– Vous sous-entendez que je suis jalouse ?

– Non, Meghan, répond-il avec un faible sourire. Bien sûr que non.

À tout autre moment, avec un état d'esprit différent, cela aurait pu dévier insidieusement. Mais je me contente de marmonner dans mon verre et Adrian laisse tomber.

– Vous semblez encore plus à fleur de peau que d'habitude, ajoute-il. Qui dois-je tuer ?

Je prends une grande inspiration et croise mes doigts.

– Pas de plaisanterie douteuse à propos d'une éventuelle dispute avec mes copines sorcières ?

– Apparemment, vous n'êtes pas d'humeur badine, poursuit-il en avalant son whisky. Et je n'aime pas ça. Alors dites-moi, je suis certain qu'il y a bien quelques rotules que je pourrais briser facilement. Et cela vous ferait un bien fou.

Je laisse échapper un petit rire.

– Qu'est-ce qui vous fait croire que la violence peut tout résoudre ?

– Rien, mais en tout cas, cela a le mérite de vous redonner le sourire, rétorque-t-il.

Je me sens rougir.

– Je ne réalisais pas que cela avait quelque importance pour vous…

– Bien entendu que cela en a !, continue-t-il. Souvenez-vous quand je me suis cassé le bras et que vous avez fait mes nœuds de cravate pendant six semaines. Un homme n'oublie jamais ce genre de choses.

Oui, je m'en rappelle très bien. Je m'étais même dit que jamais je ne l'approcherais d'aussi près. C'est particulier la proximité avec un homme comme lui, la chaleur de son corps, son parfum. J'avais trouvé cela étrange, sa femme aurait dû tenir ce rôle, s'il en avait eu une. Il n'en a pas, évidemment.

Alors je suppose que je suis ce qui s'en rapproche le plus.

Il se moque de moi, ou peut-être pas. Il est tellement dur à décoder.

– C'est ma mère, lui avouais-je finalement. Elle a téléphoné juste avant votre arrivée.

Son expression change.

– Ah oui, répond-il. J'imagine. Si mon père était encore de ce monde, nous aurions pu les envoyer ensemble sous le Thunderdome.

Je fais la grimace.

– Peu importe qui gagnerait, c'est toujours nous qui perdons, n'est-ce pas ?

Il pouffe :

– Je n'arrête pas de vous dire de ne pas prendre ses appels.

– Et je n'arrête pas de vous répondre que tout le monde ne veut pas couper les ponts avec les autres, aussi pénibles soient-ils. Je lui lance un regard acerbe et ajoute : Et c'est une bonne chose.

Il m'adresse un sourire ironique.

– Moi au moins je vous paie pour me supporter.

– Je ne sais toujours pas qui est Natalie McBride, mais je me sens mieux, c'est déjà ça, dis-je en poussant un soupir de bien-être.

– Et je n'ai même pas eu à taper sur quelqu'un.

Nous trinquons et il me propose :

– *Cheers*. Pourquoi ne pas me dire comment vous voyez Natalie ? On verra si vous vous trompez ou pas.

– Oh mon Dieu, votre passe-temps préféré…

Je réfléchis puis reprends :

– Alors, Natalie est une grosse coquine qui adore qu'on lui donne la fessée. Son mari a appris à aimer ça. Mais elle voudrait que cela vienne de lui, qu'il soit plus agressif comme Dirk. Il ne connaît rien au *bondage* et n'a pas la patience de jouer les dominateurs. Elle est plutôt heureuse. Elle adore ses lecteurs, ils la confortent dans ses goûts singuliers ; pas lui, il ne comprend rien à ce qu'elle écrit.

Adrian se sert un autre verre.

– La fessée, hum…

– C'est vous qui l'avez écrit !, rétorqué-je avec dédain.

– Toutes les femmes adorent la fessée, poursuit-il, très catégorique.

– Cela ne peut être tout à fait vrai.

J'en ris mais je rougis en même temps car tous ces chapitres, je les ai lus et relus. Bien entendu que j'ai imaginé un homme qui me coucherait sur ses genoux, me déculotterait et me claquerait les fesses.

– Prouvez-moi le contraire, déclare-t-il en pointant son index vers moi. Vous ne pourrez jamais.

– Impossible de prouver une chose contraire.

Cela l'amuse.

– Ce n'est pas le contraire. Y a-t-il une femme dans le monde qui déteste la fessée ? C'est cela que vous devez prouver. Juste une. Trouvez la femme. D'ailleurs, il y a une femme dans cette pièce. C'est facile. Peut-être…

Oh, quelle barbe !

– On ne m'a jamais donné de fessée.

– Oh… Son expression s'adoucit. Je suis tellement désolé…

– Ah ! Taisez-vous !, dis-je, furieuse, en attrapant mon verre. Je me moque de votre sympathie.

Son rire est chaleureux et profond. Il appelle quelque chose en lui que j'ai vraiment envie de connaître. Mais ce n'est pas possible ; il est mon boss. Et il m'a très clairement fait comprendre qu'il était impossible de poursuivre ce que nous avions entamé dans la piscine.

Nous avons bavardé longtemps avant qu'il ne s'en aille cette nuit-là. Il a remporté sa bouteille de bourbon. Il a paru hésiter sur le seuil de la porte comme s'il voulait dire ou faire quelque chose mais qu'il ne savait pas vraiment quoi…

Impossible de dormir. L'alcool a échauffé mon corps, une petite musique tourne dans ma tête, des mots se bousculent, je chancelle…

J'ai été vilaine, oh oui, j'ai été une très vilaine fille…

Chapitre 7

Je ne m'étais jamais rendue à La Guardia en limousine. Ce n'est pas plus rapide, mais il y a tellement d'espace que l'on peut étendre les jambes et faire une petite sieste le temps d'arriver. Enfin, j'aurais pu, si cela n'impliquait pas de tomber sur les genoux d'Adrian.

C'est étrange. Je l'ai suivi dans de nombreux rendez-vous dans toute la ville, mais pas en voyage. Enfin, rien de tel qu'aujourd'hui. Il ne m'a jamais emmenée en déplacement d'affaire, sûrement parce qu'il avait besoin de quelqu'un au bureau pour gérer son courrier et ses appels en son absence. Que ce soit normal ou pas, j'étais très reconnaissante du répit accordé.

Et à présent, je vais passer une semaine avec ce type en prétendant être quelqu'un que je ne suis pas. Au moins, on sera sur un pied d'égalité et ça c'est plutôt amusant.

Le chauffeur passe devant la porte d'embarquement sans s'arrêter et emprunte une autre route dont l'accès est fermé par une barrière. Il se penche et introduit une carte magnétique, la barrière se lève aussitôt. Un peu plus loin, j'aperçois des avions privés sur le tarmac. Nous nous dirigeons droit vers eux.

Je suis sous le choc et bien trop fatiguée pour faire semblant de ne pas l'être.

Je ne suis pas impressionnée. Je ne suis pas impressionnée. Je ne suis pas impressionnée.

Les chevilles d'Adrian enflent tant qu'il ne peut plus marcher. Je ne vais certainement pas lui montrer que tout ce qui les concerne, son style de vie ou lui, m'impressionne.

Mais la vache, je vais embarquer dans un jet privé !

Deux hommes en uniforme se précipitent pour sortir nos bagages du coffre avant même que j'aie eu le temps de retirer ma ceinture de sécurité.

Adrian ouvre la portière et me tend la main ; j'imagine qu'il serait mal élevé de l'ignorer. Donc je m'appuie sur lui, le temps d'émerger de la voiture. Sa poigne est ferme, volontaire et chaleureuse. Pendant un court instant, je l'observe.

Je ne comprends pas que cela ne me soit pas venu à l'idée. Bien entendu, un homme comme lui ne s'abaisse pas à prendre un vol commercial. Pourquoi le ferait-il alors qu'on peut affréter un avion pour quelques…

Bon, je n'ai aucune idée de ce que cela peut coûter. Et je ne vais pas le lui demander.

– M. Risinger, miss Burns.

Le commandant nous salue, sa casquette sous le bras, quand nous embarquons. À l'intérieur, c'est beaucoup plus vaste qu'il n'y paraît, d'immenses fauteuils en cuir beige sont installés sur une moquette lie-de-vin qui donne envie de se mettre pieds nus. Si je retire mes chaussures pendant le vol, je risque de ne jamais les remettre. Nos bagages sont stockés dans un coin, je me rends compte que nous ne sommes même pas passés par un éventuel portique de sécurité.

Je ne connaissais pas la signification du mot « privilège » avant ce jour.

– Vous auriez pu me prévenir, je reproche à Adrian qui ouvre sa veste pour s'asseoir en face de moi. Cela m'aurait évité de passer des heures à essayer de tout faire tenir dans un bagage cabine.

– Je suis désolé, répond-il avec une moue. Je n'y ai pas pensé une seconde.

Je pourrais le tuer.

– Vous pouvez rire, je marmonne. Les services de sécurité pensent à faire installer des portails vidéo pour les avions privés aussi.

Je le sais parce que l'article vient de s'afficher sur mon Smartphone alors que je cherche le coût du transport en jet privé.

J'ai besoin de savoir.

Il me répond de façon désinvolte et je ne fais pas attention car le chiffre apparaît sur mon écran.

Huit mille dollars l'heure.

Huit. Mille. Dollars.

Une heure.

Je n'ai jamais eu le mal de l'air mais il se pourrait bien que je lui vomisse dessus d'un seul coup.

– Juste pour savoir, je demande alors qu'une femme vêtue comme une hôtesse de la Pan Am des années 1970 nous sert du champagne, l'argent a-t-il une signification pour vous ou est-ce que ce sont simplement quelques confettis que vous semez de-ci de-là et qui, pour une raison incroyable, n'ont jamais l'air de manquer ?

Il adresse un sourire qui m'insupporte à l'hôtesse et je vois son regard la suivre alors qu'elle se dirige vers la cabine arrière. Cela ne devrait pas m'énerver plus que cela sauf que je me demande si elle est comprise dans le prix de la location.

D'accord, ça ne vole pas haut. C'est certainement une fille très bien et elle espère juste un bon pourboire. Mais Adrian semble avoir besoin de se remettre les idées en place, à moins que je ne le fasse pour lui.

– L'argent, répond-il doucement, est cette chose que vous échangez contre des services et des biens, n'est-ce pas ?

– Je vais vous balancer mon champagne à la figure, dis-je avec force. De toute façon, il est éventé.

– Non, il n'est pas éventé. Vous êtes éventée.

– C'est malin…, je réponds en lui donnant un petit coup de pied sous la table qui nous sépare.

C'est impulsif, je le reconnais, mais il est huit heures du matin et je bois du champagne avec mon fichu boss dans un jet privé ! Si je ne le fais pas maintenant, je ne le ferai jamais !

Et il a raison, le champagne n'est pas éventé. Cela le fait rire ; il attrape ma jambe entre les siennes.

– Oh, miss Burns, il va falloir être un peu plus rapide si vous voulez que je donne le meilleur de moi-même.

Je libère ma jambe en rétorquant :

– Je suis un élastique. Et vous de la glu !

– Une employée modèle me remercierait de lui faire vivre de telles aventures, déclare-t-il en faisant un geste englobant l'habitacle. Et vous vous conduisez comme une sale gamine.

– Et ça fait cinq ans que ça dure. Finalement, vous ne valez pas mieux M. Risinger, c'est une histoire vraiment très très triste, j'ajoute avec une petite moue.

***

En posant le pied sur le tarmac à Austin, je ne défaille pas sous une chaleur de plomb comme je m'y attendais. Il fait chaud, mais c'est supportable.

Adrian a souhaité que nous arrivions la veille de la conférence pour « nous installer ». Je ne sais pas ce qu'il veut dire par là, mais j'ai emmené toutes mes jolies tenues – et les dessous en soie – pour ladite conférence. J'espère que nous n'allons pas tomber sur des gens que je dois impressionner ;

en même temps, mon petit doigt me dit que ce n'est pas vraiment important. Personne n'attend d'une romancière qu'elle fasse de la concurrence aux mannequins. La plupart des écrivains traînent en peignoir et chaussons.

Je jette un œil à Adrian, essayant de l'imaginer en robe de chambre.

Danger ! Ctrl Z ! Ctrl Z ! Ctrl Z ! C'est vrai que l'imaginer avec quoi que ce soit qui puisse être retiré d'un simple mouvement du poignet n'est pas bon pour ma santé psychique.

Le chemin depuis l'aéroport prend un temps fou, nous passons un vaste réseau de voies qui partent en tous sens et je me demande toujours où finissent toutes les autoroutes ! Apparemment pas là où nous nous rendons. J'aime ce que j'aperçois de la ville à chaque fois que la voiture s'arrête au feu rouge. Les diseuses de bonne aventure, les riches villas, les camions de livraison, les éclats des néons, toute une ville bouillonnante d'énergie qui a fait valdinguer les canons de la bourgeoisie !

Nous avons deux chambres communicantes à l'hôtel. Elles ont été réservées à son nom. Je me demande ce que pense la réceptionniste qui nous enregistre. En fait, je m'en fiche.

La première chose que je fais après avoir posé mes sacs, c'est de m'assurer que la porte entre nos deux chambres est bien fermée à clé. Il a beaucoup insisté à propos des chambres communicantes à la réception, je me demande bien pourquoi c'est si important pour lui. À moins qu'il ne songe que nous allons passer notre temps à aller et venir d'une chambre à l'autre sans mettre le nez dehors.

Ça suffit.

C'est un endroit fantastique mais certainement loin des palaces auxquels il est habitué. J'ouvre les rideaux, les fenêtres sont en réalité des portes-fenêtres qui donnent sur un balcon. La chaleur a diminué et je décide de sortir pour admirer la vue ; le balcon est beaucoup plus étendu que je ne l'imaginais, mais c'est parce qu'il donne aussi sur la chambre d'Adrian.

Et celui-ci a ouvert ses rideaux. Je l'aperçois qui arpente sa chambre, la cravate dénouée ; il parle vivement à quelqu'un au téléphone. Je me sens mal. Il ne s'est pas rendu compte que nos balcons communiquaient. Il ne sait pas que quelqu'un l'observe. Surtout pas que c'est moi. D'autant que c'est le plus haut building du quartier.

Je suis rouge écarlate. Je me précipite dans ma chambre et m'empresse de fermer la porte-fenêtre derrière moi et le rideau. Je ne sais pas pourquoi. Ce n'est pas comme si je pensais qu'il avait du respect pour ma vie privée, mais je me sens tout de même mieux.

Je m'affale sur le lit et commence à zapper. Il n'y a rien à la télévision. En bas, la rue bruisse de toutes sortes d'animations ; quand j'étais sur le balcon, j'ai entendu quelqu'un jouer de la musique rythmée. Il y a quelques années, j'aurais couru dehors avec une jolie robe pour errer dans les bars à la recherche de la meilleure bière. J'ai toujours entendu dire qu'Austin était une ville super sympa et ce que j'en ai vu jusqu'alors me le confirme. Avant Adrian, j'aurais certainement jeté mon dévolu sur l'un de ces *hipsters* à la moustache en guidon de vélo et au jean à revers, perché sur une bicyclette de location pour aller voir un film à l'Alamo Drafthouse. Et on aurait passé un moment génial.

Mais ça, c'était le moi d'avant. Et je suis le moi d'aujourd'hui. Non, je ne me reconnais plus.

Et le fait que j'aie accepté de parler en public devant une assemblée est vraiment la preuve que je ne suis plus la même. Bien sûr je n'ai pas eu le choix. Mais cela m'aurait donné des sueurs froides il y a des années ; aujourd'hui ça ne m'effraie plus vraiment. Peut-être parce que ce n'est pas moi, mais Natalie. Et Natalie sait parler en public ! Et puis cette mode des romans érotiques ou quoi que ce soit… Je sais que je peux y arriver, notamment si quelqu'un d'autre en parle.

Mon estomac gargouille. Cela m'énerve, nous avons dîné dans l'avion mais voyager m'affame toujours. Et n'écoutant pas ma raison, j'envoie un texto à Adrian.

Vous faites quelque chose pour le dîner ?

Il commence à taper sa réponse aussitôt, mais il met un certain temps à terminer son message.

Je dîne avec Kara. N'hésitez pas à utiliser le *room service*.

Mon cœur s'arrête. Kara est là ? Je ne sais pas pourquoi cela me surprend autant. Pourquoi n'a-t-elle pas voyagé avec nous alors ? Je suis soulagée et en même temps très déçue de voir qu'elle mobilise ainsi son temps.

Génial, je ne supporte pas d'être à ses côtés. Mais je ne supporte pas d'être loin de lui non plus. Cela nous promet encore de bons moments !

Je ne répondrai pas à son texto. Le *room service* ! Non mais et puis quoi encore ! Je suis à quelques pas des meilleurs restaurants de viande du pays… Oui, il proposait de payer, mais je peux bien m'offrir un bon steak moi-même si j'en ai envie !

Je surréagis. Je sais que j'en fais trop. Mais il y a quelque chose dans son comportement qui est malsain. Ne pas m'avertir que Kara est là et me mettre devant le fait accompli. Il savait très bien que je serais furieuse.

C'est ce qu'il aime.

Je me donne un coup de peigne, attrape mon sac à main et descends dans la rue. Je vais me trouver un bon restaurant de viande. Je vais le faire sans lui.

***

Je m'installe à une terrasse surpeuplée. Avec une assiette de viande fondante à souhait et mes légumes préférés, des haricots, du chili et du fromage. Mais cela ne me rend pas le sourire.

Quel sale type ! Il me traîne ici, il ne cherche pas à me sauter dessus, c'est sympa, les gens ici sont tellement gentils que cela me rend méfiante.

Et maintenant, il me laisse tomber pour son agent. Mais depuis quand les écrivains ont-ils des agents ? En plus, il n'a pas besoin d'un agent puisqu'il publie dans une société qui lui appartient.

Au fond de moi, j'ai décidé que ce que nous partagions était unique. Pourquoi, je ne sais pas. Maintenant que j'y songe cela me semble absurde. Pourquoi est-ce que cela a tellement d'importance pour moi ? Le cœur de ce mec n'est constitué que d'épines et de clous rouillés. Ce qu'il pense ne devrait pas tant compter.

Mais cela compte énormément.

– Souhaitez-vous une autre bière ?

La serveuse me fait son plus beau sourire. J'essaie de le lui rendre, pour qu'elle ne s'inquiète pas trop.

– Oui, s'il vous plaît ; et continuez à m'en proposer jusqu'à ce que je vous dise stop.

Elle me regarde avec gentillesse et demande :

– Journée difficile ?

– Je descends de l'avion.

– Oh, vous n'êtes pas d'ici ?

Je secoue la tête.

– Bienvenue à Austin alors ! J'espère que vous allez pouvoir vous reposer et ensuite en profiter un peu.

– Merci, assuré-je avec bonté, parce que cela fait vraiment du bien d'entendre quelque chose de gentil, même si cela vient d'un parfait étranger.

Soudain je distingue un timbre familier et mon cœur se met à battre la chamade, ce qui est totalement ridicule, mais je sais qu'il est là. Quelle était la probabilité ? Et j'aperçois Adrian en compagnie de Kara dans un coin. Je détourne vite le regard, comme si j'avais fait quelque chose de mal.

Ils sont là, juste dans mon angle de vision. Mais eux ne peuvent pas me voir. Kara est à son avantage comme d'habitude, elle a l'air détendu et heureux, ce qui ne serait pas le cas si elle me voyait. Je ne sais pas quel est son problème. Comme si je pouvais être en compétition avec elle vis-à-vis d'Adrian ! Il a dit une fois qu'il n'était pas intéressé. Je n'en crois rien. Une femme comme elle peut avoir tous les hommes de la Terre.

Et là, elle a Adrian. Il l'écoute, il est fasciné, il s'amuse. Apparemment, il passe un bon moment.

Quand la serveuse apporte ma bière, je demande l'addition. Il faut que je quitte cet endroit avant de perdre ce qui me reste de conscience.

***

Après une nuit agitée, je prends une douche brûlante, puis je me fais un brushing. Ce n'est jamais très réussi mais pour une fois j'arrive à obtenir quelque chose de présentable. Je sais que la journée va être longue. Après les dédicaces ouvertes à tout le public, je dois participer à une série de présentations et d'ateliers professionnels. Et je ne parle même pas des *afters*. Je ne sais pas vraiment à quoi m'attendre, mais je suis prête.

Aucune nouvelle d'Adrian depuis hier après-midi, mais j'ai vérifié le tableau des tables rondes et je sais où et quand je dois me présenter pour les dédicaces. S'il ne veut pas se montrer, il n'est pas obligé. J'improviserai.

Un petit coup d'œil dans la glace de l'entrée avant de partir. Wow, je ne suis pas mal du tout ! Très chic, mais originale. Tout est parfait, rien à changer.

Mais quand je quitte ma chambre et emprunte le couloir, je sens poindre un léger problème.

Il y a une chose que je ne savais pas à propos des culottes en soie.

Celles qui y sont habituées savent à quoi je fais allusion. Mais je suis vierge. En la matière.

Au milieu du couloir, je la sens glisser. Quelle horreur ! Rien à voir avec une culotte en coton qui reste en place.

Je dois prendre mon mal en patience, je n'ai emporté que des sous-vêtements en soie et j'assume, que diable !

Je remercie le Ciel d'être seule dans l'ascenseur de façon à remonter discrètement ma culotte. Elle est descendue presque aussi bas que des jarretelles. En me tortillant un peu, j'arrive à la tirer jusqu'à la taille, ce qui me donne une marge de sécurité.

Et voilà. Tout ira bien.

Au milieu de la salle de convention, ma démarche a pris un tour plutôt bizarre, j'essaie d'éviter que ma culotte ne finisse autour de mes chevilles.

Fabuleux. Je me précipite dans les toilettes pour arranger la situation. La culotte est neuve, donc l'élastique est censé tenir. Qu'est-ce que j'ai loupé alors ?

Je connais la réponse. C'est juste que je ne veux pas me l'avouer. C'est un problème de texture de peau. La mienne est si lisse que rien n'accroche. Non, ce n'est pas une histoire de fille maigrichonne.

Il n'y a pas trente-six solutions. Soit je retire la culotte en priant le ciel pour que ma jupe ne s'envole pas au moindre souffle d'air. Soit je continue à essayer de la tenir. Ou bien je me précipite dans le premier Walmart et j'achète un paquet de slips en coton à trois dollars.

Ah non alors, certainement pas, tu es cette satanée Natalie McBride, tu te débrouilles avec ta culotte de pétasse.

Déterminée, je la réajuste sur mes hanches et retourne dans la salle de conférence. Ça y est, elle descend, mais je la retiens. De toute façon, je vais être assise toute la journée.

J'ai repéré dans quel coin de la pièce je suis installée, je me dirige dans cette direction en avançant prudemment.

Juste avant de parvenir à ma table, je dois absolument la remonter, j'attrape ma jupe à pleine main et fais semblant de la retenir contre un coup de vent imaginaire.

Une femme aux longs cheveux noirs et au charmant sourire vient me saluer. Son badge stipule qu'elle se nomme Siobhan.

– Bonjour Natalie, nous sommes ravis de vous accueillir. Votre éditeur est arrivé. Il nous a aidé à tout installer pour vous, explique-t-elle.

Ainsi il est là. Oui, je l'aperçois maintenant. Ses yeux se plissent quand il me voit. Parce que j'agrippe ma jupe fermement contre moi pour cacher le fait que c'est ma culotte que je tiens. Qu'il ait ou pas une idée de ce qui se passe, il se rend compte qu'il y a un problème ; mais je ne lui avouerai pas ce qu'il en est de ma culotte.

Je m'assieds rapidement en la tirant vers le haut, espérant que personne ne s'est aperçu de quoi que ce soit.

– Il y a une foule dans le hall !, déclare Siobhan. La plupart ne sont là que pour vous.

Cela me terrifie !

– Ne vous inquiétez pas, renchérit-elle, nous allons gérer le flux et faire en sorte que personne ne vous ennuie trop longtemps. Vous allez devoir parler beaucoup d'ici la fin de la journée, donc préservez votre voix le plus possible. J'ai en réserve des bonbons *Halls* pour la gorge mais je vous recommande un thé chaud avec du miel et du citron avant de vous coucher ce soir.

J'acquiesce, essayant de tout intégrer. Je n'avais même pas considéré la possibilité de perdre ma voix, ce qui arrangerait certainement ma table ronde de demain.

– Amusez-vous, c'est tout ce qui compte.

Et, en criant presque, elle ajoute :

– Oh vous allez adorer cela, Natalie, je suis si heureuse que vous ayez pu venir !

Je lui adresse un petit sourire forcé en espérant que mon embarras passe pour… de l'embarras. La dernière chose que je souhaite est tout ficher en l'air. Déjà qu'Adrian me transperce d'un regard furieux.

– C'est quoi le problème ?, grommelle-t-il alors que Siobhan s'éloigne pour accueillir un autre participant.

– Mais rien, répondis-je en me redressant et en faisant claquer mes jointures. Pourquoi ? Vous avez vu un problème quelque part ?

– D'abord, je ne vois pas pourquoi vous portez une jupe aussi courte si vous avez peur qu'elle ne se soulève à chaque pas.

Le timbre de sa voix est bas et me captive quand bien même il est en train de me faire des remontrances. Oh… c'est pour ça que je suis séduite. Il poursuit :

– C'est comme porter une robe sans bretelles et la remonter sans arrêt. C'est idiot. Vous voulez avoir l'air d'une idiote ?

– Quelqu'un a fait pipi dans vos Cheerios ?, dis-je tout bas alors que je connais la réponse.

Je ne vois pas Kara. Ils ont dû se disputer, ce qui l'a mis dans une telle humeur !

– Ensuite, poursuit-il sans m'écouter, j'aimerais bien savoir où vous étiez ce matin… Vous n'avez même pas envoyé de texto !

– Et vous alors ? Et quel est le problème ? J'ai lu le programme, les e-mails, je sais exactement quand je suis attendue et où !

– Je ne devrais même pas avoir à vérifier, siffle-t-il, je vous rappelle que vous travaillez pour moi.

Ça y est, il se comporte comme un sale gamin. Mais je sais gérer cet Adrian-là !

– Je vais faire en sorte de m'en souvenir, rétorqué-je en essayant mes stylos.

Une blonde pétillante s'assied à la table voisine. Son badge précise « Isabel Duncan, voyance et paranormal ».

– Hey, fait-elle en me tendant la main. Natalie McBride, c'est super de vous rencontrer. Moi c'est Izzy, je suis le médiateur de votre table ronde aujourd'hui.

– Top, appelez-moi Nat, répondis-je, sachant que cela va énerver profondément Adrian. Je suis ravie de vous rencontrer.

– C'est votre premier show ?

– Presque. J'ai déjà fait des signatures mais rien d'aussi important.

J'entends déjà quelques réactions dans la file d'attente qui devient de plus en plus bruyante.

– Vous allez adorer. Tout le monde n'attend que vous. Mais ne prenez pas la grosse tête, prévient-elle en me faisant un clin d'œil.

Si seulement vous saviez…

***

Je crois que ma main restera une pince jusqu'à la fin de mes jours.

La foule s'est maintenant dissipée et il faut que je prenne sur moi pour me rappeler que je ne suis pas Natalie McBride. Izzy avait raison de me prévenir. C'est très difficile d'être adulé par tant de gens sans avoir les chevilles qui enflent.

Adrian s'est mis à l'écart pour discuter avec quelqu'un au téléphone ; j'imagine qu'il s'agit de Kara. Et je me tourne vers Izzy avec un grand sourire en lui disant :

– Bon, on s'en est bien sorti.

– N'est-ce pas ? C'était génial ! Elle secoue les mains car elle a des fourmis. Vous venez à la fête ce soir ?

– Quelle fête ?

Elle est tout excitée et m'explique :

– Une fête organisée par ma maison d'édition mais tout le monde est convié ; il va y avoir des mannequins, des prises de vue, des *gogo boys* super sexy, de l'alcool, tout le monde va adorer, tout le monde sera là.

– Oh… je ne sais pas, fais-je en me raclant la gorge à la recherche des bonbons de Siobhan. J'ai cette table ronde demain…

– Oui, demain après-midi, confirme-t-elle en écarquillant les yeux. Allez, quelques verres ne vous feront pas de mal.

– Ça, c'est sûr.

– Super !, lance-t-elle en se redressant. Je file, j'ai un rendez-vous pour déjeuner. On se voit ce soir alors ?

Adrian n'a pas entendu, cela m'arrange. Je sais que si je lui en parle, il trouvera quelque chose à redire. De toute façon, cela ne le regarde pas. Je fais tout ce qu'il me demande et je le fais bien. Mais il a l'air très énervé donc cela risque de prendre des proportions inédites et ce n'est pas la peine.

Juste une fois, je voudrais m'amuser sans qu'Adrian vienne tout gâcher. Est-ce trop demander ?

***

La dernière table ronde vient de se terminer. Ce n'est pas encore l'heure du dîner et je prends un verre et des tapas avec Adrian. Le bar est plein, les serveurs sont totalement dépassés comme s'ils n'avaient appris l'organisation de l'événement qu'hier. On n'a pas réussi à obtenir une table et Adrian ne semble pas s'en faire, il ne cherche même pas à faire du charme à une serveuse ni à sortir un énorme pourboire pour arriver à ses fins. Cela fait toujours de l'effet même si c'est écœurant.

Non, il mâchouille une olive distraitement ; je n'ai pas évoqué la soirée, je me dis que ce n'est pas très important, mais je sais que ce n'est pas vrai.

On papote à propos d'un des rares auteurs masculins de romans érotiques, apparu pour la première fois en public aujourd'hui. La plupart des lectrices tombaient comme des mouches autour de lui, j'ai trouvé que son discours ne volait pas très haut.

– Cela me fatigue d'entendre toujours les mêmes inepties à propos des femmes qui peuvent séduire n'importe qui n'importe quand, dis-je en finissant mon verre et en attrapant la bouteille. C'est faux !

– Non, il n'a pas tort, rétorque Adrian. Pas à chaque fois évidemment, mais en règle générale, une femme peut séduire n'importe qui plus facilement qu'un homme. Vous ne croyez pas ?

Je maugrée :

– Bon, très bien. Admettons qu'un homme sorte de chez lui et décide de coucher avec une fille. Mais ce n'est pas forcément ce qu'il préférerait faire, et la fille ne sera pas forcément celle qu'il voudrait avoir. C'est le genre de choses qui arrive souvent non ?, fais-je par-dessus mon verre en plongeant mes yeux dans le regard ombrageux d'Adrian. Sauf pour vous évidemment.

Il éclate de rire en secouant la tête :

– Vous avez vraiment des idées toutes faites sur ma vie !

– Attendez, qu'est-ce que vous me dites là ? Que vous ne pouvez pas avoir n'importe quelle femme à n'importe quel moment ?

Je l'observe fixement, sachant que j'exagère à peine et révélant un peu trop mes sentiments personnels à son égard et à celui de ses abdos en béton. Oups, il est trop tard pour revenir en arrière.

Il lève un sourcil et je regrette vraiment de m'être aventurée sur ce chemin.

– Très bien, dit-il doucement. Vous et moi. Maintenant. Allons-y.

Je me sens devenir rouge vif.

– Cela ne compte pas !, réponds-je avec vigueur.

– Pourquoi ?

Il avale son whisky, ses yeux pétillent. Je ne suis pas certaine de comprendre ce qu'il veut vraiment. Il ajoute :

– Parce que c'est vous ?

– Parce que vous n'essayez pas.

Ses yeux se plissent.

– Vous voulez que j'essaie ?

– Oh mon Dieu, non, avoué-je en marmonnant dans mon verre. Ne vous ridiculisez pas.

Soudain, j'aperçois dans mon champ de vision Izzy qui me fait un grand signe de la main. Je réalise que la soirée va commencer, j'avale mon verre et je me sauve.

– Bon, je suis supposée sortir, c'est Izzy avec qui j'ai signé cet après-midi, bafouillé-je.

Je vois tout de suite qu'il ne me croit pas. Je suis écarlate, je prends mon inspiration et ajoute :

– On se voit demain, de bonne humeur et les idées claires. On reparlera de tout cela.

– Sortir avec Izzy..., répète-t-il. Pas pour aller à cette fête avec des mecs torse nu...

– Je ne sais pas, répondis-je plus rouge que jamais. Une fête ?

Il tape du doigt sur le bar et je lui assène :

– Très bien. Je vais à cette fête. Avec les *gogo boys*. Tout le monde sera là. Ce serait dommage de manquer ça.

Adrian est furieux, son visage se déforme :

– Dois-je vous rappeler que vous êtes censée travailler pour moi ? Ce n'est pas pour aller à des fêtes !

– Donc, vous me l'interdisez. Sinon vous ne me verserez pas mon salaire ?! Je croise les bras. Je peux m'enfermer dans ma chambre d'hôtel jusqu'à la fin de la conférence et refuser de participer à quoi que ce soit, je vous préviens. Je pourrais même dire à tout le monde...

– Est-ce que vous seriez en train de me menacer ?

Ses yeux lancent des flammes.

– Non, je lui réponds fermement. Je vous rappelle juste l'éventualité...

Là-dessus, je pars. Il peut passer la nuit avec Kara s'il le souhaite, moi je vais m'amuser un peu !

Chapitre 8

J'arrive à me calmer, si l'on peut appeler ça se calmer.

Alors, côté *gogo dancers*, il y a trois cowboys super sexy, mais aussi un pompier, un soldat et une rock star. Toutes les filles bavent devant et se chamaillent pour prendre des photos avec eux ; moi je ne vois vraiment pas ce que j'en ferais. Et je veux garder la tête froide. Cela m'ennuie de l'admettre mais Adrian avait raison. Impossible de trop boire sinon je vais oublier qui je suis.

– Alors comme ça, vous êtes Natalie McBride, déclare l'un des cowboys en s'approchant. Chaque fois que je réponds à cette question, j'ai l'impression de mourir à petit feu, mais je n'ai pas le choix.

– Hé oui, je réponds toute guillerette. Ça va ?

Il acquiesce :

– Ma femme adore ce que vous faites, vous savez.

Il sourit d'un air entendu et ajoute :

– Et merci !

Aïe !

– Top ! Vous voulez que je lui signe un livre ? Je dois avoir quelques exemplaires dans mon sac.

– Ce serait génial, s'enthousiasme-t-il. Elle va être ravie ; vous pouvez le dédicacer à Linda ?

Le *sexy* cowboy va être bien accueilli à la maison ce soir. Un homme tel que lui ne doit pas avoir de problème de libido et pourtant il se saisit de mon livre comme si c'était le Saint Graal.

Nous continuons à discuter un peu et voici le *sexy* soldat qui arrive et demande à faire une photo avec moi. Izzy sort d'on ne sait où, elle a les yeux ronds comme deux billes quand elle comprend ce qui se passe.

– Ça alors, bafouille-t-elle tandis que d'autres mâles se rapprochent. Je me demandais ce que vous deveniez, mais apparemment vous vous en sortez très bien…

La musique résonne encore plus fort et la *sexy* rock star m'invite à danser. Cela me fait rire, je me dis qu'il se fiche de moi et puis je réalise que pas du tout.

Je suis un peu pompette et il semblerait que ma culotte et moi, on ait fait la paix. La rock star m'attrape la main et m'entraîne sur la piste, c'est sûrement une très mauvaise idée mais je me laisse faire, j'adore que quelqu'un s'intéresse à moi ; bon ce n'est pas Adrian mais c'est déjà ça.

Les gens autour prennent des photos et des vidéos avec leurs portables et je ne vois pas comment la machine de guerre RP d'Adrian pourrait empêcher quoi que ce soit. Je ne suis pas certaine qu'il veuille voir mon visage accolé au nom de Natalie McBride de façon permanente, mais c'est un peu tard.

Je me laisse emporter tout autour de la piste, je me sens si légère. De toute façon, Adrian est certainement avec Kara en train de traficoter Dieu sait quoi. Et moi, je suis entre les bras d'un *gogo dancer* et je n'aurais jamais cru que cela puisse m'arriver.

Je me déhanche, je me tortille comme une folle et la culotte ne bouge pas, je n'y crois pas ! C'est comme si elle avait compris. Comme si elle était d'accord.

Et au moment où cette pensée traverse mon esprit, je sens quelque chose glisser.

Tomber.

Tout en bas.

Je trébuche en reculant, ma culotte est enroulée autour de mes chevilles, j'essaie de m'en défaire, ce serait mieux tout de même. Et même si elle traîne toute seule au milieu de la piste, personne ne la remarquera ou se doutera que c'est la mienne.

– *Wardrobe malfunction* !, se met à hurler une inconnue en renversant son verre dans un geste dramatique.

Je suis rouge écarlate et regarde bêtement cette sacrée culotte en me demandant ce que je dois faire.

– Ne vous inquiétez pas, souffle Izzy à mon oreille. Personne ne s'en souviendra demain.

C'est gentil de sa part mais elle se trompe.

Émergeant de nulle part, débarque une silhouette ultra stylée qui se penche et ramasse ma culotte. J'ai la bouche grande ouverte et je m'apprête à dire quelque chose quand je réalise que c'est Adrian.

Et il me foudroie du regard.

– Natalie, déclare-t-il calmement, vous avez une table ronde demain, je pense qu'il serait temps d'aller vous coucher, n'est-ce pas ?

Maintenant, tout le monde le regarde. Je devrais lui être reconnaissante mais je suis juste carrément outrée qu'il ose me parler comme à une enfant.

– Nous devons réviser quelques points, ajoute-t-il en posant la main sur mon épaule et en me poussant vers la sortie. Venez !

– Désolée tout le monde, je bredouille en me retournant. La soirée bat son plein sans moi et même Izzy n'ose passer outre Adrian pour me dire au revoir.

Il ne dit pas un mot jusqu'à ce que nous parvenions à nos chambres respectives. Devant sa porte, il maudit la carte magnétique qui se bloque ; finalement, la lumière passe au vert et enclenche l'ouverture.

– Mais qu'est-ce que vous avez cherché à prouver ?!, s'écrie-t-il alors que la porte claque derrière nous.

– Rien. À m'amuser, j'avoue en me retournant pour lui faire face. La dernière fois que j'ai consulté mon contrat, j'ai vu que ce n'était pas interdit.

– Ah vraiment !

Il farfouille dans sa poche et en extrait ma culotte qu'il balance sous mes yeux en éructant :

– C'est ça, s'amuser ?

La culotte s'entortille autour de ses doigts et je voudrais la lui arracher. Je voudrais le supplier à genoux d'arrêter de jouer avec, cela fait sauter mon cœur si fort dans ma poitrine que je risque de faire une crise cardiaque dans la seconde.

– C'était un accident, murmuré-je. Toute la journée, elle a glissé, je voulais juste…

Ses lèvres tressaillent comme s'il me méprisait.

– Est-ce que vous vous rendez compte de ce qui vient de se passer ?

Il s'approche de moi, à me toucher. Il brandit toujours ma culotte et poursuit :

– Ces hommes ne sont là que pour ça, créer de l'animation. Ils se fichent bien de vous.

– Et alors ?

J'ose enfin me défendre, je me sens plus sûre de moi, c'est peut-être l'alcool qui coule dans mes veines.

– Vous croyez vraiment que toutes les filles très chics qui vous chevauchent n'en veulent qu'à votre personne ?

C'est un coup bas et, vu son air, j'ai visé juste.

– Parce que vous vouliez vraiment vous taper l'un d'entre eux ?, demande-t-il.

Bien sûr que non. Mais je vais lui laisser croire que oui.

Ses narines frémissent, son regard m'assassine et je me demande bien ce qui peut le rendre furieux à ce point.

Quelle règle d'auteur ai-je bien pu enfreindre ?

Mais non, ce n'est pas ça le problème.

Il bouillonne, je peux presque humer la testostérone qui s'échappe. Il m'a vu flirter avec ces hommes super caliente et il est fou de jalousie.

Oh, c'est trop bon.

Je me consume de l'intérieur. Mon cœur bat si vite que j'ai l'impression qu'il va lâcher et je réalise, oh oui alors, que j'adore le rendre jaloux.

Je veux qu'il soit jaloux.

Il n'a pas lâché ma culotte.

– Rendez-la moi s'il vous plaît, je prie d'une voix douce.

Ses yeux sont noirs d'encre. Ses lèvres à quelques centimètres des miennes.

– Non, murmure-t-il dans un souffle.

Son haleine empeste le whisky. Il a dû s'attarder au bar de l'hôtel à ruminer sur son ego blessé.

Se passant le film de toutes les vilaines choses que j'allais faire à la fête.

Oh comme c'est bon. Je me sens légère, vivante. Excitée.

Je passe ma langue sur mes lèvres et essaie d'attraper la culotte, mais il esquive, il la tient audessus de sa tête et recule.

J'aperçois un début de sourire coquin qui disparaît aussitôt.

– Donnez-moi ça, insisté-je en lui courant après. Mais il est plus rapide que moi. Il se glisse hors de ma portée, passe derrière le lit et se réfugie dans le coin le plus éloigné. Au lieu de le poursuivre, je prends le chemin le plus court et traverse le lit pour l'atteindre.

Ses yeux se plissent, il prend une grande inspiration alors que j'enjambe le matelas. Et quand j'arrive de l'autre côté, je me jette brusquement sur lui, il m'évite et je m'affale de tout mon long par terre.

– Oh merde... Il s'agenouille à côté de moi, repousse une mèche de cheveux alors que j'essaie de me relever. Ça va ?

Adrian a l'air très ennuyé. Je pousse un gémissement, je me frotte le visage en faisant semblant de souffrir le martyre.

– Oh merde, répète-t-il en oubliant la culotte et en laissant retomber son bras.

Plus vive qu'un serpent à sonnette, je me saisis de la culotte et me redresse. En jurant, il me court après, trébuche et atteint la porte communicante en même temps que moi. Son corps fait barrage.

– Petite coquine, souffle-t-il.

Je ricane, escamotant la culotte dans mon dos.

Cette porte est fermée à double tour apparemment.

Zut.

On se précipite ensemble vers la porte principale, mais il me bat une fois de plus, s'appuie dessus et me gratifie d'un petit sourire narquois.

– Vous ne sortirez pas de cette chambre avec cette culotte, déclare-t-il à bout de souffle.

– Et pourquoi ?, je demande en riant.

Il est impossible de ne pas rire devant l'absurdité de la situation et ce, même si mon corps ne souhaite qu'une chose, se fondre dans le sien et le baiser jusqu'à l'infini.

– Parce que j'en ai décidé ainsi, assure-t-il, le timbre méprisant. Donc, il en est ainsi.

Oh la vache. Zut, zut, zut !

C'est une réplique de Dirk.

Quel salaud !

– Je ne me souviens pas que Dirk ait volé des petites culottes, rétorqué-je, essayant d'ignorer la chaleur qui naît entre mes cuisses. C'est malaisé étant donné que ma culotte est dans sa main au lieu d'être à sa place.

– L'épisode a été coupé aux épreuves.

Il se tient plus droit, son corps s'arqueboute contre le mien, sa main descend dans mon dos. Je fais semblant de ne pas m'en apercevoir mais je ne sens que cela.

Au dernier moment, je recule, il manque de tomber, mais se redresse.

– Maintenant, donnez-la-moi !, commande-t-il du ton dont il use avec ses associés. D'ailleurs elle m'appartient, je l'ai payée.

– Possession vaut droit, rétorqué-je en reculant.

– C'est tout à fait faux, objecte-t-il.

Je recule encore, je suis presque contre le mur ; dans quelques instants, je serai coincée.

– Donnez-la…, murmure-t-il.

– Non, je souffle en retour, appuyée contre le mur, mes mains et la culotte derrière moi.

– Vous savez ce qui se passe quand on dit non à un homme comme moi ?

Ce n'est pas une réplique de Dirk mais cela aurait pu. Tout mon corps frémit d'impatience. Et je ne me demande même pas pourquoi soudain il me veut.

Moi, et ma culotte.

– Peut-être que… Ma voix est rauque, elle transpire le sexe, je ne contrôle plus rien… je mérite une punition pour ça…

– Oui, exactement…

Sa bouche se fend d'un sourire qui me déstabilise.

– Dites-moi Meghan, a-t-on pensé à vous donner la fessée de votre âge ?

Un marteau-piqueur matraque ma poitrine. Dirk a donné à Amanda une fessée pour marquer ses années et elle a adoré. Et moi ? Personne ne m'a jamais donné de fessée, il me semble. Que ce soit pour me punir ou autre. Mais c'est vrai que j'y ai songé.

Oh oui, ça, j'y ai songé.

– Il vous reste une chance, dit-il en levant le doigt, ce doigt qu'il avait enfoncé en moi…

Oh la la, je vais beaucoup trop loin.

– Vous pouvez bien me donner un million de chances, je poursuis, vous ne l'aurez jamais ; elle est à moi !

Il laisse échapper un son rauque, attrape mon bras et me pousse devant lui. Notre petit jeu m'a fait oublier sa force et sa puissance. Il me tire vers le canapé, juste à côté de la télévision, il s'assied, écarte les genoux et me libère. Puis il tapote ses cuisses et me regarde avec une expression qui ne souffre aucun refus.

Je retiens mon souffle.

– Comme ça ?, je demande.

C'est si intime. J'aurais préféré qu'il me retourne sur la table même si c'est moins flatteur.

– Comme ça, répond-il, d'un air glacial. Allez, venez, vous avez laissé passer votre chance.

Je ferme les yeux et m'enroule sur lui. Je peux le sentir. Il est dur comme le roc, tout contre mon ventre. *Oh my God*, je veux qu'il me baise !

Je me cramponne à ma culotte, il ne pense plus à elle.

Il remonte ma jupe jusqu'à la taille, je tremble. Et si jamais ce qui se cache sous mes vêtements n'était pas à la hauteur de ses fantasmes ?

Son souffle s'accélère, il n'a pas l'air déçu. Ses mains me caressent doucement. Pour l'instant.

Au premier claquement de sa paume, je me mets à hurler. Je ne peux pas m'en empêcher. La sensation est tellement intense, tellement parfaite, que je frissonne au plus profond de mon être, j'en veux encore. Personne ne m'a jamais excité comme ça !

– Chut, murmure-t-il.

Il attrape la culotte, je ne le laisse pas faire.

Il prévient :

– Je pourrais te bâillonner avec ça…

Je remue la tête négativement.

Il me claque. Et me claque encore. Et encore. Encore. Je me tortille dans tous les sens, je gémis, j'essaie de rester calme, il me gronde et m'insulte et je me frotte encore plus sur son sexe.

Six fois, j'ai compté six claques. Il m'en doit vingt de plus.

Comment vais-je survivre à cela ? J'ai l'impression que je vais exploser dans une nuée de luxure.

En grondant, il passe sa main entre mes jambes, ses doigts se perdent, je suis toute mouillée. Je me cabre et gémis, j'adore cette intrusion.

– Lève-toi, souffle-t-il.

Je parviens à me mettre debout, mes jambes tremblent. Je le fixe, mes joues me brûlent, ma jupe se rabat et me couvre les fesses. Il se lève en un rien de temps, se débat avec sa fermeture éclair. Je le regarde découvrir son sexe, je ne l'avais pas bien distingué dans la piscine. Il est aussi long et puissant que je le sentais, recourbé vers le haut, ruisselant de désir. Je salive.

– Je ne peux plus attendre. Ses yeux me transpercent et m'avalent. Tu vas subir le reste de ta punition, c'est ma queue qui va te la donner.

Je n'ai plus de voix, je hoche la tête, je me mets à quatre pattes et agrippe le dessous du sofa. Il émet un râle de satisfaction, je l'entends s'énerver et batailler avec le sachet d'une capote.

L'instant d'après, il est tout contre moi et me pénètre directement. Je laisse échapper un cri étouffé, arrondissant le dos pour qu'il vienne encore plus profondément. Il attend d'être tout au fond et recommence à me donner la fessée. Les coups m'obligent à serrer encore plus fort.

– Oh, murmure-t-il encore en s'accrochant à mes poignées d'amour.

Je suis ivre de lui mais je peux encore arriver à le taquiner.

– Il en reste dix-neuf… Crois-tu vraiment que tu vas y arriver ?

Il maugrée et claque encore mes fesses.

– Je peux aussi longtemps que je veux, assure-t-il.

Ses hanches se balancent au même rythme que les miennes, c'est doux, subtil, tendre, avant qu'il ne se retire brutalement et ne revienne de façon encore plus brusque. Je hurle. Au diable les clients des chambres voisines !

– Et peu importe le temps que ça prendra de faire exploser la petite coquine qui se cache en toi !

Je ne peux pas m'empêcher d'en rire.

– Je suis impressionnée…

Ma voix se brise quand il tape encore, inondant mon corps de plaisir.

– Tu peux.

Je ne compte plus mais je suis sûre qu'il y parvient. La première partie en tout cas. Pour ce qui est de donner un orgasme à la petite coquine, oui, ce serait un réel exploit.

Son souffle se transforme en plainte, en sanglot. Notre confrontation à la piscine a été explosive compte tenu des obstacles, mais là on atteint un autre niveau. On n'est plus dans la réalité, mon esprit a perdu toute capacité de réflexion rationnelle et je l'empoigne, me tendant en même temps que lui vers le plaisir.

Il arrête.

Mais il arrête !

Mon gémissement devient une prière. Je me retourne pour l'interroger mais son regard m'en empêche.

– Est-ce que je t'ai dit que tu pouvais jouir ?

Je m'agrippe au canapé.

– Non…

– Je n'entends pas.

Ses doigts empoignent mes hanches, et je fais de même.

– NON, je réponds en hurlant.

– Très bien, fait-il en haletant.

Il ne va pas pouvoir tenir encore bien longtemps. Je le sais.

– Très bien, c'est ta punition, tu comprends ? Je t'interdis de jouir jusqu'à ce que je te le permette !

Ça, c'était un des moments les plus chauds du livre. Je m'en souviens très bien. J'avais adoré le lire. Jamais je n'aurais cru le vivre. Aucun des hommes que j'ai connus avant n'a réussi à m'emmener jusque-là. Prévenir l'orgasme ne faisait pas partie de leur vocabulaire ; apparemment, Adrian n'a pas ce problème. Il est suffisamment arrogant pour jouer avec moi.

Mais jusqu'où va-t-il aller ?

Je ne peux rien faire pour l'en empêcher. Je le sais. En riant toute seule, je me resserre autour de son sexe. Je serre tellement que j'atteins mes limites. Je parviens à le retenir. Pour le moment.

Adrian suffoque, tressaille très profondément en moi. Et l'instant d'après, il sort de moi pour me donner une nouvelle claque sur les fesses. Je crie, plus parce que j'ai perdu son sexe que pour la claque.

– Vilaine fille, murmure-t-il.

J'entends la capote qu'il retire, le bruit furtif de sa peau contre la mienne, lubrifiée par mon humidité. Il demande :

– Tu sais ce que cela signifie, n'est-ce pas ?

Je devine. Chaque partie de mon corps palpite, je le veux tellement en moi, oui je veux lui appartenir. Je veux son sperme comme un sceau sur ma peau, comme un message puissant et évident après ma soirée dans les bras d'un *gogo boy*.

Je veux être à lui.

Je ne suis pas idiote. Je sais exactement ce que cela veut dire. Il a tous les droits, il peut venir n'importe quand, il possède une toute-puissance sexuelle sur moi.

– Oui, murmuré-je, vas-y maintenant, marque ton territoire.

Il bascule en arrière et attrape mon épaule avec son bras qui est libre.

– Tu veux ?, murmure-t-il.

– Oh oui… Je mors mes lèvres. Je t'appartiens, Maître…

Le râle qu'il émet n'est pas humain. Mon sexe frémit et je sens son sperme couler sur mon dos, sur mon cul. *Fuck, fuck, fuck*. Je pourrais presque avoir un orgasme rien qu'en ressentant cela et je mouille et ça coule le long de mes cuisses.

Adrian enfonce soudain trois doigts en moi.

– Maintenant, ordonne-t-il.

Et je jouis.

Mon corps tressaute de plaisir, je tremble, je hurle, j'ai l'impression que la jouissance dure des heures. Et quand c'est terminé, je voudrais juste me recroqueviller mais je suis tellement trempée, il faut que je me lève et que je le regarde. Il sourit.

– Je pensais que tu me ferais languir encore plus, lui dis-je.

– Moi aussi, déclare-t-il avec un demi-sourire. Mais tu étais tellement mignonne offerte comme cela que je me suis dit que tu méritais de jouir maintenant.

Il m'attrape le visage et m'embrasse.

Je réalise que c'est notre premier baiser. C'est complètement pervers qu'il ait lieu maintenant. Ses mains sur mon visage étalent son sperme et mes propres sécrétions. Est-ce qu'il n'en avait pas sur la main ? Mais quelle main ? Je prends la pilule donc ce n'est pas essentiel certes ; mais tout de même… A-t-il été suffisamment prudent ? Je n'aimerais pas qu'un de ses spermatozoïdes trouve son chemin.

Quand il arrête, j'essuie ma bouche et lui fais face en ricanant.

– Si tu m'as mise enceinte, cet enfant va naître avec les cornes du diable.

– J'ai fait attention, je te promets, répond-il, mais je ne vois pas d'inconvénient à ce que tu prennes la pilule du lendemain. Ou que tu fasses un genre de magie noire. Je ne sais pas ce qui est le plus approprié en de telles circonstances…

– Ne t'inquiète pas, je prends la pilule. Et quant au reste, à moins d'avoir subi la visite d'un incube, sache qu'à mes derniers examens j'étais totalement saine. Je ne te compte pas bien entendu…

Je m'entoure de mes bras pour me réchauffer, je suis toujours toute mouillée.

– … d'un point de vue métaphorique naturellement, ajouté-je.

– Moi aussi, répond-il. Sauf que ce serait un succube, n'est-ce pas ? Enfin j'espère.

Il fait un geste que je prends comme une invitation à le suivre sous la douche, une idée absolument merveilleuse.

– Et pourquoi serait-ce important ?, je demande en riant. Les deux videraient toute la substance de ton sexe.

– Je ne sais pas. Si je me réveille en plein milieu de la nuit, je pense que je saurais mieux me débrouiller si c'est une femelle démon. Il y a tout de même quelque chose de moins à gérer. Il se tourne sous l'eau. J'ai l'air d'un idiot, c'est ça ?

– Yep.

J'abandonne ma jupe derrière moi et le rejoins. Il m'observe attentivement. En temps normal, cela me gêne de me dénuder la première fois devant un homme, mais il m'observe comme si j'étais un verre de bourbon, le meilleur bourbon au monde, et qu'il ne pouvait plus attendre de tremper ses lèvres dedans.

– Alors je pense qu'il y a toujours le risque que l'incube vienne gratter à la porte de derrière. Et beaucoup moins de risque avec le succube, à moins qu'elle ne soit un hermaphrodite.

Il faut lui accorder cela, il n'a même pas l'air gêné :

– Rappelle-moi, qu'est-ce que tu as fait comme études supérieures ?

Je retire mon soutien-gorge tandis qu'il me contemple et je le lance au loin, des deux mains.

Chapitre 9

Quand je me réveille, j'ai besoin de quelques secondes pour comprendre où je suis. La première réaction est *Oh je ne suis pas à la maison,* suivie bientôt de *Oh je ne suis pas dans ma chambre,* à laquelle succède immédiatement :

Oui. J'ai couché avec Adrian la nuit dernière.

Et il ne m'a pas fichue dehors, c'est déjà ça !

Je ne sais pas où il est. Toutes ses affaires sont encore là, donc il est peu probable qu'il se soit enfui au milieu de la nuit. Dans la salle de bains, je cherche des traces récentes de son passage. Rien. Je replonge sous les couvertures en bâillant à me décrocher la mâchoire. J'ai encore du temps avant mes rendez-vous du matin et surtout tout cela m'est égal. J'ai dormi comme un bébé cette nuit et pourtant je suis si fatiguée.

Je n'ai aucune idée de l'heure à laquelle nous nous sommes couchés. Je vois encore ses yeux briller quand je me suis déshabillée pour aller sous la douche, prêt pour le round deux.

On s'est lavé mutuellement puis on s'est embrassé et je me suis serrée contre sa jambe jusqu'à ce qu'il prenne possession de moi avec ses doigts si habiles. Et même si je les apprécie énormément, je voulais connaître à nouveau ce qu'il m'avait fait découvrir juste avant. C'est ce qu'il m'a donné quand nous avons rejoint le lit.

Alors oui, c'est peut-être pour cela que je me sens encore tout endormie. Bien sûr, je pourrais retourner dans ma chambre, mais dans ma grande sagesse, j'ai fermé à clé la porte de communication, et je ne peux sortir toute nue. C'est une histoire sans fin ni solution.

Le bruit de la porte me tire de mon demi-sommeil. Je me redresse sur mes coudes et lance un regard oblique à Adrian qui entre dans la chambre.

– Bonjour, prononce-t-il en souriant, et je sens un élancement de bonheur dans ma poitrine. Que veux-tu pour le petit déjeuner ?

– Je sais bien ce que je veux, répondis-je en le provoquant.

Je ne peux y résister. Ses hanches sont au niveau de mes yeux tandis qu'il s'approche et cela demanderait un super pouvoir de ne pas imaginer toutes les possibilités.

– Et toi qu'as-tu en tête ?, demandé-je.

Il sourit :

– J'essaie de trouver une repartie qui ne soit pas trop lourde ou terre à terre, mais c'est peine perdue.

Je songe que l'excitation va finir par retomber, comme à la piscine. Mais il s'assied au bord du lit, ses doigts courent sur mes jambes sous la couette et il dépose un sac sur mes genoux.

– Qu'est-ce que c'est ?, je l'interroge en fronçant les sourcils et en ouvrant doucement le sac.

Je dois vraiment évacuer le sommeil accumulé sur mes paupières pour comprendre enfin ce que je suis en train de découvrir.

Des culottes. Pratiques. Mais jolies. Des *shorties* noirs adaptés et cent pour cent coton, qui demeurent là où ils se trouvent. Je regarde Adrian avec une immense gratitude mais quelque chose dans son regard m'empêche de formuler ce que je pense vraiment.

– Elles sont trop petites, je déclare à la place.

Il secoue la tête légèrement et répond :

– Tu ne peux pas savoir tant que tu ne les as pas essayées…

En levant les yeux au ciel, je m'extirpe du lit, essayant de ne pas me focaliser sur son érection naissante. Son regard me suit. Je porte sa chemise et je ne sais pour quelle raison, cela rend tous les mecs dingues. Je pourrais tout aussi bien être nue. La chemise n'est pas suffisamment grande pour être décente, donc il voit beaucoup, et il devine tout le reste caché par le tissu blanc. Quelque chose me dit que nous ne serons pas à l'heure pour les signatures de la matinée.

J'enfile le *shorty*, sans honte, et je dois me tortiller un peu pour le faire remonter jusqu'à la taille. Mais si je le laisse au nombril, techniquement il me va.

Avantage Risinger.

Il m'observe de haut en bas en se mordant les lèvres. Il est évident qu'il s'est habillé à la va-vite ce matin pour sortir m'offrir ce petit cadeau, ses manches sont roulées sur ses coudes et ses cheveux dans tous les sens m'invitent presque à les remettre en place.

Avantage Burns.

– J'ai gagné, lance-t-il en enjambant la distance qui nous sépare.

Il penche sa tête vers la mienne mais ne m'embrasse pas et je lui en sais gré, eu égard à mon haleine matinale. Mais quelque chose me dit qu'il s'en fiche.

– Et maintenant, miss Burns, vos pupilles roulent comme des billes quand vous me regardez. Voulez-vous me préciser ce que vous avez en tête ou dois-je lever les armes jusqu'à temps que vous vous rendiez ?

Ah cet homme ! Ses lèvres sont si proches que je pourrais les toucher.

– Je ne vois pas du tout ce que vous voulez dire…

Mon cœur bat la chamade, se délectant du désir qui irradie de son corps tout entier. Mon maquillage s'est effacé hier sous la douche, mes cheveux sont emmêlés, je dois empester le sexe de la nuit dernière et pourtant il ne peut s'empêcher de m'effleurer. En fait il le pourrait, et c'est là le problème que j'essaie de contourner.

– Oh, oh, c'est comme cela qu'elle veut jouer alors, songe-t-il tout haut, il le fait souvent quand il est seul. Bon… Par où vais-je commencer ? C'est bien là toute la question.

Il recule, m'observe de loin, il a une vue d'ensemble.

– Il est certain que je préfèrerais de beaucoup passer ma journée ici en conférence avec vous, mais cela risque de soulever quelques oppositions. Donc je pense que le mieux est d'en finir tout de suite avec des débuts explosifs, de façon à poursuivre ensuite le planning prévu initialement. Qu'en pensez-vous, miss Burns ?

Sans voix, j'acquiesce.

– Je suis ravi que vous soyez d'accord.

Et avec un petit air narquois, il ajoute :

– Vu la façon dont vous vous êtes comportée la nuit dernière, il me semble que vous méritez bien quelques baisers.

Cela me prend une seconde pour comprendre où il veut en venir et il se met à embrasser les lèvres de mon sexe, puis il arrête, revient, me mord alors que j'émets un faible son de protestation.

– Je... Oh...

Je le regarde désespérément, je voudrais juste gémir et m'abandonner, mais je ne peux pas. Mon dernier amoureux m'a fait prendre une douche, effectuer un gommage et me raser de près avant de poser sa bouche sur mon sexe. Je ne lui en ai pas voulu, pas même un peu, je me disais que j'avais de la chance car la majorité des hommes refusent ce genre de caresses.

Je ne suis pas épilée intégralement, juste le minimum, et mon dernier amoureux est le seul homme à qui j'ai permis d'aller jusque-là. En fait je n'ai pas vraiment matière à comparaison, je sais basiquement ce que les hommes considèrent acceptable pour ce genre de pratique.

Naturellement, Adrian s'en balance. Au moins, ce n'est pas si important. Il a pu voir ce qu'il en était la nuit dernière. Il me prend au saut du lit, mais je n'arrive pas à faire taire le martellement de l'angoisse, cette petite voix qui chuchote par-dessus mon épaule que je ne suis pas assez bien pour lui.

– Quoi ?!, s'écrie-t-il en fronçant les sourcils, ses bras autour de ma taille. Ne me dis pas que tu n'as pas fantasmé là-dessus. Je vois bien comment tu me regardes quand je lèche le dos des enveloppes.

– Tu n'as jamais, même pas une fois dans ta vie, glissé ton courrier dans des enveloppes…, je proteste, oubliant de m'inquiéter car je me moque de lui. C'est toujours moi qui m'en occupe, souviens-toi.

– OK, donc c'était mon fantasme. Sa bouche se fend d'un sourire ironique. Nous y reviendrons plus tard.

Mon cœur tape dans ma poitrine, je fixe le lit.

– Je pourrais peut-être…, murmuré-je.

– Oui ?

Ses lèvres se perdent dans ma nuque, mes épaules, il retire la chemise empruntée et suggère :

– Tu pourrais peut-être t'allonger et te laisser faire…

– Je voulais dire, prendre une douche d'abord, j'avoue timidement.

Il secoue la tête, trouvant son chemin le long de mon corps.

– Non, s'il te plaît, je veux la saveur de ta peau, pas le savon de l'hôtel…

Il attrape ma main, s'assied au bord du lit et me force à me mettre à genoux puis à le chevaucher. Ses dents effleurent la peau de mes seins, mes tétons pointent et durcissent. Je n'ai jamais été très sensible de cette partie et pourtant mes seins semblent implorer sa bouche.

– Si répondante…, murmure-il en traçant des cercles autour de l'un d'eux avec son pouce. As-tu toujours été aussi torride ?

Je secoue la tête.

– Je n'entends pas, chuchote-t-il avant de me téter le sein.

J'émets un petit son, m'agrippe à ses épaules.

– Non, je gémis en haletant. Mes yeux se ferment. Juste avec toi…

Il relâche mon téton, cela fait un petit « pop ».

– Juste avec moi, poursuit-il. Bien, bien, bien…

Quand il souffle sur mon sein humide, je pousse un petit cri de surprise.

Et quand il fait la même chose sur l'autre sein, j'essaie de me focaliser sur mon rythme cardiaque pour ne pas éclater en mille morceaux. Car c'est une éventualité. Sa main court le long de mon dos et il pousse un petit cri de contentement.

– C'est bien, grogne-t-il en me relâchant. Rappelle-moi combien j'aime cela la prochaine fois que je deviens insupportable au bureau.

J'éclate de rire sans le vouloir.

– Donc la prochaine fois que tu élèves la voix sur moi, j'ouvre mon corsage, je sors mes seins et je te les mets sous le nez.

– Cela me semble fascinant…

Il pousse son nez entre mes deux seins en soupirant :

– Mais dans quoi suis-je allé me fourrer ?

Avec un geste brusque, il m'allonge et je me retrouve étendue sur le dos. J'éclate de rire. Il descend jusqu'à mon estomac et je ne ris plus du tout.

Il se met sur le côté. Nous sommes perpendiculaires et je dois faire une drôle de tête car il murmure :

– Aie confiance en moi…

J'ai confiance en lui jusqu'à un certain point et je m'étends, la tête au creux de l'oreiller ; je me détends.

Pas longtemps.

Sa langue me transperce d'un côté à l'autre, mon corps se tord, je m'agrippe aux draps, je jure et le regarde fixement.

– Je t'ai prévenue, dit-il avant de revenir à la tâche.

Je suis incapable de parler, incapable de penser. *Quelqu'un a-t-il averti les médias* ? Il faut que les gens sachent ! Je me tords, m'agite dans tous les sens, je soupire, et si j'avais encore la capacité de penser à quoi que ce soit, je me demanderais comment il est possible qu'un simple changement d'angle révolutionne tout à ce point.

Je déteste ce que l'orgasme fait de moi quand Adrian me regarde. Je me dis qu'il ne devrait plus se consacrer qu'à ça. Lui, entre tous, n'a pas besoin de savoir qu'il est le meilleur étalon au monde.

Mais je ne peux rien contrôler. Je vais jouir. Je hurle son nom, mon cœur se brise de plaisir et je pourrais en mourir. Je vais certainement en mourir. Je le mérite.

Non. Toujours vivante.

J'ouvre un œil. Puis l'autre. Il est debout et il attrape ma main pour me forcer à me mettre debout. Il ne veut pas de moi assise sur le matelas. Non il me veut à genoux devant lui. Cela me va.

L'avidité post-orgasmique me pousse à me jeter sur sa braguette avant même qu'il en ait le temps, je dégage son sexe et je soupire de contentement devant les promesses qu'il contient. Je veux lui dire combien il est beau, mais j'ai peur qu'il ne se vexe. Je veux savoir combien il est bon, et je le goûte avidement.

Il halète, ses mains agrippent mes cheveux. Ses hanches twistent et je vois l'effort qu'il fournit pour se retenir, parce que tout ce qu'il veut, c'est éjaculer sur mon visage.

Quand je comprends, je décide de garder le contrôle. Pour une fois c'est moi qui le tiens par ce qu'il a de plus précieux. Au sens littéralement.

Sa voix est basse et rauque, il trouve son chemin en moi avec une ferveur palpable.

– J'ai toujours cru que la première fois que tu me sucerais, ce serait sous mon bureau…

Je devrais peut-être me sentir offensée. Mais non. Je suis loin d'être offensée, on a changé de dimension.

En se retirant, ma bouche émet un bruit sec, je poursuis avec ma main et lui demande :

– Tu y as pensé souvent ?

– Chaque jour que Dieu fait… Son regard s'assombrit. Cela t'ennuie, princesse ?

– Oui, murmuré-je. Cela m'ennuie énormément au moment présent M. Risinger.

Je le lâche et recule, assise sur mes genoux. Il ne veut qu'une chose, c'est retrouver ma bouche, mais il ne le dit pas. Pas encore.

– Je viens de te donner le meilleur orgasme de ta vie ; mais que veux-tu encore ?

Il passe sa langue sur ses lèvres, un frisson traverse tout son corps quand je m'approche à nouveau et embrasse le bout de son sexe.

– Mais enfin Meg, je ne t'ai jamais prise pour une pouf !

Je l'avale jusqu'au bout et son dernier mot meurt dans un râle.

C'est la première fois qu'il m'appelle Meg.

J'essaie de ne pas y voir trop de signification. Ce n'est que du sexe. C'est super chaud, du sexe intense avec le mec que j'adore haïr depuis cinq ans.

Mais ce n'est que du sexe.

Je me retire une nouvelle fois pour dire :

– Raconte-moi comment tu imaginais les choses.

Et je me remets à l'embrasser ; dans ses yeux je lis la protestation, ce n'est pas moi qui suis censée donner les ordres mais ma langue s'enroule avec tant de précision qu'il fera exactement ce que j'ordonnerai.

– C'est le jour du ménage, soupire-t-il, et un instant je m'interroge. Tu portes quelque chose que tu ne porterais pas habituellement pour travailler. Quelque chose qui te semble trop court ou trop sexy et qui dessine véritablement tes courbes. Le bouton de ta chemise n'arrête pas de s'ouvrir et laisse entrevoir ton décolleté. Quand tu te penches, ta jupe remonte sur ton cul et ne redescend pas. Et je t'appelle dans… oh… dans mon bureau…

Je suis enthousiasmée par la complexité de son intrigue ; je ne le croyais pas aussi imaginatif.

Une fois de plus, j'ai oublié qu'il était écrivain.

– Et…

Il perd le fil de son récit, les yeux perdus dans le vide. C'est difficile pour lui de s'accrocher à l'histoire mais il y retourne.

– … Et tu es vraiment ennuyée au début mais une part infime de toi est flattée. Je t'explique que ta tenue pose un réel problème, qu'il s'agit de résoudre au plus vite. Tu dis oui à tout. La seule chose que tu souhaites c'est conserver ton job, ne pas avoir d'avertissement ou de réprimande. Et puis je recule ma chaise et je t'ordonne…

Sa respiration s'accélère mais il continue :

– … je t'ordonne de venir et de t'agenouiller, j'ouvre ma braguette et tu sais très bien ce qui va suivre, d'ailleurs tu en rêves et même si tu sais que c'est mal, tu ne refuses pas. Tu le fais. Et tu me suces comme si ton job ne dépendait que de cela.

Il pousse un cri rauque.

– Oh j'y suis presque. Tu le fais : tu te mets sous mon bureau et tu me suces pendant que le reste du staff poursuit son traintrain quotidien et n'a aucune idée de ce qui est en train de se passer. Meg. Je vais…

Il essaie de garder les yeux ouverts, son corps se tend puis se déchaîne de sa tête à la plante de ses pieds.

– Je vais jouir…, parvient-il à prononcer en butant sur les mots. Tu es prête à me recevoir, bébé ?

Moui, ce n'est pas la chose la plus sexy qu'on m'ait dite.

Je réponds instinctivement, en m'agrippant à ses fesses et en allant encore plus profondément.

Il inonde ma bouche, ses genoux se dérobent et pendant un instant je crois que je l'ai mis KO. Cela serait une sacrée image à conserver. Mais il se reprend et s'accroche à mes épaules pour se redresser.

Ses yeux se rouvrent ; il passe sa langue sur ses lèvres et me sourit.

Il se détend peu à peu et son corps frissonne quand ma langue se perd sur le haut de son pénis encore si sensible.

– La prochaine fois, il faudra t'asseoir, comme ça tu ne te blesseras pas, lui dis-je en riant.

– Hum…, fait-il, l'air content de lui. Tu as un peu de mon sperme au coin de ta bouche.

Il prend ma main et m'aide à me relever. Il essuie le sperme sur mon visage et le glisse dans ma bouche. Mes dents ont laissé des traces rouges sur mes lèvres, ma langue est fatiguée mais j'avale avec joie, laissant mes yeux se clore alors qu'un son repu vibre dans ma gorge.

– Mon Dieu !, s'écrie-t-il, tu adores cela, n'est-ce pas ?

J'acquiesce, il n'y a aucune raison de le nier.

– Maintenant tu le sais, j'avoue au moment où il retire son pouce.

– Je pense que je vais vraiment en tirer parti…

Il repousse mes cheveux en arrière et ajoute :

– Chaque jour, la première chose que je ferai sera de te convoquer. Mais pas pour m'apporter du café. Ni pour te forcer à te mettre à quatre pattes sous mon bureau. Et bien commencer la journée.

– D'accord.

Je sais bien que ce n'est qu'un fantasme. Enfin je pense. Mais je le ferai avec joie. Il a un tel pouvoir sur moi.

– Mais je ne suis si performante que lorsque je viens d'avoir un énorme orgasme moi-même. Je suis vraiment désolée mais je pense que tu te rendrais compte de la différence assez vite.

– Oh alors, je te mettrai sur mon bureau d'abord et commencerai par te dévorer. Quel défi !

Il sourit de son petit air narquois avant d'ajouter :

– Cela risque d'être dangereux, il faudra que je trouve quelque chose pour te bâillonner.

Je ricane.

– Je suis certaine que tu as déjà pensé à quelque chose…

***

Je pénètre dans la salle de bains et devant le lavabo je me fige. La dernière fois que je suis entrée ici, mes yeux étaient engourdis de sommeil et j'ai dû manquer un détail important. Il y a maintenant deux brosses à dents dans le verre.

Et l'une d'entre elles me semble extrêmement familière.

Je ne bouge pas pendant quelques instants.

– Adrian ?

Il arrive et pousse la porte

– Oui ?

– Tu as rapporté ma brosse à dents ici ?

J'aperçois son reflet dans le miroir, il essaie de réfréner un sourire.

– Je t'avouerai que c'est très difficile pour moi de parvenir à ne pas donner une réponse sarcastique à cette question.

En me retournant, je le fusille du regard. Ma réaction est trop vive, c'est vrai, mais encore fois c'est d'Adrian Risinger dont il s'agit. Donnez-lui la main et il vous prend tout le bras.

– Je t'interdis de toucher à mes affaires.

Ses sourcils se dressent une fraction de seconde.

– Tu n'as pas fait tant de problèmes quand j'ai touché *tes affaires* un peu plus tôt…

– Attends : la porte entre nos deux chambres était fermée, je m'en souviens parfaitement.

– Elle l'était, c'est vrai, mais tu avais la clé dans ta poche, rétorque-t-il en montrant le tas de fringues par terre.

Je cligne des yeux.

– Écoute, je sais que cela va te paraître difficile à comprendre car tu es si riche et personne n'ose jamais se mesurer à toi. Mais tout en bas, dans le monde réel, cela semblerait très bizarre.

Les mains dans les poches, il recule de quelques pas avant de dire :

– Tu sais que tu es magnifique quand tu es en colère ?

– Oh mon Dieu !

En roulant des yeux, je récupère ma trousse de toilette et me dirige vers la porte communicante.

– Je te verrai aux tables rondes cet après-midi, Adrian.

Il me poursuit, glisse un pied en travers de la porte quand je l'ouvre, si bien que je ne peux lui refermer au nez. Je pense bien à le faire, mais je ne suis pas aussi cruelle.

Pas encore.

– J'ai juste songé que ce serait plus pratique ; et tu ne prends pas tes vêtements ?, me demande-t-il.

Non mais il se fiche de moi. Mes bagages ne sont pas là où je les ai laissés non plus.

– Soyez bien aimable, M. Risinger, de remettre toutes mes affaires exactement là où vous les avez prises. Je me réfugie dans ma salle de bains, en fermant à clé la porte derrière moi.

Quel culot !

Dire que j'allais passer la nuit avec lui. Et même chaque nuit jusqu'à la fin du salon.

Mais certainement pas !

Quand je sors de la douche, un plateau de petit déjeuner est apparu. Et un mot griffonné sur le papier à lettres de l'hôtel, à côté de l'assiette.

Mea culpa darling. Mea maxima culpa.
M. R.

Mes sacs sont exactement là où ils se trouvaient avant, à tel point que je me demande s'il n'a pas pris des photos.

Je soulève le couvercle argenté qui recouvre l'assiette et mes narines frémissent. *Biscuits and Gravy*, petit déjeuner typique du Sud, oh je ne devrais pas mais j'en ai l'eau à la bouche avant même d'y avoir goûté.

J'attrape le téléphone et fais le numéro de la chambre voisine.

– Qu'est-ce que tu portes ?, demande Adrian de sa voix basse et suave.

– Comment le savais-tu ?, demandé-je à mon tour, la bouche pleine. C'est ce que je préfère !

– Tu es une fille du Sud. Assez facile à deviner. Par contre, aucun plat au maïs moulu ; je n'avais pas beaucoup de choix finalement.

J'avale une énorme bouchée et pouffe :

– Je ne suis pas une fille du Sud !

– Bien sûr que si, mais ton accent traînant ne ressort que lorsque tu es en colère !

J'éclate de rire car il a raison, évidemment. J'ai essayé de masquer mes origines quand j'ai débarqué à New York. Pas seulement parce que je détestais la façon dont les gens qualifiaient mon accent en disant qu'il était si mignon et adorable, mais surtout car c'est le genre d'accent qu'on ne prend jamais au sérieux !

– Tu t'es trahie la première fois que tu m'as apporté mon café, je t'ai dit qu'il était trop sucré et je t'ai demandé d'aller en chercher un autre.

Oh le sale type ! Il s'en souvient et cela l'amuse !

– Tu ne m'as pas demandé d'aller en chercher un autre. Non : tu me l'as ordonné. Comme un sergent de régiment.

– Ah, reprend-il. Sujet brûlant. Le fait est que tu as posé ce café sur mon bureau et que tu t'es dissimulée derrière cette expression de sainte nitouche avant de sortir. Alors là, j'ai su.

Sa voix est chaude et me fait frissonner. Ou alors c'est mon petit déjeuner.

– Une fille a beau essayer de fuir ses origines, elles resteront toujours ancrées en elle.

– Béni sois-tu, dis-je en sirotant mon jus d'orange. Je vais prendre dix kilos pendant ce séjour et ce sera de ta faute.

– Hum…

Il est juste derrière la porte, j'entends sa voix à travers la cloison comme dans le téléphone.

– Si cela peut te consoler, je suis certain que tu les porteras à merveille.

Je pose ma fourchette et réplique :

– Apparemment, tu n'es pas très difficile…

La ligne se coupe brusquement et la porte s'ouvre tout aussi soudainement car je ne l'avais pas fermée, bien sûr ; et même si je le sais, c'est tout de même une surprise. Et je resserre mon peignoir autour de moi.

– J'aurais pu être toute nue, tu sais.

– Oh, cela aurait vraiment été un problème, je pense, assure Adrian sèchement en franchissant les quelques mètres qui nous séparent.

Il s'assied sur le lit, manquant de renverser mon plateau ; je tiens mon jus d'orange, l'air réprobateur.

– Nouvelle règle : à chaque fois que tu fais un commentaire dépréciatif sur ton physique, je le retiens sur ton salaire.

– Tu passes ton temps à me traiter de vieille sorcière, je remarque, furieuse.

– Bon, apparemment, tu n'es pas une sorcière, n'est-ce pas ?, demande-t-il d'un air impatient. Donc, ça, c'est une plaisanterie, c'est tout.

– Wow, fais-je en appuyant sur le mot assez longtemps, un rien sarcastique. Ça c'est de l'ironie pure et dure, mon cher.

Je bois une gorgée de mon jus d'orange en ajoutant :

– La conséquence étant que si je ne suis pas une sorcière, je n'en suis pas moins grosse.

Son regard s'assombrit :

– Mais je te jure que non ! Arrête ou je vais te redonner une fessée !

– Ce n'est pas une injure Adrian, relax ! Je pose mon verre de jus d'orange sur la table de nuit. Je n'ai pas besoin de ton aide pour arriver à accepter mon image, merci, je me débrouille.

– Donc, je ne suis pas difficile, répète-t-il en me regardant si intensément que je suis incapable de détourner le regard. Ce sont tes mots exacts, Meghan. Ne me dis pas maintenant que tu n'as pas voulu dire ce que ça veut dire.

Je hausse les épaules. C'est bien le genre de conversation que je ne veux surtout pas avoir avec lui.

– Maintenant, tu es à moi, assure-t-il en se rapprochant de moi. Et en fait, je suis très sélectif. Et je ne baise pas tout ce qui croise mon chemin. Et tu sais que tu vas finir par avoir des problèmes.

– D'accord. Donc tu aimes les grosses, j'affirme sur un ton indifférent. Et que veux-tu, que je te félicite ?

En fait, je suis assez sévère à son égard et si la plupart du temps il le mérite, ce n'est pas le cas ce soir. Il essaie plutôt d'être gentil. Mais ça m'énerve encore plus. C'est vrai qu'il ne s'est jamais moqué de mon poids. Je ne me suis jamais demandé pourquoi. Jusqu'à maintenant.

– J'aime les femmes, explique-t-il. Toutes sortes de femmes. Celles qui sont sûres d'elles, celles qui sont élégantes, celles qui ont la langue bien pendue. Les femmes qui savent s'y prendre avec les hommes pas faciles.

Il se penche vers moi et attrape mon menton dans sa main, élevant ainsi mon visage à sa hauteur, avant de poursuivre :

– Et oui, c'est vrai, j'aime les femmes voluptueuses. Et en ce moment même, je suis complètement fasciné par une femme qui regroupe toutes ces qualités. Une femme qui se déprécie et ne veut pas le reconnaître.

Il se penche vers moi, frotte ses lèvres contre les miennes.

– Tu as raison, ce n'est pas une insulte. Sauf que cela en est une la plupart du temps. J'ai vu ton visage s'assombrir quand tu l'as prononcé.

Je ne peux pas discuter avec lui, aller au bout des choses comme je le voudrais. Je suis arrivée à aimer mon corps, mes rondeurs. J'ai écouté en boucle la chanson *All about that bass* et je me suis inscrite à la page FB sur l'acceptation de soi. J'ai fait tout ce que je suis supposée faire dans ces cas-là. Et pourtant, les mots reviennent sans cesse, tournent en boucle dans mon cerveau. Ce n'est pas comme si j'avais été harcelée à l'école. C'est bien pire.

Tu vas déjà avoir du mal à trouver un mari avec une telle langue de vipère, mais si en plus tu deviens grosse !

Moi, ce que je veux pour toi, Meghan, c'est le meilleur !

Ma fille ne devrait pas faire ses courses dans un magasin pour les grosses.

– Tu sais que si tu réduis mon salaire, je demande rendez-vous à tes associés.

Je m'oblige à avaler la boule que j'ai dans la gorge. Et ce n'est pas facile.

– Non, tu ne le feras pas, avise-t-il en ricanant. Parce que si tu fais quelque chose d'aussi méprisable, je ne remettrai jamais plus ma langue dans ton sexe magnifique et tout autour. Et crois-moi, cela me manquera encore plus qu'à toi.

Il me donne un baiser bref et dur, j'entrouvre les lèvres, il ne les prend pas et fais un pas en arrière.

– Et maintenant, est-ce que tu vas bien te conduire ?

– Oh, certainement pas. Je cherche la boucle de sa ceinture. On a deux heures avant ma table ronde, tu crois que tu pourrais me donner une leçon ?

Il se libère de mon emprise et se relève.

– Si j'étais un homme cruel, je passerais tout ce temps à te dévorer mais en t'empêchant de jouir. Je t'emmènerais au bord de la jouissance et j'arrêterais et puis je recommencerais. Et tu apparaîtrais incohérente et perdue à la conférence. Tu as de la chance, je ne suis pas cruel.

– Attends..., supplié-je, mais il a déjà tourné la poignée.

– Désolée, miss Burns, vous allez devoir apprendre à n'abuser de moi qu'une fois par jour. Oh, j'imagine bien ce que vous endurez.

– Mais...

La porte claque.

Je me jette sur le téléphone et pianote son numéro.

– Adrian Risinger au téléphone.

– Ramène tes fesses immédiatement.
Il y a un moment de silence.
– Pardon, mais qui est à l'appareil ?
Et je balance le téléphone contre le mur.

Chapitre 10

C'est exactement comme dans mes cours de littérature à l'université. Toujours la même histoire.

– Qu'en pensez-vous, Natalie ?

Je m'éclaircis la gorge et réponds :

– Alors voyez-vous, il est important de bien différencier la fiction et la réalité, quand on en vient à cet aspect des choses. La plupart des lecteurs, faites bien attention à cela, veulent un héros qui ne ressemble pas aux hommes de tous les jours. Pas parce qu'il est inatteignable, mais parce qu'il serait invivable. Alors vous créez un héros qui est un véritable *bad boy* mais qui évolue au cours du roman, sans pour autant perdre son côté incisif. Il sait exactement quand en faire trop et surtout quand s'arrêter.

Je raconte n'importe quoi. La dernière fois que j'ai fait ça, j'utilisais mes souvenirs de la série *Wishbone* pour convaincre l'un de mes professeurs que j'avais lu *La Légende de Sleepy Hollow.* Et ne me demandez pas ce que faisait ce livre au programme de l'université.

Un membre de l'assistance prend le micro :

– Mais ne pensez-vous pas que les choses soient en train d'évoluer ? Est-ce qu'on n'en a pas terminé avec la grande époque du *bad boy* ? Je croise de plus en plus de gens qui voudraient lire des histoires mettant en scène des hommes gentils !

Quelqu'un tousse.

Izzy s'adresse aux autres membres de la table ronde :

– Quelqu'un veut réagir ?

– Eh bien, m'entends-je répondre, je pense qu'il y aura toujours de la place pour des scénarios différents. Mais ce n'est pas comme si le *bad boy* basique était un phénomène nouveau. Son côté « j'en ai rien à cirer », pardonnez-moi l'expression, a toujours été et continuera à être terriblement sexy. Cela implique le pouvoir et la puissance. Cela envoie le message qu'il s'agit d'un homme qui se battra pour vous et vous soutiendra même si le monde entier se détourne de vous. Et ce qu'il veut, il le prendra. Et si vous vous plongez dans la littérature populaire avec des hommes gentils, eh bien, ils possèdent ces mêmes qualités ! Ils sont juste plus agréables aux entournures !

– Absolument, lance Izzy, on est un peu en retard. Une toute dernière question pour nos auteurs ?

Je lève la tête à temps pour apercevoir Adrian, débarquant de nulle part, se pencher vers la femme devant lui pour lui demander le micro.

Oh non, ce n'est pas vrai !

– Moi, ce qui m'intéresse, c'est le côté milliardaire, déclare-t-il, ses yeux ancrés dans les miens. J'entends beaucoup de lecteurs dire qu'ils en ont marre des milliardaires et qu'ils préfèreraient lire des romans sur des gens normaux, à tel point qu'ils évitent les livres qui mentionnent le mot « milliardaire » dans le titre ou sur la quatrième. Pensez-vous que ce soit devenu un handicap ?

Izzy me dévisage comme si j'étais de mèche avec lui. Je fais non de la tête.

– On revient vers vous, Natalie, car vous êtes la grande spécialiste des héros milliardaires ici. Alors, qu'en pensez-vous ?

Et moi de répondre, d'un air détaché :

– Dans la plupart des livres, on trouve des milliardaires. Je pense qu'ils peuvent apparaître de façon plus ou moins subtile, mais il y a toujours une demande de la part des lecteurs. Les milliardaires détiennent le pouvoir, mais ils sont seuls. Un peu étranges en fait. « Excentrique » signifie « étrange avec de l'argent », comme chacun sait.

L'auditoire glousse.

– Oui, on a inventé un nouveau mot. Aujourd'hui, M. Darcy serait un milliardaire évidemment. Et tous ces aristocrates et grands propriétaires qui ont fait la gloire des vieilles collections érotiques, pareil. Ils claquent des doigts, vous arrivez.

Adrian me sourit.

– Le lectorat est là, j'ajoutai sans le regarder mais en rougissant jusqu'aux oreilles. Vous ne pouvez pas faire plaisir à tout le monde tout le temps. Mais les lecteurs de milliardaires ne sont pas près de disparaître.

Il me sourit toujours.

Izzy annonce la fin de la table ronde et nous avons droit à un tonnerre d'applaudissements. J'aperçois Adrian se diriger droit sur moi et avant que je ne puisse me lever, il pose sa main sur mon épaule. Cela semblerait amical pour n'importe qui, à la limite intime, mais je ressens la force et la puissance qu'implique son geste.

– Alors comme ça, je suis un peu étrange ?, murmure-t-il.

– Oui, et tu ferais bien de t'en inquiéter, je réponds sans le regarder. J'aimerais bien assister à cet atelier sur les séries. À moins que tu n'aies d'autres projets.

– Vas-y, assure-t-il, je remonte dans la chambre. J'ai des coups de fil à donner.

Cela m'énerve mais je ne le montre pas. Je ne me sens plus vraiment décalée par rapport à tout ça et le goût amer de mentir aux gens commence à passer. Après tout, il a loué mes services. Ce n'est pas comme si j'avais volé l'identité de quelqu'un.

Je me demande à qui il doit téléphoner. Et pourquoi est-ce aussi important ? Kara a brillé par son absence aux dernières conférences. J'en suis heureuse et c'est pour cela que je n'ai pas posé de questions, mais il a toujours un air acerbe quand il vient de discuter avec elle. Je me demande si elle connaît l'histoire de ma petite culotte. J'étais un peu ennuyée quand je suis entrée dans la salle de réunion mais personne n'a émis de remarque, personne ne m'a observée bizarrement. Peut-être les *gogo dangers* ont-ils inventé un truc tellement dingue après que cela a éclipsé la petite culotte.

En temps normal, j'aurais été ennuyée d'avoir manqué la suite mais je ne regrette pas ma décision d'avoir laissé Adrian me traîner jusque dans sa chambre.

Ah non, mille fois non.

***

L'atelier sur les séries s'avère terriblement ennuyeux, je m'éclipse en douce et regagne ma chambre. Adrian m'a dit qu'il devait passer un coup de fil, je vais le laisser tranquille. Et puis je ne sais pas vraiment s'il a envie de m'avoir avec lui autrement que pour dormir ou baiser. Je retire mes chaussures et ouvre le rideau pour faire pénétrer la lumière. Je me demande si Adrian a découvert le balcon. Oui, un coup d'œil rapide m'apprend qu'il l'a trouvé.

Il tient son téléphone d'une main, collé à son oreille, de l'autre main il s'appuie à la rambarde et domine la ville. Je l'épie quelques minutes avant de me sentir un peu gênée et je retourne m'étaler sur mon lit.

En se déplaçant de quelques pas, il pourrait m'apercevoir. Mais je ne suis pas certaine qu'il l'ait remarqué. Une idée saugrenue surgit dans mon esprit ; plus je cherche à l'évacuer, plus elle s'impose. Je m'assieds sur le lit et l'observe à la dérobée. Il est toujours là, peut-être un peu plus près… ou bien est-ce le fruit de mon imagination ?

En riant toute seule, je vais chercher une chaise dans un coin et la place exactement en face de la porte-fenêtre. S'il se tourne, il me verra en train de me prélasser. Je défais quelques boutons de mon chemisier et allonge mes jambes, en les écartant un peu plus que ma jupe ne le permet.

Je commence à croire qu'il ne me remarquera pas quand il se déplace légèrement.

Et je saisis le moment où il est surpris, mais il se reprend et comprend que je le provoque. Il pivote vers moi, son visage s'éclaire d'un sourire.

Je lui fais un petit signe qui semble l'amuser.

La glace est trop épaisse pour que je distingue sa voix, mais il semble juste écouter la conversation. Oh, encore un de ces *conference calls* !

Terriblement ennuyeux, je ne les souhaiterais pas à mon pire ennemi.

Mais je peux rendre les choses intéressantes.

Il est apparemment le seul qui puisse m'apercevoir. Je fais semblant de jouer avec le col de ma chemise, laissant ma main glisser le long de mon corsage, trouver un bouton, l'ouvrir. Son regard se fait pénétrant, il se rapproche.

Ma chemise est dorénavant grande ouverte, je me lève et me dirige en sautillant vers le minibar. J'attrape une petite bouteille de whisky, un verre, je laisse tomber quelques glaçons et les fait fondre dans le verre. Maintenant je le regarde. Espérant l'avoir tout à moi. Il est tout à moi.

Je retourne m'asseoir, mets le doigt dans mon verre pour bien mélanger, puis je le glisse dans ma bouche et en aspire tout l'alcool. Cela brûle amèrement ma langue et je ferme les yeux de plaisir.

Adrian tient toujours son téléphone, son autre main est un poing serré. Non je ne l'ai pas tout à fait attrapé. Pas encore.

Je pose mon verre et ouvre complètement ma chemise, la laissant découvrir mes épaules. Je le regarde par en dessous. Il secoue la tête et me montre la paume de sa main. Il essaie de retenir un sourire. Je sais que c'est plus une promesse qu'une menace.

Je saisis mes seins, un dans chaque main, mes tétons durcissent et se dressent. C'est assez rapide, il me suffit de le regarder droit dans les yeux. De le voir peu à peu perdre pied. Je sais qu'il commence à bander et c'est tout ce dont j'ai besoin même s'il ne s'en rend pas compte.

Je dégrafe mon soutien-gorge et le jette par terre.

À travers la vitre, j'aperçois la pomme d'Adam d'Adrian monter et descendre. Ses yeux ne me lâchent pas, il se rapproche.

Je me lève et m'avance vers lui. Sa main se pose sur la vitre, comme pour toucher la mienne, on dirait que nos doigts se rejoignent.

Nos regards se croisent et je suis submergée. Je réalise qu'il s'agit de quelque chose de bien plus fort qu'un simple striptease. Mon cœur bat la chamade, je ne sais pas trop ce qui est en train de se passer mais je comprends que ce n'est pas du tout ce pour quoi j'ai signé.

Il éteint brusquement son téléphone.

Et le glisse dans sa poche.

Il cherche la poignée de la fenêtre.

Je ne peux retenir un sourire moqueur.

Il tire d'un coup sec puis essaie encore. Il fronce les sourcils et m'interroge du regard.

C'est plutôt simple de lire sur ses lèvres, parce que je sais déjà ce qu'il va dire : *c'est fermé.*

Je hausse les épaules. *Je ne t'entends pas.*

Son regard est noir. *Putain, c'est fermé.*

Je secoue la tête, montre que je n'entends pas.

Il reprend son téléphone, le mien se met à sonner, je fais semblant de ne pas l'entendre.

Adrian toque sur la vitre, en me fixant de ses yeux écarquillés. Je prends l'air indifférent, souris et me dirige vers mon lit en récupérant ma chemise au passage et en l'enfilant.

Un moment après il disparaît, puis il frappe à la porte communicante. Je l'ignore. Et cela recommence, cela vient du couloir maintenant.

J'attrape mon téléphone car il ne peut plus me voir.

GARCE

Je glousse bêtement.

TU N'AS QUE CE QUE TU MERITES, M. R.

La réponse arrive, aussi vive que furieuse.

TU VAS VRAIMENT REGRETTER ÇA DÈS QUE TU M'AURAS LAISSÉ POSER LA MAIN SUR TOI

J'aperçois une ombre derrière la vitre et je lève la tête. Il tient sa ceinture dans une main et sa cravate dans l'autre. Il a un regard sombre et sexy qui ferait fondre n'importe quelle femme. Je prends un air interrogateur, genre *qu'est-ce qu'il y a* ? Il lève les yeux au ciel et attrape son téléphone. Le texto arrive dans la seconde.

SERS-TOI DE TON IMAGINATION

Je ris en laissant tomber le téléphone sur le lit. Il disparaît et cette fois ne revient pas. C'est vrai que ce serait vraiment bien de le laisser entrer maintenant, mais je veux lui faire payer ses moqueries de tout à l'heure. Et quelque chose me dit que ce sera encore meilleur si je le laisse mijoter un peu.

***

J'attends un peu pour être certaine de ne pas tomber sur Adrian dans le couloir. Je bois quelques verres avec Izzy au bar de l'hôtel pour tuer le temps. Elle me pose des questions assez indiscrètes sur ma relation avec Adrian, j'arrive plus ou moins à les éluder. Mais elle a bien senti quelque chose, c'est sûr. Heureusement, elle est invitée à une fête, elle doit partir, c'est une soirée privée, sans moi donc.

Parfait, j'ai inscrit autre chose sur mon agenda pour ce soir.

Après quelques trop longues minutes dans l'ascenseur, j'inspire un grand coup et parvenue devant sa chambre, je frappe à la porte. Cela ne lui prend pas longtemps pour ouvrir, il tient une carte magnétique dans sa main.

– Je voulais te la donner plus tôt, annonce-t-il, mais enfin, sache que la porte communicante est toujours ouverte de mon côté.

Je suis assez décontenancée :

– … Merci…

L'air désinvolte, il retourne doucement vers son bureau où s'étalent divers papiers.

– Il n'y a aucune obligation ; tu fais ce que tu veux. Si tu souhaites t'installer avec tes affaires, tu es la bienvenue. Mais je te laisse faire, je ne commettrai pas deux fois la même erreur.

J'écarquille les yeux et lui réponds :

– Pour info, quelqu'un de normal dirait : écoute, si tu veux partager ma chambre pour le reste du séjour, apporte tes affaires et pose ta brosse dans mon verre à dents.

– Je ne veux pas avoir l'air d'en demander trop, fait-il en haussant les épaules.

Je lui jette un coup d'œil en coin.

– OK, bon, rétrospectivement, d'accord.

Il ébauche un geste las et concède :

– J'admets ta position. Arrête de me regarder comme ça.

– Vraiment, je me demande si je peux, répondis-je.

Il soupire.

– Je pensais peut-être… Je ne voulais pas que tu croies que ce n'était pas sérieux entre nous. C'est tout. C'est pour ça que j'ai commis le péché capital de toucher tes affaires.

– Et d'entrer par effraction dans ma chambre, j'ajoute.

– Par effraction, dit-il en se moquant, non, mais j'avais la clé.

– Que tu avais prise dans ma poche…

– Que tu avais laissée par terre, poursuit-il. Et je voudrais bien savoir pourquoi déplacer tes affaires serait plus intrusif que littéralement mettre une partie de mon corps dans ton propre corps.

Je me laisse tomber sur le lit en prenant un air dramatique.

– Les gens normaux ne posent pas ce genre de questions, Adrian. Les gens normaux respectent l'intimité des autres sans en faire un drame existentiel. Et les gens normaux ne fouillent pas dans les affaires d'une femme pour trouver la clé de sa chambre d'hôtel.

– « Fouiller », c'est un peu fort comme terme. Ce n'est pas comme si je cherchais ta culotte.

– Oh !

Je me retourne et lui lance un regard furieux en ajoutant :

– Alors tu devrais vraiment t'arrêter là !

Il hoche la tête et s'assied à son bureau.

– Bon, très bien. D'ailleurs, j'ai du travail à terminer.

Du travail ? Non mais sérieusement ? Est-ce qu'il va jouer à se faire désirer maintenant ?

Je me lève puisqu'avoir une femme alanguie sur son lit n'est apparemment pas une tentation suffisante.

– La seule raison pour laquelle tu ne cherchais pas ma culotte, c'est parce que tu en as déjà une, murmuré-je en venant l'entourer de mes bras. D'ailleurs, tu peux la garder.

– Hum…, émet-il en feignant un intérêt certain pour ses papiers.

Quel salaud !

Je recule d'un pas.

– D'accord, bon, ce n'est pas assez. Peut-être aurait-il fallu que je sois déguisée en hôtesse de l'air ?

– Pardon ?, fait-il en plissant les yeux.

Je ne suis pas très fière de moi, mais maintenant que c'est sur le tapis…

– Allez, ne fais pas semblant, tu bavais de désir devant l'hôtesse pendant tout le vol… J'essaie de prendre la chose de haut, d'avoir l'air naturel comme si je me fichais de lui, au lieu de suinter la jalousie. Étant donné ce qui a occupé notre temps jusqu'à maintenant, c'est un peu ridicule de ma part d'évoquer la chose.

En fait, ce n'est pas vraiment de l'hôtesse dont je suis jalouse ; mais je n'ai pas envie de penser à Kara pour le moment.

– Je suis sûr que ton petit derrière serait magnifique dans une jupette bleue, admet-il en saisissant mon poignet pour m'attirer plus près. Mais si tu avais ouvert les yeux, Meghan, tu aurais remarqué que la seule personne que je regardais, c'était toi. Le problème c'est que tu ne voulais surtout pas le voir. J'ai passé tout le trajet en voiture à essayer de ne pas voir que ta jupe remontait sur tes cuisses. J'étais dans un état terrible. Vraiment terrible.

Il me prend la main et la colle contre sa braguette, appuie très fermement pour que je me rende compte combien il durcit à mon toucher.

– Et quand tu mets un homme dans cet état, il remarque forcément une paire de fesses qui se balade au niveau de son regard. Faire autrement serait difficile, non ?

Il ouvre sa braguette et guide ma main entre les épaisseurs de tissus.

– Mais cela ne veut pas dire que c'est celle-là qu'il désire.

– Je ne suis pas jalouse, insisté-je en le pressant doucement.

Ses yeux se ferment un instant.

– Bien sûr que tu n'es pas jalouse, lance-t-il d'une voix rauque. Pourquoi le serais-tu ? Ce n'est pas elle qui a sa main dans mon caleçon en ce moment, n'est-ce pas ?

J'émets un ronronnement qui ne fait certes pas fléchir son érection.

– Comme tu dis, je ne suis pas jalouse…

Adrian empoigne mes cheveux à pleines mains et tire ma tête en arrière ; j'en ai le souffle coupé.

– Tu veux vraiment faire la liste de toutes les femmes du monde que je pourrais avoir envie de baiser ? Est-ce que cela te ferait plaisir ?

Dans ses yeux, je vois scintiller la colère et la luxure.

– Oui j'ai baisé beaucoup de femmes, miss Burns. Cela ne sert à rien de le cacher. Je ne peux pas dire combien, pas parce que le chiffre serait trop grand, mais simplement parce que je ne le connais pas. Est-ce que c'est ça que tu voulais entendre ?

Je le caresse toujours. De plus en plus fort. Mon cœur bat la chamade, j'ai l'impression de ne plus pouvoir respirer.

– Je ne sais pas combien j'en ai baisé. Et je m'en fiche, grommelle-t-il, mais je préfère être ici avec toi qui me caresses plutôt qu'avec chacune d'elle dans une immense orgie. Est-ce que c'est suffisamment clair ?

Mes genoux se dérobent, Adrian m'enlace et m'écrase contre son corps. Ma main et son sexe se retrouvent piégés, immobiles, et je le sens frémir au rythme de mon désir.

– Et je me fiche de savoir si tu le crois ou non. Car de toute façon, c'est vrai.

Il se penche vers moi et m'embrasse sauvagement, ne se retirant que lorsque je mors sa lèvre.

– *Aïe*, lance-t-il en effleurant l'endroit meurtri. Alors tu veux jouer à ça, bébé ?

– Peut-être bien…

J'essaie de réfréner un sourire. Alors comme ça, je suis meilleure qu'une orgie de mannequins et d'héritières. Je ne sais pas s'il le pense vraiment mais c'est la chose la plus sexy que l'on m'ait jamais dite et je ne me soucie plus du reste.

– Le mot de passe est « rouge », dit-il.

Il m'empoigne, me fait pivoter puis me jette contre lui. Il broie mes fesses. Sa main descend le long de mon torse et s'arrête entre mes jambes. Il soulève ma jupe pour me prendre à pleines mains.

– Tu es à moi, tu comprends ?

J'acquiesce, il se perd dans ma nuque et mordille le lobe de mon oreille. Cela me fait frissonner, il encercle mes hanches, je frémis contre lui et m'écrase contre ses doigts. Nos gémissements se mêlent et ses dents éraflent mon épaule.

– Et si jamais l'un de ces *gogos dancers* à la noix te touche, je lui explose la mâchoire, souffle-t-il, et je te baise pendant des heures jusqu'à ce que tu te souviennes que tu n'appartiens qu'à moi.

– Comme c'est tentant, je soupire, le souffle court.

Ses doigts passent outre ma culotte et s'en vont plus profondément.

– Si l'on passait directement à l'étape deux et qu'on évitait la violence ?

Son autre main trouve mes seins, malaxant l'un puis l'autre, mes tétons deviennent durs comme des cailloux sous mon soutien-gorge en dentelle. Impossible de cacher mon trouble et j'en suis heureuse.

– Le pompier, murmure-t-il, celui qui te regardait comme s'il allait te dévorer toute crue, est-ce que tu réagirais comme ça avec lui ?

Il fait tourner ses doigts à l'intérieur de moi et je gémis.

– Est-ce que ton corps parlerait comme ça avec un autre ?

– Non !…., fais-je en criant. Adrian, je t'en prie…

– Maître, ordonne-t-il, adresse-toi à moi avec tout le respect qui m'est dû.

– Maître, je vous en prie…

C'est lui qui me fait tenir debout alors que son pouce joue avec mon clitoris et m'emmène au bord de l'abîme. Je ne sais même pas ce pourquoi je le prie, mais lui le sait.

– Jouis pour moi.

Son pouce fait des petits cercles, il m'est totalement impossible de ne pas lui obéir.

Haletant et me tortillant, je me resserre autour de ses doigts. C'est dur, c'est violent, l'intensité de l'orgasme me prend totalement par surprise.

– Oh… merci Maître, murmuré-je alors qu'il retire sa main. Il m'attire à lui pour que je le regarde, ses yeux sont noirs d'excitation.

– Gentille petite fille.

Il presse le dos de son pouce entre mes lèvres et je le suce avidement, les yeux fermés, je passe ma langue tout autour. Je sens mon goût sur son pouce, c'est électrisant.

– Enfin quelqu'un qui sait montrer un peu de gratitude.

Je le regarde derrière mes cils. Quand il retire son pouce, je passe ma langue sur mes lèvres en signe d'appréciation.

– Montre-moi comme je suis gentille, dis-je en ronronnant.

– Alors tu veux me remercier comme il faut…

Il sourit d'un air de prédateur. Son érection explose, il enlève sa ceinture et laisse tomber son pantalon par terre. Cela devrait être ridicule, il porte toujours sa chemise et sa veste, mais ça ne l'est pas, non vraiment pas.

– Suce-moi.

Les battements de mon cœur s'intensifient, je m'agenouille devant lui.

– S'il vous plaît, Maître, s'il vous plaît, jouissez dans ma bouche, j'ai besoin qu'on me rappelle à qui j'appartiens.

Il jure doucement, saisis mon menton et incline ma tête en arrière en disant :

– Tu es née pour cela, tu le sais n'est-ce pas ?

Je ne peux pas vraiment discuter. Je ne me suis jamais sentie aussi vivante, mes nerfs sont à fleur de peau, prêts à réagir. Ce n'est pas de l'excitation, c'est de l'adrénaline. Je pourrais réciter son livre, mais ce n'est même pas la peine, mon imagination a pris le relais, mes désirs, mes secrets, je vais tout avouer. Je suis à genoux, sa main agrippe une grande mèche de mes cheveux, oh oui c'est cela le pouvoir.

J'adore ça. J'en veux encore. Je veux tout. Maintenant. J'ai l'impression d'être possédée, mes ongles se plantent dans les muscles durs de ses fesses alors qu'il s'enfonce profondément dans ma bouche. Quel amour, il n'oublie pas que je dois respirer. J'en rirais béatement si je n'avais pas son sexe en plein dans ma bouche.

Quand il jouit enfin, chaud et pantelant en moi, il ne me laisse pas le temps d'en profiter, il me redresse immédiatement. Je me presse d'avaler, attrapant les dernières gouttes avec ma langue, il me pousse sur le lit avant de se débarrasser de sa veste, il fait passer sa chemise par-dessus la tête. Trop compliqué de la déboutonner, je suppose.

Ses jambes tremblent encore en réaction à l'orgasme, il a cette lueur enragée dans les yeux ; un orgasme ce n'est pas assez pour assouvir toute la luxure que je lui inspire. Il est complètement nu maintenant et même s'il est magnifique en costume, je le préfère en tenue d'Adam.

Il ramasse sa ceinture et sa cravate par terre. Mon cœur s'emballe, je me souviens de ce qu'il m'avait promis. Je ne sais pas exactement ce que c'est, je suis pressée de le découvrir.

C'est étrange, je suis toute habillée mais je ne me suis jamais sentie aussi vulnérable sous son regard. Adrian irradie de puissance. Depuis les abdominaux bien dessinés de son torse jusqu'aux muscles longs de ses mollets, avec son sexe à moitié dur qui se balance entre ses cuisses, il n'y a absolument rien de fragile en lui.

– Tes bras au-dessus de la tête, ordonne-t-il.

J'obéis, il s'allonge sur moi, son genou s'appuie sur le matelas et sur mes côtes. Je retiens mon souffle quand il passe la ceinture autour de mes poignets, en serrant bien pour avoir une meilleure prise.

– Bouge en même temps que moi et n'essaie pas de résister, murmure-t-il. Tes épaules sont délicates, si tu as mal, le mot de passe, immédiatement. D'accord ?

J'acquiesce.

Il me tire vers lui avec la ceinture, j'obéis, essayant de ne pas trop pousser sur mes épaules. Pendant un moment, il me regarde, ses yeux explorant chaque partie de mon corps, comme s'il cherchait quelque chose. Mais je ne sais pas quoi.

Puis il laisse tomber mes bras. Ils s'abattent sur moi, la ceinture claque sur mes cuisses et me fait sursauter. Je suis heureuse qu'il n'ait pas songé à me donner la fessée, mais la nuit est longue.

Il attrape la cravate et me bande les yeux.

Je suis plongée dans le noir. Je sens mon désir exploser. Je respire par saccades, où est-il ? Je devine la chaleur de son corps mais je n'en suis pas certaine.

– Écarte les jambes.

Il est à quelques centimètres. J'obéis, ouvrant autant que la jupe le permet. J'entends le bruit d'une déchirure, je suis allée trop loin.

Je tressaille brusquement quand il applique ses mains sur mes hanches. Je l'entends respirer, il doit être à genoux derrière moi. Je sens quelque chose d'étrange, un métal froid glisse sur ma peau.

Clic.

La jupe et ma culotte toute neuve s'envolent.

Je m'écrie :

– Mais elles étaient chères !

Non mais sérieusement, c'est tout ce que j'ai trouvé à dire dans un moment pareil !

– Je sais, répond-il en riant. Souviens-toi, c'est moi qui ai payé.

Son souffle me fait frissonner, il effleure l'intérieur de mes cuisses. Tout mon corps se cabre.

– Si tu es gentille, je t'en achèterai dix fois plus, murmure-t-il avant que je ne sente sa bouche s'emparer profondément de mon sexe frémissant.

Je laisse échapper un gémissement, essayant de deviner où il se trouve… De quel côté est-il ? Ses mains enserrent mes chevilles, m'obligeant à me redresser, il est forcément face à moi maintenant mais je ne sais comment il a fait pour arriver là.

Personne ne m'a jamais embrassé comme cela. S'il embrassait ma bouche, ce ne serait pas si différent. Ses lèvres se collent à ma chair à vif, sa langue glisse et explore mes profondeurs. Je chancelle, complètement exaltée, subjuguée par son habileté à faire de cette pratique si simple et commune quelque chose de prodigieux que je n'avais jamais ressenti.

Je tremble de tout mon être. Je ne sais pas si le moment a duré quelques secondes ou plusieurs minutes. Peut-être des minutes, non des secondes. Quelle importance ?

– Maître…, murmuré-je, avide.

Il émet un bruit sourd mais ne s'arrête pas.

– Maître, je prie. S'il vous plaît, je dois vous demander quelque chose.

Il se retire doucement, embrasse mes cuisses et susurre :

– Oui princesse.

Ma poitrine se contracte, cela me fait presque mal. Un signe d'affection, même minime et cynique, venant de lui, c'est si bon. Je passe ma langue sur mes lèvres, tentant de retrouver mon souffle.

– Est-ce que vous me donnez la permission de jouir ?

Je peux l'entendre sourire :

– Quand je t'embrasse comme cela, toujours. À moins que je te dise de ne pas le faire.

Je soupire de soulagement. Mais il ne retourne pas à la tâche immédiatement.

– Alors tu es tout près, n'est-ce pas ? Il s'approche de moi, mordille le creux de ma cuisse. Cela serait bien de te taquiner un peu maintenant. Comme tu m'as taquiné tout à l'heure. Tu sais combien de temps cela m'a pris pour me calmer. Je ne voulais surtout pas me caresser moi-même, je voulais garder tout cela pour toi. Pourtant je l'ai fait. Je me suis caressé plusieurs fois. J'ai dû le faire. Même si je savais qu'il allait m'être impossible d'arrêter. Je n'ai pas pu m'en empêcher.

Il poursuit :

– Mais tu es une gentille fille. Si gentille de demander la permission. Ce n'est pas juste de te faire attendre plus longtemps.

Je pousse un soupir. Mes muscles internes se contractent à la pensée de sa main bien serrée autour de son pénis, et qui se force à tout stopper. Et sa bouche me dévore encore, me propulsant dans l'extase.

Il en fait quelque chose de si simple. Ce serait affreux si ce n'était pas si magique.

– J'adore cette expression sur ton visage quand tu demandes où je me trouve, avise-t-il de sa voix grave et sensuelle. Mais ton regard me manque.

Il dénoue ce qui me servait de bandeau, le laisse tomber par terre. Je cligne des yeux plusieurs fois et quand enfin je les ouvre, il est allongé sur le lit.

– Monte, ordonne-t-il avec un petit sourire.

Mes mains sont attachées et mon équilibre est instable dans la pénombre.

Je me concentre pour grimper sur le lit, puis pour l'enjamber ; ses mains sur mes hanches me retiennent. Son sexe se glisse à l'intérieur de moi comme si cela avait toujours été sa place. Je manque une respiration, oubliant presque qu'il me voit tout entière dans une position peu flatteuse. Il adore ça apparemment. Il essaie de rester froid et sévère, un peu comme Dirk quand il pense qu'il s'est fait avoir, mais il ne peut s'empêcher de sourire. C'est le sourire : « Non mais je n'y crois pas, cette fille est juste sur moi là maintenant. » C'est le sourire : « Tope là, j'ai gagné. »

– Qu'est-ce qu'il y a de si drôle ?, demande-t-il en pressant ses doigts contre la peau fine de mes cuisses.

– Rien…

Je voudrais m'allonger sur lui et l'embrasser mais avec mes mains attachées je ne sais pas trop comment faire.

– Tu as l'air si content de toi.

– Tu as tout à fait raison, je suis très content de moi, déclare-t-il en faisant basculer ses hanches pour se rapprocher de moi. Cela m'a pris cinq ans pour te séduire, je peux être fier, non ?

J'éclate de rire. Il n'a pas essayé de me baiser depuis cinq ans. Je m'en serais rendu compte tout de même.

– J'adore cette façon que tu as de jouir pour moi, ajoute-t-il, soudain très sérieux. Presque sur commande. J'ai toujours rêvé d'apprendre ça à une femme. Et j'ai compris que ce n'était pas évident du tout. Mais avec toi c'est différent. Cela marche à soixante-dix pour cent.

– Juste avec toi…, j'avoue parce qu'il ne sert à rien de mentir.

– Je sais, murmure-t-il, je le vois sur ton visage. À chaque fois, c'est toi qui es surprise.

Il rit. Ses doigts trouvent le point où nous nous rejoignons. Il me touche comme il le souhaite ; il me touche comme j'ai envie d'être touchée.

Nous atteignons l'orgasme en même temps, nos deux corps ondulent, pris de soubresauts, de petits rires. Il détache ma ceinture et je m'abandonne contre lui, laissant me cheveux se perdre. Il fait une grimace, cela lui chatouille le nez.

Nos doigts s'entrelacent, comme nos corps, aussi près l'un de l'autre que possible, même si notre esprit et notre cœur sont toujours aussi obtus.

Pour le moment, j'ai renoncé à me battre.

Chapitre 11

Une seule chose m'a échappée quand nous avons terminé en retard la table ronde, c'est que la grande soirée de clôture a un thème : c'est une soirée déguisée.

Je fixe le carton d'invitation.

La typo a quelque chose des *Boogie Nights*, il est stipulé « *Bal des Eighties's* » en grosses lettres façon néon.

– Ils se sont emmêlé les pinceaux, fais-je remarquer, c'est typiquement années 1970 comme carton. En plus, pour des littéraires ils mettent un « s » en trop !

Adrian n'a pas l'air de s'en soucier, il picore dans la salade de fruits du petit déjeuner qu'on vient de déposer.

– Oui, je pense que le « s » est en trop, assure-t-il, mais le langage est une chose qui vit et respire, tu sais.

– Tu me donnerais une énorme fessée si je commettais de genre de fautes en tapant ton courrier, je déclare en riant. Si tu ne dois pas finir cette salade, arrête de picorer dedans, je la mangerai.

– Très bien. Il pousse le plateau vers moi. Donc c'est officiel alors, je peux te donner la fessée au bureau ?

Je lui adresse un petit sourire en avalant un morceau de melon.

– Vous êtes mon patron, M. Risinger, vous pouvez faire tout ce que vous voulez.

Il émet une sorte de bruit entre rire et grognement.

– Je vais finir par me faire arrêter si tu dis des trucs comme ça ; on va tous les deux se faire arrêter.

– Ne sois pas idiot. C'est une propriété privée. Je passe ma langue sur mes lèvres. Tu peux renvoyer chacun chez soi et me baiser à chaque étage de ton building, aucune loi de ce pays ne pourra rien contre toi.

Il hausse les sourcils et répond :

– Encore une fois, grâce à tout l'argent que je possède, j'échappe aux pires menaces.

Et se déplaçant plus vite que la lumière, il me pique un grain de raisin et le glisse dans sa bouche.

– Ce n'est même pas drôle de faire l'amour au bureau si on ne risque rien, ajoute-t-il.

Il me fait rire.

– Oui mais tout de même, on peut toujours s'amuser, répliqué-je.

– Je pourrais surtout donner la fessée à celui qui a eu l'idée de cette soirée *Eighties*, marmonne-t-il.

Mon regard le transperce.

– Je te l'interdis !

Il sourit, avale un morceau d'ananas et dit :

– J'adore quand tu es jalouse, tu sais.

– Alors maintenant, tu manges mon ananas ? Je pousse vers lui mon assiette. Eh bien, prends-le.

– Seulement parce que tu le veux, répond-il. On m'a dit qu'il y avait une boutique de fringues d'occasion au coin de la rue. On peut peut-être trouver quelque chose si on ne traîne pas trop.

– Mais on ne va pas aller à cette fête, si ?

Rien que d'y penser, cela m'ennuie et m'énerve. J'ajoute :

– Attends, les années 1980…

Adrian soupire.

– Tout le monde y sera, tous les gens sympas. Allez, cela peut être drôle. Je vais t'aider à trouver quelque chose d'absolument hideux dans toutes ces fripes.

– Ils n'auront pas ma taille…

Il écarquille les yeux et s'exclame :

– Comment peux-tu dire une chose pareille alors que tu n'as encore rien essayé !

***

Je m'énerve à travers les rayons de la friperie, c'est bourré de participants du salon qui s'y sont pris aussi à la dernière minute. Il n'y a que des petites tailles. Adrian tombe sur un smoking bleu pâle en six secondes et trois centièmes à peu près et il lui va comme un gant. J'ai du mal à l'admettre, mais il est magnifique dedans.

– Parfait, je lui assure alors qu'il tourne autour de moi. On dirait Marky Mark dans *Boogie Nights*.

– Je ne le remplis pas aussi bien que lui, déclare-t-il en se contemplant dans le miroir, mais merci quand même.

Je fais une petite moue.

– Il suffit d'une prothèse bien placée, tu es si naturel. Sois fier.

Trouver quelque chose pour moi est beaucoup plus difficile que je ne l'imaginais. Surtout avec Adrian à mes côtés, toujours prêt à se moquer plutôt qu'à m'aider.

– Alors vraiment, tu n'aimes que les rondes ?

Je ne sais pas pourquoi je pose cette question, ni si j'ai vraiment envie de savoir, mais si c'est une véritable obsession chez lui, je ferais mieux de ne pas le demander ! C'est trop tard.

Il lèche son doigt et tourne les pages de l'énorme catalogue qu'on nous a remis à l'entrée avec nos paniers de courses.

– Non, pas que les rondes, mais en grande majorité, oui c'est vrai. Pourquoi me demandes-tu cela ? Ce n'est pas ahurissant. Tu dois bien t'en rendre compte.

– Ce qui est ahurissant, c'est d'en être aussi certain, répondis-je, et surtout de n'en avoir aucune honte.

– De quoi devrais-je m'excuser ? Il laisse son regard se perdre sur mon corps. C'est vrai qu'au début ce n'était pas évident. Quand j'étais ado, je pensais que quelque chose ne tournait pas rond chez moi. Et puis j'ai réalisé que c'était le reste du monde qui faisait des fixettes sur le corps parfait des femmes. C'est la société qui est dingue, pas moi.

– Wow, c'est une histoire très touchante.

Je sors d'une étagère un truc lavande assez horrible et ajoute :

– Tu devrais demander à Macklemore d'écrire une chanson là-dessus…

Adrian ricane et s'écrie :

– Eh bien voilà, tu as trouvé, c'est idéal !

– Quoi ?

Après coup, je me dis que c'est la bonne taille. Je le colle à côté du smoking bleu pâle.

– On va avoir l'air d'un cauchemar pastel ensemble, dis-je.

– Voilà qui est parfait, conclut-il en souriant.

***

Malgré l'insistance d'Adrian, je refuse de me crêper les cheveux. Mais je me fais deux couettes juste avant d'aller à la fête.

Je n'ai aucune envie d'être là, je préférerais être avec lui dans sa chambre où j'ai transféré toutes mes affaires, j'ai arrêté de faire semblant. J'ai envie qu'on passe les dernières heures du salon dans les bras l'un de l'autre, j'ai la sensation que plus rien ne sera pareil quand on rentrera à la maison.

Et ce n'est pas une question que j'ai envie aborder. Si c'était juste supposé être un intermède coquin, je ne vais pas jouer l'idiote qui se voit déjà en robe de mariée. Mais nous sommes allés tellement loin que je ne vois pas comment revenir en arrière. Comment retourner à la situation d'avant alors que j'ai passé toute cette semaine à explorer chaque pore de sa peau ?

– Ce remix, c'est Prince, non ?, demande Adrian alors que nous commandons un verre au bar. Pile à ce moment, *When Doves cry* s'arrête dans un bruit sourd.

– Oui, je réponds avec détachement, c'est normal : chaque chanson de Prince parle de sexe.

– Chaque chanson en général parle de sexe.

– C'est ridicule, réponds-je en attrapant ma bière, tu es ridicule ! Et celle-là alors ?

Je lève les yeux au ciel pour indiquer la musique qui envahit l'espace.

Il rit et me lance :

– Tu te moques de moi ? *Take my breath away* ! Elle aurait aussi bien pu s'appeler *Fais-moi jouir* !

– Je suis persuadée que je respire encore quand j'ai un orgasme.

Adrian prend un air dubitatif :

– Je suis perplexe.

Il attrape ma chope de bière et j'arrive presque à l'en empêcher mais j'ai peur de tout renverser. Il repousse nos deux verres et me prend la main en me disant :

– Viens, ce n'est pas une soirée si on ne danse pas.

Mon cœur se met à battre plus fort, même si je sais qu'il n'a qu'une envie : se mesurer au *gogo dancer* de l'autre soir. La plupart des gens ici dansent seuls ou bien en bande. Mais Adrian, bien entendu, sait danser en couple.

Sa main est posée sur ma taille et il me conduit au centre de la salle, je ne sais même pas ce que nous allons danser… mais ai-je seulement besoin de le savoir ?

– Tu es très bon danseur, murmuré-je, parce qu'il a besoin que son ego soit toujours flatté.

– Oui, je sais.

Il est si proche de moi, il dégage cette odeur de fripes et j'ai l'impression que c'est la première fois qu'il est authentique. Je me repose sur lui. Il poursuit :

– J'ai pris des leçons, j'avoue…

– Vraiment ? Je pensais que c'était inné chez toi, le génie en tout.

– Oui, c'est ce que je fais croire à tout le monde ; je vais te faire tourner, attention.

Et avant que j'aie eu la chance de protester, il me fait basculer, la passe est spectaculaire, puis il me redresse d'une seule main. J'entends des gens pousser des exclamations et applaudir.

– Pour impressionner le genre de personnes que tu veux impressionner, m'explique-t-il, la seule chose à faire c'est de te faire passer pour un gros bébé tout juste sorti du ventre de sa mère comme Alec Baldwin dans *Glengarry Glen Ross*. Nous savons tous que ce n'est pas vrai. Que cela ne peut être vrai. Mais nous faisons tous semblant d'accepter. Apprendre à faire quelque chose, ce n'est pas sexy. Savoir la faire, c'est sexy.

La chanson se termine et j'ai la tête qui tourne. Je ne sais pas pourquoi.

– J'ai besoin de m'asseoir un moment, lui dis-je.

Il me suit. Quelque chose semble l'avoir adouci et il s'assied près de moi avec son verre pendant que j'observe les gens. On dirait qu'Izzy a toute l'attention d'un gros agent littéraire, donc je ne vais pas la déranger.

– Je ne sais pas à quoi je m'attendais, mais certainement pas à cela !, déclaré-je en jetant un coup d'œil panoramique à la salle. Ce n'est rien qu'un IPod, un barman et une boisson alcoolisée gratuite. Pas vraiment l'idée que je me fais d'une grande soirée.

Adrian pose son verre.

– Je pense que c'est plus facile si tu connais déjà tout le monde. Ils font tous les salons ensemble, ils se connaissent les uns les autres. Ils préparent même leurs costumes de fête longtemps à l'avance et je ne sais quoi d'autre.

Il sait tout cela grâce à Kara bien entendu. C'est elle qui lui raconte comment se déroulent les salons et je déteste l'idée de savoir qu'il dépend d'elle dans certaines circonstances.

– Avant, j'avais l'habitude de jouer à « Action ou Vérité » dans les soirées ennuyeuses, je lance soudain. Certainement pas une bonne idée ici !

– OK, j'accepte !, s'exclame Adrian.

– Ah non !

– Allez..., fait-il en me donnant des petits coups de pieds provocants. Défis déconseillés aux moins de treize ans, pense aux autres invités...

– Très bien, je te mets au défi de me dire une chose si dingue à propos de toi qu'elle fasse naître cette expression-là chez moi. Je prends la pose et ajoute :

– Et alors, M. Risinger, quel est le problème ?

Je me suis améliorée ces dernières années, mais le faire sur commande reste un peu dur.

– Bien. Je ne baise que dans les hôtels.

J'écarquille les yeux.

– Tu veux dire… Quand tu n'es pas à New York ?

– Non, répond-il en fronçant les sourcils, je veux dire, si je veux baiser avec une femme et que nous ne pouvons pas aller chez elle, je vais à l'hôtel. Jamais chez moi. Je ne pense pas que ce soit si particulier, mais j'ai eu des problèmes déjà.

J'attrape mon verre.

– Tu dois avoir chez toi beaucoup d'objets de valeur. Et tu ne veux pas d'une inconnue qui se balade pendant que tu dors. Non, ça ne me semble pas si étrange.

– Ça n'a rien à voir, rétorque-t-il, aucune envie qu'elle passe la nuit entière. Personne, à part ma femme de ménage, moi-même et quelques amis triés sur le volet ne connaît ma chambre. C'est comme ça. Je me sens mieux ainsi. Est-ce que j'ai remporté le défi de la fameuse expression ?

J'en ris maintenant.

– Honnêtement, c'est un peu dingue. Si j'avais su combien tu voulais cette expression, je ne te l'aurais jamais proposée en premier. Tu veux que je te dise que tu es vraiment un vilain garçon ?

– Oh, je pense que tu connais mes goûts en la matière…

Il se penche vers moi au-dessus de la table et murmure :

– Je ne sais pas si tu t'en es rendu compte Natalie, mais nous sommes dans un hôtel juste maintenant.

– Oui, et tu portes un smoking bleu pâle, dis-je en souriant. Je passe.

– Tu serais surprise de voir à quelle vitesse je peux l'enlever, annonce-t-il, promis.

Soudain, je sens une présence étrangère. Mon regard est attiré vers l'entrée et je vois Kara errer dans la salle. Elle porte des leggings avec un T-shirt *Flashdance* qui laisse son épaule découverte, je m'en aperçois après. Bon, ce n'est pas vraiment « bal », mais enfin elle a fait un effort.

Elle nous jette un regard puis s'assied à côté d'Adrian. Il l'observe du coin de l'œil mais ne dit rien.

– Vous vous amusez bien ?

C'est à moi qu'elle s'adresse.

– Oui merci, réponds-je.

Aucune idée de ce que je dois dire, mais ces deux mots me semblent suffisants.

– J'espère qu'on va pouvoir nouer des contacts ; après tout, c'est pour ça qu'on est là.

Adrian soupire et réplique :

– Je te l'ai déjà dit, personne qui puisse m'apporter quelque chose que je n'aie déjà.

– Tu as tort.

Kara fait un signe négatif et je la regarde bouche bée. Je n'ai jamais entendu quelqu'un parler comme cela à Adrian. Sauf moi peut-être.

– La grosse machine éditoriale a changé. Tu as vu les enchères. Il faut absolument qu'on se lie avec les sites et les *bloggers* influents. Tous ceux de *GoodReads* par exemple. Ce sont eux qui vont nous faire connaître, bien plus que ton éditeur. Pas besoin de te faire remarquer que la partie édition de la compagnie Risinger ne se porte pas au mieux.

– Oui, mais elle continue à tourner, rétorque-t-il, buté. Je m'en occupe, c'est ma partie.

– Tu as perdu vingt pour cent de tes auteurs cette année. Ils se sont tournés vers l'autoédition, ajoute Kara. Comment crois-tu t'en sortir avec pour seuls poulains un vieil auteur oublié et toi ?

Une chape de plomb s'abat.

– Je suis désolée si je n'ai pas fait ce que j'étais censé faire, déclaré-je. J'ai essayé de parler aux gens…

Kara a un geste agacé puis m'explique :

– Ce n'est pas de votre faute. Vous ne pouviez pas savoir. Adrian était censé vous briefer un minimum pendant que je m'occupais du reste, mais j'ai l'impression qu'il a été occupé par autre chose.

Son regard passe de l'un à l'autre, comme si elle cherchait à mesurer la justesse de son affirmation.

– Kara…

Je sens un subtil avertissement dans le ton de voix d'Adrian. Kara aussi, je le sais.

– … J'ai récolté les cartes d'une trentaine de contacts, Natalie s'est fait de nouveaux amis. C'est un déplacement très constructif. Et si tu n'es pas d'accord, je suis désolé. Mais c'est un peu trop tard maintenant.

– Très bien. Bon, si vous restez là à faire tapisserie, je me demande pourquoi vous êtes venus.

Kara, irritée, se lève et conclut :

– Pourquoi vous ne retournez pas dans votre chambre pour poursuivre ce qui vous a occupés jusqu'à présent ?

– Kara, ordonne Adrian, le regard glacial, arrête !

– Désolée, poursuit-elle ; l'air pas du tout désolé. Je retire donc mes conseils jusqu'au moment où ils seront bienvenus.

Et quand elle disparaît, je regarde Adrian.

– Alors tu crois toujours qu'elle n'est pas jalouse ?

Il laisse échapper un petit rire froid et concède :

– Peut-être un peu…

– Peut-être beaucoup.

– Je savais que les choses se compliqueraient à partir du moment où tu serais impliquée, admet-il. Simplement je ne pensais pas que ce serait si compliqué…

Je ne suis pas certaine que ce soit à moi qu'il parle.

– « Compliqué ». Je suis désolée, je ne voulais pas rendre les choses compliquées.

– Je sais bien, dit-il. Compliqué ce n'est pas terrible non plus. C'est juste… compliqué.

Chapitre 12

Compliquée.

Je suis compliquée.

Quand nous retournons dans la chambre, je rassemble mes affaires éparpillées un peu partout. Adrian me rappelle que nous avons toute la matinée, que l'avion nous attendra ; naturellement il nous attendra. Mais je lui confie que ranger me détend. En fait j'ai vraiment besoin de prendre l'air, de m'éloigner un peu de lui, de clarifier mes idées, mais je suis au beau milieu de sa chambre avec toutes mes affaires. Même ma brosse à dents.

Je me demande si la femme de chambre a remarqué que je n'ai pas dormi dans mon lit. Est-ce que ça l'intéresse ?

– Je vais vérifier si je n'ai rien laissé là-bas, je déclare en me dirigeant vers la porte communicante ; il opine du chef.

Je ferme derrière moi, m'avance au beau milieu de la chambre et mon regard se perd dans le vide.

La chaise est toujours à côté de la porte-fenêtre, là où je l'ai laissée. Mon striptease a certainement eu les effets désirés, mais c'était quoi ce show ? Est-ce que je désire vraiment avoir une liaison avec Adrian Risinger en personne ?

Mon Dieu, je n'arrive pas à croire que j'ai laissé mes hormones prendre le dessus. J'aurais dû savoir. Il n'en sortira rien de bon… enfin je pense.

Pourquoi suis-je entrée dans cette piscine ?

Si on cantonne tout cela ici, si on rentre à la maison en prétendant qu'il ne s'est jamais rien passé, je vais être dévastée. Mais si on continue… que va-t-il se passer ?

Adrian frappe à la porte communicante.

– C'est ouvert, dis-je.

Il entre et s'assied sur le lit.

– Je suis désolé d'avoir dit que tu étais compliquée.

Déjà une excuse ? De la part d'Adrian ?

Le monde est sens dessus dessous.

– Je ne suis pas bouleversée parce que tu l'as dit, avoué-je en fixant l'écran noir de la télévision, je suis bouleversée parce que c'est vrai.

J'aperçois son reflet qui essaie de m'atteindre. Je vais vers lui. Je le laisse prendre ma main, je m'assieds à côté de lui, il met son bras autour de mes épaules et ne dit pas un mot.

Finalement, il se met à parler.

– Tout est très compliqué. Ce n'est pas de ta faute. Je voulais que le rôle de Natalie soit tenu par quelqu'un en qui j'avais confiance. Je crois que Kara voulait le tenir. Elle ne l'a jamais vraiment avoué, car elle savait que c'était impossible. Elle est déjà connue dans ce milieu, sous son propre nom. Je pense qu'elle est furieuse que quelqu'un d'autre joue ce rôle.

Je remue la tête.

– Arrête de toujours lui trouver des excuses, s'il te plaît.

– Je ne lui trouve pas des excuses !

– Si, tu le fais. Tu lui plais. Est-ce qu'elle sait qu'on couche ensemble ? Est-ce que tu lui as dit pour la piscine ?

Il prend un air faussement offensé.

– Bien sûr que non ! Mais enfin, elle n'est pas idiote.

– Elle m'a détestée au moment même où elle m'a vue. Alors si elle ne savait pas…

Adrian dépose un baiser sur mon front.

– Je te l'ai dit. Cela n'a rien à voir avec nous. Elle est juste furieuse parce que la situation lui échappe.

Un million de questions se pressent et bouillonnent dans ma tête. Je voudrais lui demander si toutes ces histoires de batifolage au bureau n'étaient que fantasmes et racontars. Je voudrais lui demander pourquoi Kara m'a considérée comme une menace dès le début s'il ne lui avait jamais rien dit sur moi.

– Tu viens au lit ?, s'enquiert Adrian finalement. Juste pour dormir. À moins que tu ne préfères une autre activité ?

– Dormir me convient parfaitement. J'en ai peut-être fait un peu trop ce week-end. Il faut que je récupère.

– Ah oui alors ! Adrian me sourit en me tirant vers sa chambre. Est-ce que je deviens vieux tu crois ?

– Peut-être bien, mais tu as tellement d'argent que personne n'osera te le rappeler. Pour faire jeune, pense à porter des jeans très serrés et des lunettes de *hipster*.

– Oui, je me suis demandé si ma vue ne baissait pas, admet-il en s'asseyant sur le lit pour retirer ses chaussures. Enfin je ne sais pas. C'est un gros challenge que de devenir un *hipster*.

– Bah, tu peux débuter doucement et y aller progressivement. Tu peux commencer avec une barbe stylée.

– Tu crois ?

Il se caresse le menton d'un air pensif.

– Bien entendu. Cela t'ira bien. Tout te va...

– Si seulement le *board* d'associés seniors n'affichait pas une moyenne d'âge de neuf cents ans, soupire-t-il. Ils vont me prendre pour un sale hippie. Je ferais mieux de ne pas tenter finalement.

J'éclate de rire en laissant glisser ma robe horrible.

– Ah bon, tu ne voudrais pas faire sensation à ton club de golf ?

Il marmonne :

– Tu ne crois pas si bien dire ! La dernière fois que j'ai fait un parcours avec l'un d'entre eux, il a passé son temps à m'expliquer que son arrière-arrière-arrière-petite-fille devait être droguée car elle voulait se faire tatouer. Je me suis laissé aller à demander de quelle drogue il s'agissait et il a répondu : du crack ou de la marijuana.

En gloussant, je me laisse tomber sur le lit et dis :

– « Helen, je te jure que cette enfant sniffe de la Meth comme je l'ai vu faire dans cette émission de télé-réalité ! »

– Comment sais-tu que sa femme s'appelle Helen ?

Il enroule son bras autour de ma taille et m'attire contre lui. Collée tout contre mon boss, je continue et j'ajoute cela à la liste des choses que je n'aurais jamais cru faire.

– Bonne pioche. Ça ne pouvait être que ça ou Brittany, prénom donc de sa troisième et magnifique femme qui doit avoir quelque chose comme dix-neuf ans.

– Un jour, je les briserai tous d'un coup de Fer 5. Mais d'ici là, je dois faire semblant.

Il souffle dans mes cheveux et avoue :

– Je sais que tu penses que je ne suis pas un mec bien, mais tu ne te rends pas compte de la chance que tu as. Véritablement.

Je souris un peu tristement dans la pénombre.

– J'ai ma petite idée là-dessus…

***

Le lendemain, juste avant notre vol, j'ai le temps de passer à la boutique de l'hôtel et d'acheter quelque chose qui l'amusera. J'ai prévu de le lui donner à notre arrivée pour qu'il garde un petit souvenir. Mais à peine sommes-nous installés dans l'avion, une coupe de champagne à la main, que cela me démange de le lui offrir, juste pour voir sa tête !

Je remarque qu'il évite prudemment de regarder l'hôtesse et je me sens un peu honteuse.

– Tiens.

Je dépose le petit sac sur la tablette entre nous.

– Pour inaugurer ta garde-robe de *hipster*.

Il me regarde, intrigué, en ouvrant le sac et en sort une chemise. Et quand il aperçoit dessus l'inscription « *KEEP AUSTIN WEIRD* », il a ce fou rire que j'attendais.

– Bravo, déclare-t-il en la repliant dans le sac.

L'ambiance est plombée par cette conversation que je ne veux pas avoir. Mon cadeau idiot a atterri comme un cheveu sur la soupe. Courage, je crève l'abcès maintenant.

– Est-ce que tu veux parler de ce qui va se passer quand on sera arrivé ?

Je soutiens son regard même si j'ai envie de me liquéfier par terre. Et que cela signifie tomber de quelques milliers de pieds sur terre.

– Ce qui se passera quand on sera arrivé ? Bien…

Il se racle la gorge et j'attends.

– Nous devons relativiser les choses, c'est tout.

Comme tous les hommes d'affaires, il a l'art de parler pour ne rien dire. Il poursuit :

– Toi et moi, on est pareil, on ne fait pas les choses à moitié. C'est ce que j'aime chez toi. Mais cela peut t'attirer des ennuis. Notamment en ce qui concerne les choses un peu personnelles.

Il ne veut pas employer le mot « relations ». Je peux l'affirmer.

Je ne sais pas ce qu'il veut vraiment, à quel comportement il s'attend de ma part.

– Eh, vas-y franco, doc, déclaré-je en posant mes coudes sur la tablette.

Cela le fait rire. Il me jette un coup d'œil, puis regarde par terre puis vers moi à nouveau.

– J'en suis incapable, Meg. Comment le pourrais-je ? Je ne peux dire ce que sera demain. Ce que je sais c'est que nous devons être prudents. Et si tu veux que j'établisse un plan en dix points pour la façon dont nous allons gérer cela, j'en suis incapable. Il secoue la tête. Oui, c'est compliqué.

– Compliqué, répété-je. Qu'est-ce qui est compliqué ?

Il me jette un regard avant de se plonger dans son journal.

– S'il te plaît, Meg…

Cela va être un vol sacrément long. À moins que je ne l'assassine avant la fin.

***

Quand j'arrive à la maison, la seule chose que je souhaite après avoir laissé tomber mes sacs par terre, c'est me précipiter au lit. Mais mon esprit carbure à trois cents à l'heure ; impossible de me calmer et dormir.

J'ai abandonné l'idée de faire dire à Adrian ce qui se nichait dans sa tête. Il s'est plongé dans le travail pendant le reste du vol, j'ai eu envie de changer de place pour l'énerver puis je suis restée à fulminer.

Le jour suivant, au bureau, je ne sais pas vraiment à quoi m'attendre. Il va essayer de me faire taire si j'essaie d'évoquer ce qui s'est passé à Austin. Naturellement, nous n'avons pas à en parler. J'aurais juste aimé que notre histoire continue, mais il semble y opposer aussi une certaine résistance passive.

Pour le moment.

La plupart de mes vêtements sympas sont au sale suite à notre voyage, mais je porte une petite chose qui me va très bien. Quand j'entre dans son bureau avec son café, je ferme les yeux un instant et m'abreuve de son parfum. Je l'ai toujours aimé, mais il prend une signification particulière maintenant.

– Voilà votre café, dis-je doucement en le déposant. Il ne lève pas les yeux. Avez-vous besoin d'autre chose ?

Il secoue la tête en signe de dénégation.

Va au diable !

– Je pense me souvenir que vous aviez besoin de moi pour certains travaux dans la matinée, je déclare de la façon la plus suave possible, alors que mon cœur est à deux doigts de s'échapper de ma poitrine.

Il ferme les yeux et pousse un long soupir.

Ce n'est pas très engageant comme réaction.

– Asseyez-vous, Meghan.

Il fait un geste vers la chaise. Je m'exécute, lissant ma jupe, prête pour le savon du siècle. Ce n'est pas vraiment ce que j'espérais.

Adrian croise les doigts et me regarde. Et il dit la dernière chose à laquelle j'aurais pensé :

– Vous avez quelque chose de prévu pour Thanksgiving ?

Quoi ?

– J'ai toujours quelque chose de prévu pour Thanksgiving.

Et je fais la grimace rien que d'y penser. Je ne peux m'en empêcher. Mes vacances en famille sont toujours glaciales et hostiles, mais c'est toujours mieux que d'être toute seule. En fait, c'est ce que je n'arrête pas de me demander : « pourquoi ? »

– Il y a un salon et des conférences à Londres, m'annonce-t-il. C'est principalement pour les auteurs locaux, mais enfin, on pourrait y faire un saut, non ?

Non ? Sérieusement ? Il ne fait même pas référence à ce qui s'est passé à Austin et il prévoit déjà le prochain voyage ?

– Mais je ne peux pas, je suis désolée.

Je ne dis pas souvent non à Adrian, mais si je dois choisir entre lui et ma mère, c'est ma mère qui gagne. À chaque fois. Elle le ferait ressembler au gentil M. Rogers.

– Allez Meghan, je vous donne juste l'excuse parfaite pour éviter cela…

Il jette un œil sur les papiers étalés sur son bureau et assène :

– Débrouillez-vous pour tout arranger. Je ne veux pas avoir à gérer vos problèmes familiaux.

Je lui jette un regard assassin.

– Je ne sais pas ce que vous essayez de prouver, mais…

– Peu importe ce que j'essaie de prouver, marmonne-t-il en me coupant la parole.

Ses yeux lancent des éclairs, je déglutis avec peine ; où sont les traces de la passion qu'il a montrée la semaine dernière ? Ce n'est pas vraiment ce que je voulais, mais c'est au moins une réaction.

Un instant après, il se calme.

– Débrouillez-vous, Meg. Je vous appellerai si j'ai encore besoin de vous.

***

C'est une des plus longues journées de boulot de ma vie.

Quand je rentre à la maison, je laisse tomber mon sac à main sur le sofa en imaginant mille façons de l'assassiner quand mon téléphone se met à sonner. Ma gorge se serre, espérant sans y croire que c'est Adrian qui appelle pour s'excuser.

Non mais sérieusement. J'imagine que je vis dans quel monde ?

Toto, on n'est plus à Austin.

Je souris intérieurement en décrochant, mais mon sourire s'évanouit aussitôt.

Maman.

– Ah, j'arrive tout juste. Je ne peux pas rester longtemps.

J'espère que mon attitude un peu brusque va avoir son effet cette fois-ci.

– Ne t'inquiète pas, j'ai juste besoin de savoir à quelle heure tu veux décoller pour Thanksgiving.

Merde.

– Je t'ai dit que je prenais mes billets.

Elle rit.

– Ne sois pas ridicule. De toute façon, je dois m'organiser. Tu dois connaître ton programme maintenant. Tu as vu avec M. Risinger ?

Je ferme les yeux avant de lui répondre :

– Il est fort possible que je doive rester travailler pour Thanksgiving cette année.

– Quoi ? Sa voix est si perçante que je grimace de douleur et éloigne le combiné de mon oreille. C'est ridicule. Dis-lui que tu ne peux pas.

– Je n'ai pas le choix, maman.

– Comment ça, tu n'as pas le choix ? On a toujours le choix. Si tu as tellement d'importance pour lui, il trouvera bien à te pardonner.

J'en ai marre d'Adrian, j'en ai royalement marre de ma mère, j'en ai marre du monde entier, mais là ma mère remporte tous les suffrages. La dernière chose dont j'ai envie, c'est d'adhérer au coup de force d'Adrian et pourtant c'est ce que je vais faire.

– Je veux le faire, maman. C'est important pour la compagnie ; c'est important pour moi. Ça ne va pas me tuer de manquer un Thanksgiving.

Je reprends ma respiration et conclus :

– Et ça ne va pas te tuer non plus. Je te verrai à Noël.

Sa voix n'est que venin :

– Cette conversation n'est pas terminée, Meghan.

Elle ne ment pas.

Chapitre 13

TU ME MANQUES

C'est tout. Trois petits mots sur l'écran de mon téléphone.

Je les fixe, mon cœur bat la chamade. Il s'est passé une semaine depuis Austin et je me demande si je n'ai pas imaginé ces moments de fièvre et de folie.

Un autre message.

ON PEUT PARLER ?

Je soupire, et tape ma réponse avant d'avoir le temps de trop y penser.

À PROPOS DE QUOI ?

Il répond immédiatement.

TU LE SAIS TRÈS BIEN. JE SUIS DÉSOLÉ. JE SUIS UN IDIOT. ARRÊTE DE ME TORTURER.

À ce moment précis, quelqu'un sonne à la porte.

Je jure que si c'est encore mon voisin ivre mort qui a oublié ses clés…

Je regarde à travers l'œil de verre et mon cœur tressaute. Cela ne sert à rien de l'ignorer, elle va sonner jusqu'à ce que je réponde.

Et même si je suis en pyjama, j'ouvre d'un coup sec.

– Maman, papa, c'est merveilleux de vous voir. Et si inattendu…

Je les gratifie d'un sourire glacial. Ma mère fulmine, mon père se fond dans le décor avec un regard vide. Elle l'a eu à l'usure, comme d'habitude.

– Meghan. Ma mère me passe devant, déposant un baiser glacé sur ma joue. Déjà en pyjama. Mais tu ne sors jamais ?

– Pas tous les soirs, maman.

Je reste debout, hésitante, au milieu de la pièce, pendant qu'elle traverse le salon en faisant glisser son doigt sur les étagères.

– Tu ne fais jamais la poussière ?, demande-t-elle en fronçant le nez légèrement.

Je laisse échapper un soupir car c'est la seule chose dont je sois capable.

– Bon, laisse-moi deviner, tu es ici pour parler de Thanksgiving, hein ?

Elle s'installe, en faisant très attention, sur mon sofa.

– Assieds-toi, Meghan.

C'est chez moi.

Je fais ce qu'elle ordonne.

– Je pensais arriver à te raisonner si on s'expliquait face à face, déclare ma mère. En plus, ton père et moi ne sommes pas venus en ville depuis des lustres. Nous allons jouer les touristes pendant quelques jours. Je suis sûre que tu es très occupée, mais tu nous rejoindras dès que tu arriveras à te libérer.

– Je suis très prise en ce moment, expliqué-je en sentant mon téléphone vibrer dans ma main.

Zut.

– Excuse-moi, maman, il faut que j'aille aux toilettes.

Je me précipite dans le couloir, ferme la porte derrière moi et regarde mon téléphone.

J'ARRIVE

Zut. Zut. Zut. Zut.

Je réponds aussitôt.

S'IL TE PLAÎT, NON.

Je ne peux pas lui expliquer pourquoi. Je ne vais pas y arriver. Il ne répond pas pendant un petit moment et je suis certaine de subir plusieurs mini-attaques cardiaques en attendant sa réponse.

TROP TARD.

On sonne à la porte. Mon pouls bat tellement fort que cela me fait mal. Je me rue dans le couloir et tire la porte si fort qu'elle rebondit et claque contre le mur.

Adrian est juste derrière, vêtu du costume qu'il portait au bureau, mais l'air un peu défait. Sa cravate est desserrée, ses manches sont roulées et si mes parents n'étaient pas là, je lui sauterais dessus immédiatement.

Je dois avoir un air étrange qui l'arrête, quelques secondes avant que la voix de ma mère ne résonne dans le hall.

– Meghan ! Enfin, qui est-ce ?

Pendant un instant, on dirait un chevreuil pris dans les phares d'une voiture, mais il se reprend vite et pénètre dans le salon. « Je suis désolée », je lâche alors que mes parents s'approchent comme s'ils étaient en embuscade à la chasse au lion, à la chasse à mon boss Adrian en personne.

– Je ne savais pas que Meghan avait de la compagnie. Comment allez-vous ? Adrian Risinger, le directeur de Meghan.

Il tend la main et mon père se décide à faire enfin de même, d'un geste hésitant.

– Nous savons parfaitement qui vous êtes, déclare ma mère sur un ton qui fait chuter la température de la pièce de près de 12 degrés. Cinq ans qu'elle travaille pour vous, et vous ne lui avez jamais demandé de rester pour Thanksgiving. Et soudain, vous avez besoin d'elle toute la semaine ? On n'a jamais rien entendu de tel !

Adrian cache son autre main derrière son dos dans laquelle j'aperçois une boîte blanche. J'ai une vague idée de ce que cela peut-être et je suis bien persuadée que ça n'a rien à voir avec le travail.

– Oui, je suis désolé, accorde-t-il d'une voix douce. Je l'ai déjà vu prendre cet air devant les actionnaires seniors ; mais enfin, ils ne sont pas ma mère. Vous savez, travailler au moment de Thanksgiving nous donne un avantage certain vis-à-vis de la compagnie japonaise avec laquelle nous voulons nous associer. Mes concurrents ne se manifesteront pas avant la fin des vacances, alors battons le fer tant qu'il est chaud.

Ma mère ferme les yeux, elle a ce geste furieux et méprisant qu'elle affectionne tant.

– Non, non, non, je ne veux rien savoir. Vous faites ce que vous voulez, mais vous laissez ma fille en dehors de cela. Elle sera avec nous pour Thanksgiving.

Adrian incline la tête. Je sens quelque chose changer dans l'air, comme s'il se hérissait.

– Avec tout le respect que je vous dois, madame Burns, votre fille est absolument indispensable. J'ai besoin d'elle. Il me lance un coup d'œil et pendant un instant s'y reflètent mille secrets. Je n'ai pas du tout l'intention de ruiner vos fêtes familiales. Mais peut-être pouvez-vous les décaler ?

Ma mère laisse échapper un petit rire perçant, je ne sais plus où me mettre.

– Pardon, mais essayez-vous de me dire comment régler mes affaires de famille ?

– Essayez-vous de me dire comment régler mes affaires tout court ?, déclare-t-il en s'avançant d'un pas vers elle.

Mon cœur s'arrête de battre.

– Ma fille ne vous appartient pas, M. Risinger. Ma mère le toise avec une expression que je ne lui ai jamais vue. Et je n'ai pas à vous entendre m'expliquer pourquoi elle vous est indispensable ; je sais qu'elle est sérieuse, je sais qu'elle travaille dur. Elle est trop bien pour travailler pour vous. Et si vous la gardez comme secrétaire, vous devez respecter ses obligations familiales.

Elle prend son inspiration et me lance :

– Meghan, si tu te laisses faire, il ne te respectera jamais. Aucun homme ne le fera. Et tu n'obtiendras jamais un contrat dans une maison de disques si tu ne te conduis pas comme quelqu'un de suffisamment fort, sur qui l'on peut compter.

– Très bien maman, très bien.

Je lance mes bras en l'air et réponds :

– Je viendrai pour Thanksgiving, d'accord ? Mais je m'occupe de mes billets. Maintenant, s'il te plaît, j'ai des choses à voir avec M. Risinger. Je t'appelle dans la matinée. Et on s'organisera.

– Bon parfait, je pense que ça ira pour ton père et moi, conclut-elle en pleurnichant. Surtout ne t'en fais pas pour nous…

– Je croyais que tu voulais…

Elle agite la main d'un air vague et répond :

– Ne t'inquiète pas, ce n'est pas important. Puisqu'apparemment, tu es très occupée…

Le regard qu'elle me lance est si acerbe… Le mensonge d'Adrian n'a pas fonctionné comme je l'espérais.

– Dors bien, lance-t-elle en guise de dernière pique avant de fermer la porte.

Cela me prend une bonne seconde pour respirer à nouveau.

– Mon Dieu, soupire Adrian en se laissant tomber sur le sofa, est-ce que je dois appeler un prêtre ?

Un rire hystérique secoue ma poitrine.

– Elle n'est pas… elle n'est pas si…

– Tu vois ! Tu n'arrives même pas à le dire. Il grimace. Tout va bien. Tu as le droit de le reconnaître, il se pourrait bien que ta mère soit un véritable démon, du moment que tu n'en es pas un.

En soupirant, je me dirige vers la cuisine.

– Tout ce que j'ai, c'est du rhum, mais du bon. 90 degrés. Ça te va ?

– Tu n'as rien de plus fort ? Comme de l'héroïne. Ou des sels de bain à sniffer.

Cela me fait rire, je nous sers un verre à chacun et vais m'asseoir à côté de lui.

– Je suis navrée que tu aies débarqué au milieu de tout cela.

– Je suis désolé, dit-il, je suis venu ici pour m'excuser. Mais je ne pensais pas que j'aurais à m'excuser pour cela.

Je l'observe à la dérobée. La douceur transparaît dans sa voix et son visage. C'est arrivé aussi à Austin, je n'avais pas remarqué ; maintenant je le vois.

– Tu vas devoir t'excuser pour plusieurs choses.

– Je sais. Il avale son verre cul sec. Tu en veux un autre ?

Il me fait rire.

– Je n'ai même pas encore commencé. En plus, je crois que c'était la dernière bouteille, je ne suis pas allée chez le caviste depuis longtemps.

– Merde, il n'y a rien d'autre ?, demande-t-il en se dirigeant vers la cuisine.

Il sort une bouteille du frigidaire et lit :

– Beaujolais nouveau. Oh, c'est un peu… juvénile, mais ça fera l'affaire.

J'écarquille les yeux et lui lance :

– Tu ne sais vraiment pas comment présenter des excuses, n'est-ce pas ?

Adrian remplit deux verres.

– Je te taquine ; enfin, j'aime ça…

Je fais la grimace en avalant une gorgée. C'est frais et vif, mais il y a un arrière-goût de vinaigre un peu fort pour moi. Je fais claquer mes lèvres, essayant d'en ressentir le goût sur mon palais.

Adrian sourit, espiègle.

– Quoi ?, dis-je, ce n'est pas juste…

Mais ce n'est pas moi qui le fait réagir, c'est le vin.

– Cela me rappelle quelque chose, dit-il en passant sa langue sur les lèvres, quelque chose de tout à fait spécifique…

– Ah oui ?, réponds-je en m'appuyant sur le sofa.

– Mmmmmmm…

Il me détaille des pieds à la tête.

– … Quelque chose de délicieux dont je me suis délecté tout dernièrement.

Je me mets à rougir.

– Je ne sais pas si je suis apte à une telle conversation maintenant, avoué-je.

– Moi non plus, concède-t-il, mais je tente. Trop effrayant ?

Je fais non de la tête.

– Si ma mère n'avait pas débarqué comme ça chez moi, cela aurait été plus simple.

– Je ne savais pas que tu t'étais spécialisée dans la musique, lance-t-il en posant son verre sur le dessous de table.

Je ne suis pas surprise qu'il soit si bien élevé, je suis juste étonnée qu'il ne laisse pas une marque de verre sur ma table Ikea pour faire celui qui n'en a rien à faire.

– J'ai l'ai retiré de mon CV, ça ne faisait pas sérieux.

Je me redresse dans mon fauteuil, jette un œil sur la boîte qu'il a déposée sous la table.

Il lève un sourcil.

– Alors, ça ressemblait à quoi ?

Je hausse les épaules.

– C'était assez inconsistant. Comme si je ne voulais pas vraiment réussir dans ce domaine. Et j'ai eu plus de propositions quand je l'ai retiré.

– Humm.

Il s'adosse au canapé, étend les jambes devant lui. Son pantalon est si bien coupé que je devine ses muscles se tendre sous la fine étoffe tissée.

– Je crois que cela sous-entend une certaine discipline, commente-t-il.

Il me jette un coup d'œil et je deviens rouge écarlate en songeant à sa main qui me donne la fessée.

– Oui, il faut absolument que je m'en souvienne quand je m'installerai avec quelqu'un et que je démissionnerai de chez toi.

Adrian éclate de rire.

– Oh Meg… Il glisse un pied près du canapé, laissant l'autre jambe allongée. Oh Meg, on sait très bien tous les deux que cela n'arrivera jamais.

Je lui jette un regard noir.

– Comment peux-tu être aussi sûr de toi tout le temps ?

– Bof, c'est facile, je gagne plus d'argent que n'importe qui.

J'agrippe un coussin et le lui lance à la tête.

Il l'attrape et le jette dans le fauteuil à l'opposé.

– Une bataille de coussins, ce n'est pas très mature, assure-t-il.

– Bon, très bien.

Je rougis encore plus que d'habitude, en espérant disparaître dans le canapé. Je sais qu'il est venu pour coucher avec moi et j'aimerais bien qu'il s'y mette maintenant car c'est plus simple que de parler.

– En fait, tu mérites quelque chose de beaucoup plus lourd, mais je n'ai pas de grosses pierres à portée de main.

– Est-ce que tu joues encore d'un instrument ?, demande-t-il.

Et cela me prend quelques secondes pour changer de vitesse. Il ne va pas me barber avec mon passé de musicienne. Je n'ai pas envie d'en parler. Je ne veux même pas y penser tellement c'est déprimant.

– Non, pas vraiment, dis-je en détournant la conversation. Tu n'es pas venu ici pour retracer ma carrière musicale, n'est-ce pas ?

– Non, admet-il en jetant un œil à la boîte, mais le ton glacial de ta mère m'a fait dérayer légèrement.

Je ne peux m'empêcher de laisser échapper un petit rire en disant :

– J'espère qu'il ne te causera pas un dommage permanent.

– Ne t'inquiète pas.

Et plus vif que l'éclair, il se redresse, se tourne vers moi, ne se rapproche pas et pourtant mon pouls s'accélère.

– Je suis déjà en train d'oublier tous les détails…

Je passe ma langue sur mes lèvres, regarde la boîte encore une fois.

– Bon, donc, comme dirait l'éternel Brad Pitt, « Qu'y a-t-il dans la boîîîîîîte », chante-t-il en riant. Tu le sauras dans un instant chaton. Tu es bien sûre de ne pas être traumatisée ?

– Ne te moque pas de moi, fais-je, l'air boudeur.

Je ne sais pas comment il se débrouille pour exacerber mon côté petite garce, mais c'est autrement plus drôle que d'être au bureau avec lui. Quand on travaille ensemble, j'essaie toujours de me faire entendre, même si je sais que cela ne changera rien. Il me force à me taire. Mais alors qu'il se penche pour m'embrasser, pour me réclamer, sa main sur ma nuque comme pour me marquer au fer, je suis heureuse d'être forcée à me taire. Je veux que l'on me force à me taire.

Pourquoi ? Pourquoi est-ce si différent ?

C'est l'évidence. Naturellement.

L'évidence est actuellement pressée tout contre ma cuisse tandis qu'il se penche vers moi et nous entraîne tous les deux vers le canapé ; ma tête est penchée sur l'accoudoir, son corps me recouvre dans sa totalité, comme s'il était une cage pour moi. Ce n'est pas possible physiquement car je suis plus grosse que lui, mais à ce moment présent je ne m'en rends même plus compte.

Sa langue prend possession de ma bouche comme un homme qui sait exactement ce qu'il veut ce soir et ce ne devrait pas être aussi sensuel. Mais je suis en feu. Tout ce qui le concerne m'embrase et je me demande si notre histoire commune de tracas en tous genres n'est pas la conséquence de ce feu qui nous dévore.

Avec effort, il essaie de se relever, je réalise que mes cuisses sont serrées autour de lui et qu'il peut à peine bouger. Et mes bras sont ancrés dans son dos. Et ma langue aspire la sienne depuis quelques minutes.

Ou plus.

– My God, Meghan, halète-t-il en s'essuyant la bouche avec le bras, je sais que je suis terriblement désirable, mais une semaine sans mon sexe et te voilà une véritable diablesse obsédée sexuelle.

Eh oui. Il se fiche carrément de moi.

Et je n'en ai absolument rien à faire.

– Essayons d'allier nos efforts pour considérer la chose, dis-je en lui attrapant le visage et en l'attirant vers le mien.

Il rit tout contre ma bouche.

– Une ou deux petites visites chez toi avant un grand voyage d'affaires peuvent toujours s'expliquer. Mais il est possible que les gens se mettent à bavarder…

Mon cœur se serre. Ça y est. Voici la conversation que je pensais avoir à notre retour. Ce n'est vraiment pas l'endroit. Ni le moment. Non, pas maintenant. Je voudrais lui dire de se taire, mais à la place je murmure :

– Personne n'en saura rien, espèce d'égocentrique !

Il attrape mes poignets brusquement et les maintient en bas.

– Traite-moi encore de tous les noms quand nous serons dans un lit, je te mets au défi.

– Nous ne sommes pas dans un lit, lui fais-je remarquer innocemment.

– Très bien. Allons-y. Il se met debout immédiatement, saisit mon poignet et m'entraîne avec lui. Où est la chambre ?

– La seule direction possible, c'est par là, fais-je en gloussant. Sinon, c'est la sortie.

Il me tire vers lui d'un coup sec et me plaque contre le mur.

– Arrête, ordonne-t-il. Qu'est-ce qui te met dans cet état soudain ?

– Tu allais me dire toutes les raisons pour lesquelles nous ne pouvons pas sortir ensemble, déclaré-je avant d'avoir le temps de penser à ce que j'étais en train de dire. Et je n'ai pas envie de l'entendre. Je n'ai pas envie d'y penser.

En riant, il m'entoure de ses bras et m'attire tout contre lui :

– Si tu crois que je ne n'arriverai pas à trouver un moyen de continuer à te baiser, tu te trompes fortement, chaton ; je voulais juste préciser qu'il fallait qu'on soit prudent.

Un poids qui oppressait ma poitrine disparaît.

– Exactement. Il me lance un regard ténébreux qui me fait frémir jusqu'au plus profond de moi. Maintenant, viens et penche-toi en avant. J'ai envie de t'apprendre quelque chose avec ma ceinture.

Mon estomac gargouille. J'y ai pensé bien sûr, mais je ne sais pas si je suis prête pour l'intensité de la morsure. J'aime le contact de ses mains sur moi. C'est plus intime.

Parce que devenir intime avec Adrian Risinger est le but ultime que je souhaite atteindre.

Jusqu'à maintenant, ça se présente assez bien. Avec le bonus gagné à la conférence, j'ai eu de quoi m'offrir quelques jolis meubles. Peut-être devrais-je faire des économies et déménager.

Ou alors acheter une tête de lit ; ainsi, Adrian pourra m'y attacher.

Bon, ça prend des proportions qui nous dépassent.

– Arrête de penser. Déshabille-toi !

Hum, ça ne faisait pas partie des ordres.

– Ici ?

Ses yeux se plantent dans les miens.

– Ici. Maintenant. Déshabille-toi.

Je déglutis difficilement. Peu importe qu'il m'ait déjà vue plusieurs fois nue, il y a toujours une partie de moi qui déteste cela. Un à un, je défais les boutons de ma chemise qui glisse sur mes épaules. J'entends son souffle s'accélérer alors que j'ouvre la fermeture éclair de ma jupe, je la laisse tomber par terre et repense à ce qu'il m'a révélé de ses fantasmes à l'hôtel. Me voir travailler dans une tenue suggestive et m'ordonner de le sucer sous son bureau. J'y ai songé souvent en me caressant sous la douche, le bruit de l'eau qui coule sur moi étouffant mes gémissements. Comme si cela comptait. Comme si cela faisait diminuer mon désir immense de lui.

Je me demande si ça nous est déjà arrivé ensemble. Songer l'un à l'autre exactement en même temps.

Zut. L'idée qu'il se branle en pensant à moi me fait frissonner dans tout le corps. Je n'avais jamais considéré la situation de ce point de vue et je sais que lui me voit comme ça. Ce n'est pas une idée fugace. Il me voulait depuis longtemps. Comme un enfant un peu gauche qui tire les cheveux des filles dans la cour de l'école, il a essayé de me le montrer de la façon la plus tordue et stupide possible.

Comme s'il pouvait lire mes pensées, il se caresse au travers de son pantalon, essayant de réfréner son désir tout en me regardant. Très bien. Cela me plaît. Je défais mon soutien-gorge tout doucement, agrafe après agrafe, cachant mes seins le plus longtemps possible. Il me pousse à aller plus vite.

– Allez, souffle-t-il d'une voix rauque.

– Je veux te voir te caresser.

Oh mon Dieu. Est-ce que j'ai vraiment dit cela ? Tout haut ?

Adrian sourit.

– Puisque c'est demandé si gentiment…

À ce moment-là, je me souviens qu'il est mon patron et ça me choque. En fait, je suis en train de regarder mon boss ouvrir sa braguette, en sortir son sexe, tout ça dans mon couloir, et je me dis que je vais faire une attaque.

Plutôt qu'une crise cardiaque, j'enlève ma culotte et me dirige vers lui.

J'ai besoin qu'il me touche. Peu importe qu'il me trouve impertinente, du moment que j'ai droit à une grosse fessée plus tard (oh oui, s'il te plaît). La façon dont il me regarde rend tout à fait impossible de juguler mon désir.

Son regard s'ancre dans le mien, je retire sa main de son sexe et la place entre mes jambes. Parce que j'ai envie de lui. Peu importent les conséquences.

J'aurais pu me saisir de son autre main. Mais ce serait trop facile. Et rien n'est jamais simple entre nous.

Tout son corps réagit quand il sent combien je suis mouillée. Chaude et excitée. Je vois un long frisson le traverser de part en part et il me caresse exactement comme je le veux, et à ce moment c'est moi qui contrôle tout.

D'habitude c'est toujours lui.

Je ne sais pas d'où vient cette pensée, mais elle est là bien présente entre nous alors qu'il fait tourner ses doigts à l'intérieur de moi et trouve ce point G que je pensais ne pas exister.

Je crie, mes genoux s'effondrent, mais il me rattrape par la taille avec son bras. Ses doigts font un bruit assez obscène quand il les retire, puis il lâche ma taille et saisit mes cheveux qu'il tient serrés à la racine, il me pousse contre le mur. Je comprends. J'appuie mes mains sur le mur, m'offrant à lui, comme s'il avait besoin d'une indication de ce que je voulais. Ses doigts s'attardent dans ma bouche, il attrape mes hanches et se glisse en profondeur.

Je m'attends à ce qu'il dise quelque chose, qu'il me traite de tous les noms ou qu'il critique mon audace. Mais il me baise. Il me baise comme s'il n'y avait que cela qui comptait.

Je ne sais pas comment décrire cela. Je n'oserais pas appeler cela faire l'amour. Ce n'est pas ça. Mais c'est autre chose. Tout ce que je peux faire c'est gémir et crier, mon corps se referme sur le sien, la chaleur entre nous est étouffante, je transpire, des gouttes perlent du bout de mon nez et tombent par terre sur le tapis.

Il arrête.

– Tourne-toi, rugit-il en glissant hors de moi.

Je gémis, mais je fais ce qu'il m'ordonne. Je n'avais jamais vu auparavant cet air sur son visage et pendant un court instant, on dirait qu'il va dire quelque chose. Mais il ne le fait pas. On se cherche dans le visage de l'un et de l'autre en silence et j'aimerais vraiment savoir ce qui se passe dans sa tête.

Au lieu de parler, il place sa main sous ma cuisse et il soulève mes jambes, plus haut, tout en m'entourant de sa hauteur. Puis il attrape mon autre cuisse et me maintient en apesanteur. Toute une partie de moi s'appuie sur le mur, j'ai des poussées d'adrénaline, j'essaie de me tenir à lui pour ne pas tomber. Mes bras s'agrippent à ses épaules.

– Chut, je te tiens..., assure-t-il, et je le crois.

Sa main saisit mes fesses et il se glisse en moi à nouveau, c'est si différent cette fois. La position certainement. Tout mon corps tremble, je ne veux pas penser que c'est parce que je vois son visage. Je ne veux pas penser que c'est parce que nos fronts se touchent. Parce qu'il va plus doucement et que l'on peut s'embrasser.

– *Sweet girl*, murmure-t-il, et c'est une phrase complète. C'est tout ce qu'il veut me dire. Ce n'est pas un commandement, juste un état de fait.

Et quand nous jouissons enfin, oui, *nous*, nos corps sont tellement synchrones que je pourrais en rire, et quelque chose éclate en moi. Des papillons dans mon ventre… Et j'essaie de me dire que je ne suis pas en train de ressentir ce que je suis en train de ressentir.

Parce que je ne peux pas éprouver ces sentiments pour Adrian Risinger.

***

– Ici.

Je suis assise sur le lit, une serviette drapée autour de mes cheveux mouillés, quand Adrian me tend enfin la boîte. En souriant je l'attrape et l'approche.

– Je l'avais presque oubliée, j'avoue.

– J'aimerais beaucoup que tu joues les mannequins pour moi, déclare-t-il en s'asseyant à côté de moi. Même si les événements ont lieu plutôt dans le désordre.

J'ouvre la boîte et jette un coup d'œil à l'intérieur, tout en retirant le papier de soie. Quoi que ce soit, la matière paraît très fine.

En la sortant et en la déployant, je me souviens des paroles de la vendeuse de *Diva's*, la boutique pour les rondes.

« Nuisette » est un terme assez généreux pour ce morceau de tissu d'une grande pureté, au string assorti rose bonbon qui ne laisse rien à l'imagination.

Je prends la petite carte embossée posée sur le papier de soie, bien que je sache déjà ce qu'il y est mentionné.

Diva's

– Tu aimes ?, interroge Adrian.

– Est-ce que cela a vraiment de l'importance ? Je l'observe. Tu fais souvent tes achats chez *Diva's* ?

– Bien sûr que cela a de l'importance, répond-il en fronçant les sourcils. Et non, pas souvent, j'y suis allé pour cette nuisette.

Je la tiens devant moi, elle glisse entre mes doigts comme une cascade d'eau.

– J'ai acheté tous les vêtements de Natalie là-bas. La vendeuse a reconnu ton nom sur la carte de crédit. Et elle m'a demandé si j'avais aimé la nuisette que tu m'avais offerte…

Il devient blême.

– Avant la Saint-Valentin, elle l'a bien précisé. Donc j'en conclus que tu as acheté cela pour moi il y a près de quatre mois, avant même qu'il y ait eu le moindre signe d'un rapprochement entre nous. Ou alors tu l'as achetée pour quelqu'un d'autre et c'est à moi que tu l'offres.

Il soupire doucement.

– Tout d'abord, la vendeuse de *Diva's* devrait apprendre à s'occuper de ses affaires un point c'est tout.

Il s'éclaircit la gorge et ajoute :

– Donc, « avoir l'espoir de » n'est pas une bonne raison pour toi ?

– Non, pas vraiment. J'éclate de rire malgré moi. Et pourquoi es-tu allé chez *Diva's* d'abord ?

– Eh bien, je voulais t'offrir un cadeau, poursuit-il, sur la défensive. Cela ne devait pas être ce vêtement, mais quand je l'ai vu, c'était juste parfait.

– C'est adorable. Et depuis quand m'achètes-tu des cadeaux ?

– Je pense que j'ai commencé... enfin tu vois, je voulais tourner une nouvelle page avant même de te prendre dans mes bras.

– Et tu sais certainement comment la tourner, dis-je en me levant et en faisant glisser mon peignoir.

– Bon, je pense que j'ai attendu suffisamment longtemps. Montre-moi un peu.

Son visage, alors que j'y cherche une expression, est très sérieux.

– Tu sais on n'est pas obligé d'aller à cette conférence, admet-il. Je pensais, je voulais m'excuser..., mais bon je vois bien que tu as un compte à régler avec cette femme.

– On peut en parler plus tard ?, je murmure en faisant passer la nuisette par-dessus ma tête.

– Oui bien sûr, on peut en parler plus tard, avoue-t-il, les yeux fiévreux.

Chapitre 14

La nuit suivante, après le bureau, Adrian revient.

Cette fois-ci, il me prévient avant. Je lui assure que le champ est libre, mais je ne peux prévoir si mes parents vont débarquer ou pas. J'ai appelé ma mère, je lui ai laissé un message pour l'avertir que je viendrai pour Thanksgiving, mais je pense annuler à la dernière minute. Je vais attendre qu'elle ait quitté la ville, qu'elle ait fait tous ses préparatifs avec le reste de la famille, comme ça elle ne pourra pas revenir me chercher.

Jusqu'à la fin des vacances. Je verrai tout cela au dernier moment.

Cette fois-ci, il n'apporte pas de lingerie et ne fait aucun commentaire sur le parfum de mon sexe qui ressemblerait à tel ou tel vin. Il apporte le dîner, acheté chez un traiteur italien très chic, chez lequel je n'aurais jamais osé pénétrer, et pour la première fois depuis la scène de la piscine, je me dis que peut-être nous pourrions entamer une véritable liaison.

Je ne suis pas sûre de savoir ce que je ressens.

– Jusqu'ici, tout va bien, déclare Adrian en se servant un autre verre de vin qui n'est pas du Beaujolais nouveau.

Il sous-entend que ma mère n'a pas encore surgi et je le gronde doucement.

– Ne tente pas le diable, je chuchote en songeant que la fatalité n'entend pas.

Il se moque de moi :

– Je ne suis pas superstitieux.

Et la sonnette résonne.

– Bienvenue en enfer, je marmonne en allant ouvrir.

Ma mère me gratifie d'un sourire glacial et me lance :

– Bon, je vois que tu as réorganisé tes vacances !

– Il faut croire que tu as été très persuasive. Je me tiens sur le seuil de la porte et lui bloque le passage. Je suis occupée pour le moment.

– Ridicule. Tu peux donner un peu de temps à ta mère quand elle vient de si loin te rendre visite.

Elle me pousse, s'avance, regarde Adrian de haut et va s'asseoir sur une chaise à l'autre bout de la table.

– Bon, il me semble que vous prenez la chose plutôt bien, à moins qu'elle ne vous en réserve la primeur sur l'oreiller.

Je serre les dents et réplique :

– Ça suffit, maman, je lui ai déjà dit que je ne restais pas pour Thanksgiving.

– Oui, dit-elle en faisant une drôle de grimace. Mais tu vas rester quand même, je le lis sur ton visage. Tu as toujours été une très mauvaise menteuse... Étonnant pour une petite sorcière sournoise.

Et je vois alors la mâchoire d'Adrian se décrocher de surprise. Ou peut-être qu'il va avaler sa proie tout entière. C'est toujours difficile à dire avec lui.

– Est-ce que tu te fiches de moi ?, lance ma mère.

Je me rends compte que le seul fait de l'imaginer me fait sourire et je n'ai pas franchement envie de me cacher. Avec Adrian à mes côtés, je ressens une force et une plénitude jusqu'aux tréfonds de moi-même.

– Non, réponds-je, il n'y a rien de drôle, maman.

Adrian s'éclaircit la gorge et lui jette :

– Ne lui parlez pas sur ce ton !

Une colère sourde étincelle dans son regard.

– Je lui parle sur le ton qui me plaît, M. Risinger, elle est ma fille.

– Vous êtes très douée pour maltraiter les autres, madame Burns, déclare-t-il d'une voix très calme. Cela prend du temps de connaître l'autre. Vous avez certainement plusieurs dizaines d'années d'expérience sur moi, mais je vous promets que je ne me laisse pas faire facilement.

Elle lui lance un regard de travers. Elle ne le prend pas au sérieux. Pas encore.

– Je ne suis pas très contente de la façon dont vous prenez en main la vie de ma fille, M. Risinger, ose-t-elle lui répondre.

Les doigts d'Adrian battent la mesure sur la table, son fameux rythme d'exécuteur qui a tout son temps. Ma mère les observe, ses lèvres se serrent de plus en plus.

Adrian a un air terrifiant. Je ne l'ai jamais vu aussi beau.

– Au moins, je l'apprécie. Sa voix est douce et calme. Votre fille est brillante et magnifique. Je pense que c'est très triste que vous ne puissiez le voir. Je trouve aussi que la façon dont vous lui parlez est répréhensible, comme si elle était une déception permanente. Madame Burns, très franchement, je n'aime pas votre façon de culpabiliser les autres. Un animal peut donner naissance à un petit et l'élever. Donc cela ne m'impressionne guère. Je ne sais pas comment Meghan arrive à gérer la chose, tout ce que je vois c'est que vous essayez de l'intimider comme une pauvre petite fille effrayée, pour garder un ascendant sur elle. Et je ne veux rien entendre d'autre. J'ai dit ce que j'avais à dire et si Meghan laisse faire… eh bien qu'y puis-je…

Il se lève doucement. Je n'ose même pas regarder ma mère, mon cœur tressaute, ma tête tourne et mes mains tremblent.

Je vais vers lui, attrape son poignet.

– Ne t'en vas pas.

– Parfait. La voix de ma mère est doucereuse et tremblante. Il semblerait que tu aies fait ton choix. Ne reviens pas pleurnicher quand il en aura trouvé une moins grosse que toi.

Adrian fait claquer sa main sur la table. Je sursaute et tout mon corps vibre d'un mélange de peur et de gratitude…

Et d'amour.

– Fichez le camp !, hurle-t-il. Vous avez entendu, fichez le camp !

Ma mère claque la porte derrière elle, mais j'entends à peine. Je tire sur les vêtements d'Adrian, et sans vraiment réaliser ce que je fais, je le colle contre le mur et tombe à genoux.

Je le suce désespérément, urgemment, mais il me redresse avant que j'aie pu terminer. Il m'embrasse jusqu'à me donner le vertige puis il me fait tourner et m'appuie tout contre la table. Sa main posée au milieu de mon dos, il me penche en avant et me force à garder la position. Il ôte vivement ma culotte et ma nuisette et les jette par terre.

Il sait sans me le demander ce dont j'ai besoin exactement.

Au début c'est doux et tendre, puis les petites claques succèdent aux caresses. Il me donne la fessée de plus en plus fort, jusqu'à ce que les sanglots que j'ai retenus sortent enfin. Il me donne une énorme fessée et mes pleurs inondent la table.

La plupart des hommes auraient peur de me baiser alors que je pleure comme ça, comme si mon âme m'avait été arrachée, mais Adrian, oui, Adrian sait. Il connaît le moment exact où j'ai besoin de le sentir en moi, où j'ai besoin qu'il m'étire, un nouveau défi à accepter pour mon corps. Chaque sensation repousse la culpabilité, la peur, la laideur loin de mon esprit. Chaque coup, chaque soubresaut de mes hanches contre la table en bois laisse des bleus. Chaque claque de sa main.

Il se perd dans mes cheveux, tire ma tête en l'air et je gémis. Je me souviens du mot pour que tout s'arrête et il sait que je m'en souviens. Il n'arrête pas, il n'essaie même pas.

Chaque inspiration est un grognement, je sens la tension retenue dans son corps, tout ce qu'il a gardé en lui en écoutant les insultes de ma mère. Et doucement, palier par palier, il remplace toute cette haine que je ressens pour moi par des sensations intenses et aiguës de joie. Une fessée pour chaque vérité. Une fessée pour chaque battement de cœur. Une fessée pour chaque souffle.

Il y en a tant d'autres que je n'arrive pas à trouver, des parties de moi contaminées par cette haine, mais c'est un début.

Cela pourrait paraître étrange pour n'importe quel spectateur, mais ce que je ressens à chaque claque est si simple. C'est une véritable révolution pour moi.

Je compte. J'ai de l'importance. Je compte.

Pas moi. Mais une autre plus mince. Pas moi, mais une autre portant de plus jolis vêtements et une coupe de cheveux à la mode. Pas moi, mais une autre avec un ventre plat. Pas moi, mais une autre diplômée dans une matière utile. Pas moi, mais une autre possédant la discipline et un certain *self-control*.

Je hurle son nom quand il me fait jouir, en secouant la table, je me fiche comme d'une guigne des voisins.

Après, je me retrouve assise par terre, en train de remettre ma nuisette et ma culotte un peu n'importe comment, mes pleurs ne s'arrêtent pas. Adrian est à côté de moi, il me serre contre lui. Il embrasse mon front, murmure que tout va s'arranger.

Je ne le crois pas vraiment. Mais ce n'est pas grave.

Car je l'ai *lui*.

***

Je me suis couchée en pleurs et je me suis réveillée folle amoureuse d'Adrian Risinger.

Peut-être l'étais-je avant. Peut-être l'ai-je toujours été. Je ne sais pas, mais cela m'a pris moins de temps à le comprendre qu'à réaliser qu'il était parti.

Il m'a mise au lit cette nuit. Il m'a déshabillée, m'a bordée sous les couvertures, il est resté jusqu'à ce que je m'endorme. Ça je m'en souviens. Je ne m'attendais pas à ce qu'il soit là quand à mon réveil, mais je ressens alors un tel vide en moi que je mets en route la machine à café.

Il n'y a pas de mot sur le frigidaire, rien de tracé sur le miroir de la salle de bains, que la vapeur de la douche me révèlerait. Il n'appelle pas et n'envoie aucun texto. Je ne sais pas quoi penser, cela m'effraie au plus haut point.

Les sentiments d'Adrian sont un véritable mystère, mais il ne se serait pas précipité (deux fois) au beau milieu d'une dispute avec ma mère s'il ne se souciait pas de moi.

Je réussis à me préparer pour aller travailler, mon cœur s'emballe une fois de plus, j'ai peur de ce qu'il va me dire quand je vais arriver.

Mes mains tremblent tellement que je fais presque tomber son café et je songe que je devrais peut-être tout renverser sur ses genoux.

– Hum… Je m'assieds doucement. Tu m'as manqué ce matin…

Il me regarde l'air de rien. Oh non ce n'est pas vrai, on ne va pas recommencer ce petit jeu.

– Je suis désolé pour la nuit dernière, Meghan, déclare-t-il. J'ai dépassé les bornes. Cela n'aurait jamais dû arriver. Si tu veux, je peux m'excuser auprès d'elle… mais je pense qu'elle n'a pas franchement envie d'entendre parler de moi.

– Non, certainement pas, dis-je, et des larmes me piquent les yeux. Elle devait l'entendre, et moi aussi j'en avais besoin.

Adrian semble vouloir se contrôler. Je sais qu'il a envie de dire mille choses qu'il ne dira pas, la porte se ferme à nouveau, cette porte qu'il ouvre parfois et referme tout aussi vite, je ne sais pas pourquoi.

– Je me suis laissé emporter, explique-t-il calmement. Nous nous sommes tous laissé emporter, c'est ce qui nous arrive souvent n'est-ce pas ?

Il me regarde avec un sourire complice, comme si j'allais l'aider à se libérer.

Ne compte pas sur moi.

– Parfait, réponds-je en me levant. C'est fantastique ! Donc, je suis la seule à avoir ressenti cela la nuit dernière.

Il pousse un long soupir et murmure :

– Je n'ai pas dit cela…

– Alors quoi ?, dis-je en croisant les bras.

– Je pense juste que… ce n'est pas parce que quelque chose semble être une bonne idée que c'en est forcément une.

Il ne croise pas mon regard, mais poursuit :

– Je vais te faire souffrir, Meghan. Et si tu me crois si près de te faire du bien, ça se terminera mal. Ça se termine toujours mal.

Je ne peux pas discuter avec lui.

Cela fait des mois qu'à cause de lui, je m'enferme dans les toilettes pour pleurer en espérant que personne n'entrera à ce moment-là.

Je le déteste.

Sauf que ce n'est pas vrai. Et en fait, c'est ça mon plus gros problème.

***

Quand je rentre à la maison, je fais la première chose qui me vient à l'esprit, j'appelle Izzy.

Nous avons échangé nos numéros à la conférence et elle m'a dit de lui téléphoner si je souhaitais parler. Donc c'est parfait, sauf qu'il faut que je réfléchisse vite à ce que je vais dire pour ne pas ébruiter le grand secret.

J'arrive à inventer une histoire qui me corresponde assez bien en tant qu'auteure, et à lui aussi en tant qu'éditeur. Izzy m'écoute patiemment, m'encourageant, pendant que je pousse mon coup de gueule.

– Je ne sais pas quoi faire, Izzy. Je ne sais vraiment pas quoi faire. Bon, je suis probablement plaquée maintenant, cela ne devrait pas être un problème, n'est-ce pas ? Je laisse échapper un petit rire hystérique. Ce ne sera pas une grosse perte. De toute façon, je m'en tire mieux sans eux. J'ai tellement essayé de comprendre ma mère, de renouer avec elle, de faire en sorte qu'elle se sente proche de moi. Mais elle se conduit comme si j'appartenais à une autre espèce. Et mon père, il est là, mais il prétend ne pas voir ce qui se passe. C'est Adrian qui a raison. C'est horrible cette manière qu'ils ont de me traiter et la seule raison pour laquelle je ne dis rien c'est parce que je ne suis pas censée dire quelque chose. Et je dis merde pour ça. Et merde pour eux ! Mais il est évident que je ne me serais jamais opposée à ma mère s'il n'avait pas été là. Il est tout ce que j'ai maintenant. Et il ne le veut pas.

Izzy ne me coupe pas, elle me laisse finir.

– Je pense qu'il t'aime, Nat, je pense qu'il t'aime vraiment et que ça lui fiche une trouille dingue. Ce n'est pas une excuse pour agir comme un salaud, mais en t'écoutant je me rends compte qu'une liaison pour lui, c'est comme mettre un ours en cage. La façon dont il agit n'est pas logique ; il essaie de se protéger et de te protéger toi, surtout.

C'est évident. Et cela m'énerve que ce soit évident.

– C'est parfait. Tu sais quoi, c'est parfait. S'il ne veut pas d'histoire sérieuse, alors très bien. Mais s'il ne voulait pas de véritable liaison, pourquoi a-t-il agi comme cela ? Pourquoi mettre son nez dans mes affaires de famille ? J'aurais pu ne pas être fâchée avec eux aujourd'hui. Ce n'est pas génial, mais au moins j'ai une famille.

– Je suis persuadée que tu peux te rabibocher avec ta mère, explique doucement Izzy. Si c'est vraiment cela que tu souhaites…

– Ah non !

Je sens un nœud dans ma gorge.

– Je ne peux pas. Je ne veux pas ramper devant elle. Tout ce qu'il a sorti était vrai et elle méritait de tout entendre. Je ne m'excuserai pas pour lui. Et ce n'est pas à moi de m'excuser d'abord.

Mes pensées partent dans tous les sens, elles ne veulent rien dire ; au moins j'en suis consciente. Je ne suis pas certaine qu'Izzy ait tout bien saisi, mais elle a fait semblant et sa présence me réconforte.

– Je ne doute pas une seconde qu'il éprouve quelque chose pour toi, explique-t-elle. Quand je vous ai vus arriver ensemble, j'ai su que vous aviez une liaison. Il ne peut pas te quitter des yeux.

C'est gentil à elle de dire ça, mais je ne le crois pas vraiment. Ce qu'elle a vu, c'est une forte tension sexuelle, mais comme elle est romantique, elle l'interprète différemment. Et c'est adorable de le dire, mais je ne la crois pas.

On finit par raccrocher quand je me rends compte que je lui ai tout dit. Elle m'ordonne d'appeler à nouveau si j'en ressens le besoin et je promets de le faire. Mais elle me répètera toujours la même chose et elle ne connaît pas le fond de l'histoire. Les années de ressentiment, les sarcasmes en tous genres, tout pour me rabaisser vis-à-vis de lui.

Pas besoin d'un diplôme en psychologie pour comprendre mon rôle dans cette affaire. Il est évident que j'ai recherché l'estime de quelqu'un de froid et d'exigeant, parce que je n'ai toujours connu que cela. La plus grande erreur que les gens commettent à mon égard est de croire que la conduite d'Adrian ne m'importe pas. Bien sûr qu'elle m'importe. Je suis juste plus capable de la tolérer car ma mère m'a administré la même dose de poison durant toute mon enfance.

Il est bien possible que je sois encore plus détraquée qu'Adrian, mais entre nous, quel sacré bazar !

Chapitre 15

J'ai laissé tomber l'idée de comprendre Adrian. Après avoir repassé les choses mille fois dans ma tête, je n'y entends toujours rien. Cela me rend dingue, donc j'abandonne.

Je suis obligée.

En attendant, c'est difficile de travailler avec lui. Mais qu'y puis-je ? Je ne peux le forcer à reconnaître combien il m'a bouleversé cette nuit-là et je sais que ce qui traverse son esprit n'a rien à voir avec moi. Au plus profond de moi, j'ai toujours espéré avoir assez d'importance pour l'aider à dépasser ses doutes. Je veux être celle qui l'aidera à vaincre ses peurs, à balayer toute prudence.

Il est cet homme pour moi. Je le sais aujourd'hui et il est trop tard pour revenir en arrière.

Cela fait combien de jours ? Je suis toujours là, à effectuer les mêmes tâches que d'habitude, en souriant et en m'excusant pour lui, comme si c'était une seconde nature. Car ça l'est devenu. Et tout ce temps, mon esprit combat les images d'Adrian et moi ensemble. Encore et encore, chercher à comprendre. Et tous ces souvenirs finissent par m'insensibiliser. Du moins, c'est ce que je me dis.

Un vendredi matin, ou peut-être un mercredi, je ne sais plus, je m'arrête devant son bureau avec des dossiers. Il est au téléphone, mais il me fait signe d'entrer, comme d'habitude.

– Oui Kara, je comprends, mais en fait…

Je pars car je n'ai aucune raison de rester. Mais enfin il faudrait être Superman pour résister à la tentation de faire ce que je vais faire.

Il est en communication avec elle sur une ligne ; il me suffit de soulever le combiné et d'écouter. C'est certainement une erreur de ma part.

Et alors.

Je soulève l'appareil tout doucement. Quelle que soit leur conversation, je suis concernée. Puisque je tiens le rôle de Natalie McBride, je dois être informée.

Ils sont en train de se disputer vertement. Je comprends immédiatement que je devrais raccrocher. Mais je ne le fais pas.

– Jamais, pas une fois tu n'as cru en mon instinct. La voix d'Adrian bouillonne d'une colère contenue. Cela aurait été sympa tout de même que tu reconnaisses que mes idées valaient le coup.

– Ah oui, comme quand tu as eu cette brillante idée de faire d'Amanda une grosse !

Les paroles de Kara sont aussi acérées qu'un coup de fouet, je suis glacée. Et pendant un instant je n'entends que leur souffle à tous les deux.

– Je pensais qu'on en avait fini avec ce sujet.

La voix d'Adrian tremble de colère, je l'entends et je l'imagine en train de serrer les poings sous son bureau.

– J'essayais juste de te faire comprendre, explique Kara d'un ton doucereux. Tu ne serais pas où tu en es sans moi. Et toute cette histoire autour de Natalie McBride nous mène au désastre. Tu dois te débarrasser de Meghan et aller au-devant de tes fans. Crois-tu qu'elles seront déçues de savoir qu'un milliardaire super sexy est celui qui décrit si bien leurs fantasmes ?

– Maintenant que j'ai menti de manière si flagrante ? Il soupire fortement. Oui Kara, je pense qu'elles seront déçues. Je crois aussi que mes associés – les vrais tu vois, ceux qui sont dans ce business qui a fait de moi un milliardaire – se débarrasseront de moi au plus vite.

D'une seule traite, Kara répond :

– Meghan te tient, Adrian. Il est grand temps que tu l'acceptes. Essaie de passer au-dessus de ton petit coup de cœur et d'avancer. Tu ne peux pas continuer à te servir du prétexte des salons du livre pour te réfugier dans son ample poitrine.

Elle se moque de lui en usant des mots de son livre.

Et elle se moque de moi.

J'entends un clic et je comprends que l'un d'entre eux a raccroché. Je repose le combiné aussi doucement et rapidement que possible, mon cœur bat la chamade.

Ton petit coup de cœur.

Kara.

Saleté de Kara.

Mais est-ce qu'Adrian… ?

J'ai toujours su qu'elle ne m'aimait pas.

Deux mois après m'avoir embauchée, il a commencé à écrire.

Amanda, une grosse.

Mes mains deviennent moites. Cela ne peut pas être vrai. Amanda ne peut pas être basée sur moi.

Adrian s'est laissé emporter par la tension sexuelle pendant notre voyage, mais il ne m'aime pas. Un homme comme lui ? Non. Il aime un corps comme le mien en privé, mais il ne passerait jamais son bras autour de ma taille en public. Même s'il m'a offert cette nuisette. Et même si nous sommes allés ensemble à ce bal des années 1980. Non, ce n'est pas possible.

Des larmes percent au coin de mes yeux. En prenant une grande inspiration, je fixe l'écran de mon ordinateur et j'essaie de réfléchir à ce que je peux faire. À ce que je dois faire.

Et soudain, je me souviens d'un détail.

Adrian m'avait montré ce forum de discussion pour que je puisse lire les messages que Kara postait de sa part. Pour être au courant en tant que Natalie McBride. Puis il m'en avait retiré l'accès sans que je puisse voir tout ce qui avait été dit avant la publication du premier livre.

S'il y a des éléments concernant la première version de *My Boss*, c'est là que je les trouverai.

En priant pour qu'il n'ait pas changé le login et le mot de passe, je me précipite sur le forum.

Bingo.

Cela me prend un peu de temps, mais je repère les dates et commence à lire les différents posts.

Quand je trouve ceux qui datent de mon entrée dans la société, j'ai la gorge sèche.

J'aimerais beaucoup avoir vos commentaires sur cette première version du chapitre 1. Merci à tous.

Avant de télécharger le fichier, je jette un œil aux commentaires.

... c'est très spécifique. Peut-être aller plus vers le générique...

... je ne sais pas si son hostilité est crédible...

... super chaud, mais je trouve difficile à accepter le fait qu'il soit attiré par une fille qui ait si peu confiance en elle...

... je pense que vous avez fait un lapsus là. Qui est Meghan ?

Mon cœur s'arrête de battre.

Qui est Meghan ?

Je retourne dans le commentaire et lis toute la tirade.

L'intrigue est super excitante. J'adore. Ce n'est pas toujours crédible, mais enfin ce n'est pas le problème. Ce que je veux dire, c'est que vous pourriez utiliser un correcteur pour cela. Et si vous en avez déjà un, prenez-en un autre ou bien deux.

Je pense que vous avez fait un lapsus là. Qui est Meghan ? Je pensais qu'elle s'appelait Amanda ?

Je suis accrochée aux bords de mon bureau, les yeux fixés sur l'écran.

Qui est Meghan ?

La main tremblante, je clique sur le fichier, il se télécharge rapidement et s'ouvre sur mon écran.

– Non !, crié-je en voyant la fenêtre prendre toute la place sur mon ordinateur.

J'espère juste qu'Adrian ne m'a pas entendue.

Adrian.

Je commence à lire.

Le premier chapitre est complètement différent de la version que je connais. Il y présente Amanda qui va chercher un café pour son boss épouvantable. Je ris presque en me souvenant de l'épisode réel sur lequel c'est basé.

Je fais contrôle-F et je tape « Meghan ».

« Meghan », murmure Dirk, la bouche si proche de mon oreille que j'en frissonne et me tortille.

Cette scène, je la connais. C'est la première « presque rencontre » entre les deux héros quand il la laisse toute mouillée et haletante et qu'elle se réfugie dans les toilettes des femmes pour finir de se caresser. Je l'ai lue de nombreuses fois.

Il y a juste une différence.

Meghan.

Je referme vite le fichier. Je réalise peu à peu ce qu'il en est, je comprends tout, et pendant un moment j'ai l'impression que mon cerveau a été noyé et essoré.

Ce n'est pas nouveau. Il m'a toujours désirée. Mais pas seulement pour une nuit, sinon il m'aurait séduite comme il l'a fait avec tant d'autres femmes.

Il s'agit d'autre chose ici. Et cela m'intéresse beaucoup plus que d'être son plan cul préféré.

La vérité, je le comprends enfin, est là depuis toujours. Et Izzy l'a vue.

Je me lève, mes jambes tremblent, je sais ce que je dois faire. Je ne peux rester sans rien faire.

J'ouvre les premiers boutons de mon chemisier et frappe à la porte de son bureau.

– Hum…

Il cache plutôt bien sa colère, mais je la vois transparaître quand j'ouvre la porte. – Tout va bien, monsieur ?, demandé-je doucement.

Il me regarde et ses yeux fixés sur moi – maintenant que je sais – me font frissonner. Mais je reste calme.

– Oui, répond-il vivement, la matinée a été un peu rude, c'est tout.

– J'ai changé d'avis. Je m'éclaircis la gorge et m'assied. Si vous n'avez trouvé personne pour y aller, je serai heureuse de venir.

Il me regarde étrangement.

– Vous avez changé d'avis ?, répète-t-il. Mais à propos de quoi ?

Je ne crois pas à son étonnement et je soulève un sourcil.

– Oh, c'est bon Meghan, fait-il enfin, j'arrête tout ça.

– Tout quoi ?

– Natalie. Les livres. Toute l'histoire. J'arrête d'écrire. Il n'y aura plus de conférences, de tables rondes. Bientôt, tout le monde l'aura oubliée.

Son visage est impassible. Mais il y a une lueur au fond de ses yeux.

Il ajoute :

– Je pense que c'est mieux, pour nous deux.

Mes joues rougissent de colère et d'embarras :

– Peut-être pour vous, je lance, mais le bonus financier m'arrangeait bien ; je ne suis pas née avec une cuillère en argent dans la bouche.

Il hausse les épaules et me lance :

– Si tes factures s'entassent, je trouverai bien un autre projet sur lequel te faire travailler.

– Oh, je suis persuadée que vous le pourrez, réponds-je amèrement, du moment que c'est en privé, n'est-ce pas ?

Adrian prend un air pincé.

– Tu vois, c'est pour ça que je savais que cela ne marcherait jamais…

Ses yeux brillent d'une colère à peine contenue quand il ajoute :

– Maintenant, tout est lié au fait que nous avons couché ensemble. Et c'est exactement ce que je craignais. Et bon sang, oui, on y est. Il laisse échapper un soupir un rien dramatique. Tu vois, Meg, on y est. Ce n'est pas du tout ce que je voulais dire. Je ne te paierai pas pour le sexe, Meg. Je ne te manquerai jamais de respect comme ça, Meg. Maintenant s'il te plaît, arrête de jouer la comédie comme si tu te sentais offensée par une réflexion tout à fait déplacée et dis-moi ce qui ne va pas.

Oh mon Dieu, où commencer ?

– Il n'y a rien, monsieur…

Je n'essaie même pas de masquer le vitriol qui transparaît dans ma remarque.

– Avez-vous besoin de moi pour autre chose ?

Ses yeux se perdent dans mon décolleté puis détaillent mon corps, s'arrêtent brièvement sur ma jupe avant de retourner à mon visage.

– Non, répond-il d'un air morne. Et pourquoi ne rentreriez-vous pas chez vous plus tôt ? Prenez la demi-journée.

Mon cœur s'arrête et je rétorque :

– Je ne veux pas prendre ma demi-journée.

– Vous avez l'air de quelqu'un qui a besoin de repos, poursuit-il en faisant un geste vague de la main. Allez-y.

***

Je suis au beau milieu de ma série *Storage Wars*, en train d'avaler un plat tout fait de macaronis quand quelqu'un frappe à la porte. Mon cœur s'emballe et j'essaie de ne pas trop espérer en regardant par l'œil de verre.

C'est lui.

Je prends une grande inspiration et ouvre la porte.

Il a l'air dévasté. Il se tient sans bouger en silence avant d'entrer, de me plaquer contre le mur et de m'embrasser.

Il sent l'alcool et les mauvaises intentions et je me perds dans sa bouche alors que sa langue me réclame. La cuisine est la pièce la plus proche de l'entrée et c'est là où nous terminons. Je glisse mes doigts dans ses cheveux et tout mon corps tremble de désir et d'anticipation.

Je veux lui parler de ce que j'ai vu, de ce que j'ai compris. Que ses livres ne sont pas juste un défouloir au fait qu'il veuille me baiser tellement fort. Non, ils représentent beaucoup plus que cela. Ils racontent l'histoire qu'il aurait souhaité qu'on vive ensemble.

Mais ce n'est pas le moment d'en parler.

Il m'assied sur le plan de travail et retire mon pantalon de pyjama, il se penche pour me goûter, sa langue se presse à l'intérieur de moi et revient. Juste le temps de me mettre en condition pour le recevoir, mais pas pour plus. Quand il se redresse, je ne me plains pas, j'attrape sa ceinture, le retiens contre moi, je l'embrasse et encore, je sens le goût de moi sur ses lèvres, sa langue est pointue et acidulée comme ce sacré Beaujolais nouveau.

J'ai envie de rire, mais il me pénètre et je gémis. C'est chaud, c'est brutal, c'est explosif et j'entends des bruits de vaisselle dans le placard et les couverts qui s'entrechoquent et puis je n'entends plus rien.

Quand tout est fini, que mon corps s'affaisse sur le plan de travail, je le tiens bien serré contre moi encore un peu.

– Tu restes avec moi cette nuit ?

Il secoue la tête :

– Je ne peux pas, fait-il d'une voix rauque.

Ce sont les premiers mots qu'il prononce depuis qu'il est entré. Il s'éloigne de moi, se rhabille et part. Tout se passe en quelques instants à peine et je ne pleure pas, même si c'est assez effrayant, j'ai comme une boule dans la gorge, qui ne veut plus partir.

Après quelques heures de sommeil, je me lève plus tôt que d'habitude et m'habille pour aller travailler. S'il ne peut rien ressortir de ma relation avec Adrian, qu'au moins je sois productive.

Je ne sais pas si c'est l'adrénaline, le stress ou une certaine folie, mais je me dis qu'un jogging serait une bonne idée. À moins que je ne me fasse mal au genou et que je boite pour rentrer à la maison comme la dernière fois. Mais il faut que je fasse quelque chose. Je ne peux pas rester assise à attendre qu'Adrian décide pour moi. Alors que je sors, quelque chose me dit de vérifier ma boîte aux lettres. Il est fort improbable que j'aie reçu une lettre depuis la dernière fois que je l'ai ouverte, mais je regarde tout de même.

Il y a une feuille au fond. Pas d'enveloppe. Une vague de nausée me submerge alors que je la déplie de mes doigts tremblants. Je reconnais la typographie particulière et l'en-tête embossée.

Ce n'est pas une feuille rose, mais je sais exactement de quoi il s'agit avant même de lire.

Et je lis, FIN DE CONTRAT, pour être bien certaine. Je laisse les mots couler et je m'assieds dans l'entrée avec la porte grande ouverte et la lettre qui pendouille dans ma main, la tête entre les genoux.

Ma première pensée est d'appeler Izzy, mais je me rends compte que je ne peux pas lui raconter. Cela n'a pas de sens. Je pourrais inventer une histoire avec Adrian qui est viré de son job d'éditeur. Mais cela me prendrait trop d'énergie et je n'en ai plus.

Tout ce que je peux faire, c'est regarder la lettre sans y croire et pleurer.

Chapitre 16

Je sais que je suis virée. Je sais que je n'ai plus de job. Quand je me réveille, je parviens tout de même à prendre une douche, à m'habiller et à avaler quelques cuillères de yaourt avant de m'étouffer. J'enchaîne ces gestes machinalement et puis je saisis ce morceau de papier, je l'observe encore, les mains tremblantes, puis le laisse tomber par terre en sanglotant.

La nuit dernière, j'ai essayé d'appeler Adrian une vingtaine de fois. Cela ne devrait pas me surprendre, il n'a pas répondu. Il ne veut plus rien avoir à faire avec moi.

Et ce serait mieux, naturellement.

Mais je ne peux l'accepter. Je sais que je n'ai pas le choix, mais cela m'énerve et va à l'encontre des sentiments que j'éprouve pour lui.

Y a-t-il une façon de lui faire comprendre ? Saurais-je trouver les mots pour lui dire ce que je ressens ? Cela a-t-il vraiment de l'importance ?

Des e-mails arrivent sur mon téléphone, je suis assise, recroquevillée sur le sofa dans mon chemisier et ma jupe préférés. Je fixe l'écran, les yeux dans le vague.

L'e-mail est un lien, je clique dessus machinalement.

C'est un article de blog.

LA VÉRITÉ À PROPOS DE NATALIE MCBRIDE ?

C'est vrai que personne n'aime cacher ses sources, mais enfin je ne peux laisser passer celle-ci. Je ne peux pas partager tout ce que l'on m'a révélé, mais il est certain que cette personne dit la vérité. Natalie McBride est un homme – et pas n'importe quel homme, l'un des plus célèbres businessmen du monde financier. Il a beaucoup plus de choses en commun avec Dirk qu'avec Amanda. Selon ma source, il tient plus de l'égocentrique qui a tout pouvoir sur les autres…

Mon cœur bat à cent à l'heure dans ma poitrine. J'ouvre la page FB de Natalie McBride. Il y a un post et près de quatre cents commentaires.

Oh My God !

À mes lecteurs –

J'espère que certains d'entre vous prendront le temps de lire ce post. S'il vous plaît, sachez que je n'ai jamais voulu vous mentir et bien que je ne blâme personne, on m'avait affirmé que c'était le seul moyen de vous toucher. Que vous ne m'accepteriez pas pour ce que je suis réellement ; si je peux juste vous donner un conseil : faites très attention quand quelqu'un vous tient ce discours.

Je me rends compte maintenant que cela n'aurait rien changé. Vous êtes en phase avec mes récits quoi qu'il advienne, et j'aurais dû être honnête depuis le début. Mais les mensonges prennent bien plus vite que le ciment. Et vous continuez à bâtir dessus, à moins d'avoir le courage de tout envoyer balader. J'ai fait le choix de continuer, on m'a conseillé d'essayer d'être honnête, mais j'ai eu peur.

Mais de quoi ai-je eu peur ? De perdre le contact que j'avais établi avec chacune d'entre vous ? Et même si cela semble étrange, je voudrais être bien clair sur ce point : je ne me suis jamais présenté comme une femme pour prendre avantage sur vous en tant qu'homme. Il y a une personne avec qui j'ai correspondu et qui peut en témoigner. J'ai toujours essayé d'être respectueux et de respecter les limites.

Et parmi tout ce que j'ai pu gagner ces dernières années, vous êtes ce qui compte le plus pour moi.

Je veux aussi que vous sachiez que tout l'argent gagné grâce à ces livres est allé à des œuvres de charité. Cela a toujours été le cas. Je n'avais pas besoin de cet argent et surtout je ne voulais pas m'enrichir sur un mensonge. De nombreuses personnes auront une vie plus facile grâce à vous qui vous avez acheté mes livres. J'espère au moins que cela apaisera votre esprit.

Je déroule les réponses.

Nat... ou quel que soit votre nom. Je suis peut-être la seule ici, mais je vous comprends parfaitement. J'espère que vous allez continuer à écrire parce que j'adore vos livres et peu importe qui vous êtes. Je n'arrive pas à croire que je suis en train d'écrire ça, car si on me l'avait dit il y quelques mois, j'aurais été vraiment bouleversée. Mais comme je suis tombée amoureuse de vos livres, c'est dur de vous dire au revoir. J'imagine que vous allez arrêter d'écrire et pourtant j'aimerais que vous trouviez un moyen de continuer de raconter les aventures de Dirk et Amanda. Je ne peux pas croire que ce soit terminé. Oui je comprends, votre entourage vous dicte ce que vous devez faire, et même si vous ne les croyez pas, vous suivez leurs conseils. Je sais que vous n'avez pas voulu faire de mal à qui que ce soit. Je vais prier pour vous.

Je suis d'accord, s'il vous plaît, continuez à écrire.

lol wtf !

J'aimerais en savoir plus sur vous. Nataniel McBride, c'est ça ?

Je prie aussi pour vous, Nat. Apparemment, vous aviez quelque chose dans le cœur que vous aviez besoin de faire sortir, j'espère que les gens seront suffisamment ouverts pour le comprendre.

Je suis vraiment très déçue par toutes les fayottes ici. Est-ce que vous avez compris qu'il vous avait MENTI ? Je ne vois pas le but de cette confession. Est-ce qu'on doit vous réconforter pour que vous vous sentiez mieux ? C'est assez minable de prétendre être une femme pour obtenir les faveurs de l'autre. C'est ce que font les prédateurs. Et on est supposé vous croire sur parole ? Non, vous n'avez jamais abusé de votre position ? Pitié ! N'importe quelle victime aurait bien trop peur de faire face, vos « fans » exaltées acceptent apparemment vos faux-semblants (et soyons honnêtes, la plupart sont au courant depuis longtemps). Elles massacreront quiconque osera vous condamner. *Il attend patiemment d'être dénoncé et banni*

Qui veut du pop-corn ?

J'ai toujours cru que les hommes étaient incapables d'écrire de la romance, mais vous m'avez prouvé le contraire. S'il vous plaît, n'arrêtez pas. Ignorez les jaloux et soyez vous-même.

Quelque chose me fait sortir de ma transe. C'est le son d'un e-mail qui s'affiche. Et mes doigts tremblent alors que je clique dessus.

De : natalie@nataliemcbrideauteur.com
A : megatron_liberee@bmail.com

Du calme, je sais que ce n'est pas toi. Ce qui nous laisse Kara. Mais pour être honnête, je m'en fiche un peu. En fait c'est vraiment le cadet de mes soucis.

Je n'ai pas voulu ruiner ta vie.

Je ne sais pas quoi dire d'autre. Je suis un idiot et un salaud qui a détruit la meilleure chose qui m'était jamais arrivée.

C'est-à-dire toi, au cas où tu aies du mal à me suivre.

Tu me connais maintenant, chaque partie de moi, mieux que personne. Et ce depuis un bon bout de temps.

Tu m'as fasciné dès le premier jour. Le monde est un endroit cruel pour les femmes comme toi. Mais je ne t'ai jamais vu fléchir. Un mètre soixante-dix sans talons et des courbes soulignées par tes vêtements, comme s'ils ne voulaient surtout pas les cacher. Tu as pris beaucoup plus de place que ce qui était prévu. Tu n'as jamais souri quand tu n'en avais pas envie. Tu m'as dit ce que tu pensais même quand tes idées s'opposaient aux miennes. Et je n'ai pas pu regarder ailleurs.

Tu étais tellement belle, tellement belle, mais le mot est faible pour te décrire. Tu étais ma muse. Cela faisait vingt ans que je n'avais pas écrit, depuis le jour où mon père avait trouvé mes cahiers et les avait brûlés dans l'arrière-cour. Depuis ce jour où il m'a dit que je ne ferais rien, rien d'autre que reprendre le business familial.

Et puis je t'ai vue. Et soudain je ne pouvais plus m'arrêter.

Et je me suis détesté pour cela.

Et aujourd'hui, tu me hais et tu as bien raison. Mais je pense que tu dois connaître la vérité. Il n'est pas certain que tu me croies, mais si j'ai continué à t'envoyer des e-mails c'est parce que cela me faisait rire. Et je me disais que je pouvais te faire rire aussi. On n'avait jamais été aussi proches depuis toutes ces années parce que j'avais peur de ce qui arriverait. J'ai toujours peur.

J'aurais aimé trouvé une autre manière de terminer cette histoire. Mais je n'en connais pas. Tu dois vivre sans chaîne et je sais que tu ne te libèreras jamais de moi sauf si je t'y oblige. Et malgré ta volonté et ta colère, au plus profond de toi, tu ne voudras jamais me décevoir.

Tu ne m'as jamais déçu, Meg. Jamais. J'espère que je ne te l'ai pas laissé le croire.

Je suis désolé.

***

Je regarde l'e-mail. Je le fixe encore.

Les doigts tremblants, j'oouvre mon téléphone, cela me prend un peu de temps et j'appelle Adrian. Je sais qu'il ne va pas répondre, mais il faut que j'essaie.

Au bout de dix sonneries, je m'habille n'importe comment, j'attrape mon portefeuille et je sors pour appeler un taxi.

Je garde le téléphone à la main durant tout le trajet même si je sais que cela ne sert à rien.

Adrian vit dans un endroit appelé « L'allée des milliardaires », le plus luxueux complexe de la ville. Parce qu'il est un milliardaire. J'y suis allée une ou deux fois, mais je ne me suis jamais sentie dans mon élément. Et maintenant, je ressens une telle colère…

Le fait que cet homme insupportable et égoïste puisse se permettre de s'offrir un *penthouse* d'un tel luxe est écœurant. Pas aussi écœurant que le fait que je sois tombée amoureuse de lui.

J'évite de croiser le regard du portier et pose mon pouce sur le boîtier de reconnaissance digitale. Je n'aurais jamais songé qu'il serait utile un jour qu'Adrian me fasse suffisamment confiance pour me donner accès vingt-quatre heures sur vingt-quatre à son building. Je pense qu'il va le regretter maintenant.

Après une longue poussée nauséeuse dans l'ascenseur, je trouve sa porte et tambourine dessus jusqu'à m'en faire mal.

D'abord, il n'y a pas de réponse. Je me demande même s'il est chez lui (et pourquoi devrait-il l'être ?) quand soudain j'entends des bruits de brassage, des cliquetis, et la porte s'ouvre d'un grand coup.

Ses vêtements sont débraillés, ses cheveux en tous sens, il tient une bouteille de Jack Daniel's d'une main et un verre à moitié vide de l'autre. Je comprends pourquoi c'était si compliqué d'ouvrir la porte.

– C'était toi tout ce temps-là !, je hurle, sans me soucier des voisins.

– C'était moi tout ce temps-là !, répond-il en faisant un grand geste théâtral ; il est encore plus ivre que je ne le croyais.

J'entre comme une furie, claquant la porte derrière moi.

– Est-ce que tu es vraiment sérieux là ? Depuis combien de temps sais-tu que c'est moi ?

– Je m'en suis douté dès le début, avoue-t-il en titubant vers la cuisine, et puis avec les détails qui ont suivi, j'ai compris.

– C'est dégueulasse ! Je croise mes bras sur ma poitrine, dans une attitude défensive. Tu ne pouvais l'ignorer dès le premier e-mail !

– OK, OK…

Il s'assied sur un tabouret devant le bar et m'explique :

– Je le savais, mais je ne voulais pas le savoir. Je me disais que cela ne pouvait être qu'une coïncidence, parce que si c'était réellement toi, c'était vraiment une coïncidence trop énorme. Et j'y ai cru. Il a du mal à articuler. Et puis, je voulais savoir ce que tu disais dans mon dos.

– Quel grand mystère ! Je me tiens debout devant lui, en me demandant s'il s'en souviendra encore demain. Je n'arrive pas à y croire. Tu m'as conseillé de porter de la lingerie fine au bureau !

Je rougis en repensant à cet échange.

– Et je m'en suis tenu à cette suggestion.

Il esquisse un sourire tordu et avoue :

– Si tu avais lu tous les e-mails que je ne t'ai pas envoyés !….

Zut, zut, zut. Je ne peux pas gérer cela maintenant.

– Je ne suis pas très fier, admet-il plus calmement, mais au moins, je savais enfin tout ce que tu ne pouvais me dire en face. Que tu pensais que j'étais quelqu'un de bien. Que tu aimais quand je te faisais rire. Je n'aurais jamais dû le faire, mais je suis désolé, c'était la seule façon pour moi de savoir.

Il me regarde et il n'y a pas une ombre d'humour sur son visage. Il murmure :

– Je ne mendiais que quelques bribes sur toi, Meg, c'est tout ce que je pouvais avoir.

Je laisse échapper un rire amer.

– Non, tu ne m'auras pas, je ne vais pas me sentir désolée pour toi. Pas aujourd'hui.

– Est-ce que tu veux bien t'asseoir ?, marmonne-t-il.

– Non, Adrian !

Je me mets à hurler, l'adrénaline irradie mon corps alors que ma colère contenue depuis cinq ans s'échappe enfin.

– Non, je ne m'assoirai pas ! J'en ai assez de tes ordres. Assez de toi. Tu es complètement toxique et tu empoisonnes tout ce tu touches et tu viens de ruiner cinq ans de ma vie. Je t'ai laissé me voler l'estime de moi, le respect humain et ma santé mentale. J'ai couché avec toi car je pensais que cela m'aiderait à retrouver de la confiance en moi. Et tu sais quoi ? Ça a marché. Tu es super bon pour me faire oublier que ma vie n'est qu'un champ de ruines. Et que c'est à toi que je le dois. Tu es ma came très personnelle. Je n'en peux plus, Adrian. Je hais ce que je suis devenue. Je hais ce que tu as fait de moi.

Il me fixe. Sa bouche frémit, ses yeux lancent des éclairs, sa poitrine se soulève en écoutant ce que je lui confesse. Mais il ne répond rien. Mon visage me brûle et je sens les larmes jaillir et couler le long de mes joues. Je m'en fiche. C'est bien la dernière fois que je le vois.

– Avant, j'étais quelqu'un de bien, Adrian. Ma voix bute sur le chagrin et j'ai du mal à m'exprimer. J'avais des amis, je m'amusais, j'arrivais même à supporter mes parents, un coup de fil par mois, deux visites par an. Et je vais me retrouver toute seule à Noël, devant un plat tout fait de chez *Swanson*, avec un sapin en plastique dans mon appartement merdique, parce qu'augmenter mon salaire de quelques dollars risquerait de faire baisser ta consommation de Dom Pérignon. Et je ne peux même pas imaginer construire une famille car grâce à toi, je suis devenue exactement la putain insupportable que tu as toujours supposé que j'étais.

Il me regarde sans un mot.

Et quand il se met enfin à parler, sa langue semble peser une tonne :

– Tu n'es pas, tu n'es pas…, commence-t-il.

– Vraiment, c'est tout ce que tu trouves à répondre ?

Il n'arrive pas à garder les yeux ouverts. Oh mon Dieu.

Et je sors du *penthouse* luxueux d'Adrian Risinger, de son building, de sa vie.

Chapitre 17

Le temps passe.

Je me réveille le matin. Je prends une douche. J'avale une poignée de vitamines comme on me l'a prescrit et je mets à jour mon CV.

J'établis un profil Linkedln, je réponds à des annonces et j'attends. La plupart du temps, je me souviens que je dois me nourrir. Le soir, je fixe le plafond jusqu'à ce que je m'endorme. Parfois, cela prend très longtemps.

Si je rêve, je ne m'en souviens pas.

Je fais toutes ces choses sans y penser. Et si j'ai toujours un cœur qui bat dans la poitrine, je ne m'en rends pas compte non plus. J'ai dû faire disparaître cette partie de moi qui a été assez stupide pour tomber amoureuse d'un homme comme

Adrian, et il ne reste pas grand-chose de bien précieux.

Un jour, j'imagine que je serai capable de regarder en arrière et de comprendre ce que j'ai bien pu penser alors. Peut-être même que j'en rirai, à côté de mon adorable, vieux mari aux cheveux bouclés, professeur d'université ou bien directeur régional de je ne sais quelle entreprise. On échangera des anecdotes à propos de nos jeunesses respectives. Il me racontera comment il s'est brisé la jambe en sautant dans un lac peu profond. Et moi, je lui raconterai cette période où je couchais avec mon boss. On sera un vrai couple. Il n'éprouvera aucune jalousie car c'était si longtemps auparavant.

Il sait comme moi qu'on ne peut pas vieillir aux côtés d'un homme comme Adrian.

Peut-être nous recroiserons-nous un jour. C'est peu probable dans une ville de cette dimension. Mais cela peut arriver. Peut-être en sera-t-il réduit à effectuer ses courses lui-même et je le croiserai au rayon des glaces avec un bébé dans mes bras. Peut-être fera-t-il semblant de ne pas me reconnaître.

Au bout d'un mois, je trouve un nouveau job. C'est moins bien payé, mais c'est suffisant. Mon boss est plutôt patient et compréhensif.

Je déteste cela.

Quand je rentre chez moi après ma première journée, je me rends compte que je vis dans une véritable porcherie. Un mois de vieux journaux est entassé sur la table de ma cuisine. Il y a des prospectus partout, des bouteilles vides de je ne sais quoi. Je ressens ma première poussée d'adrénaline depuis un mois et me mets à faire un grand ménage. La télévision est en sourdine sur la chaîne d'info pendant que je fais le tri des affaires à jeter.

Alors que je m'apprête à tout mettre dans la poubelle de la cuisine, un article de journal attire mon attention.

Le refuge d'animaux évoque « l'ange gardien » qui l'a sauvé. Furie du propriétaire.

Je regarde le gros titre sans comprendre. Il faut que je sache.

Je me précipite sur la page des associations. Et là, une photo de Shelly avec un chat polydactyle très photogénique aux yeux verts étonnants, qui prend la moitié de la feuille.

Mon cœur se serre dans ma poitrine.

… le donateur, qui a insisté pour demeurer anonyme, a promis à Masterson tout son soutien pour

le refuge et sa mission. « C'est un ange gardien », explique-t-elle. « J'ai toujours cru en l'aide de l'univers quand vous êtes au fond du trou, mais jusqu'à maintenant je n'avais pu le vérifier. »

L'univers, tu parles.

Et un ange gardien, pas vraiment !

J'éclate de rire et puis je pleure et j'éclate de rire encore.

Et il ne m'a rien dit. Mais pourquoi le ferait-il ? Il ne savait pas. Et il n'a pas à me tenir au courant des opérations caritatives auxquelles il adhère.

Mais cet anonymat m'interpelle. Cela signifie que ce n'est pas une donation au titre de Risinger Entreprises, non, c'est à titre personnel. Parce qu'elle lui tient à cœur ?

Mon cœur bat à nouveau. Et avec lui cette douleur qui me déchire, et je me demande si j'arriverai un jour à oublier.

***

Quand j'arrive au refuge tout juste repeint, avec sa nouvelle extension pour le chenil, Shelly me serre dans ses bras et se met à pleurer.

– Je pensais bien que tu reviendrais, fait-elle en reniflant. Je l'espérais. Après notre rencontre…

Elle s'arrête et me regarde. Comme s'il y avait mille choses qu'elle ne me disait pas.

– Je suis si heureuse que tu sois là, confesse-t-elle finalement.

Je me demande ce qu'il en est véritablement tout en surveillant les chiens qui jouent, lançant des bâtons et des balles, assise sur un banc à côté d'un vieux beagle qui ne demande qu'à être câliné. Je sais qu'il va avoir du mal à trouver un foyer et j'essaie de ne pas y penser en caressant ses oreilles.

La seule chose bien, à propos de mon nouveau job si ennuyeux, c'est qu'il me laisse beaucoup de temps libre pour être de nouveau bénévole au refuge. C'est drôle, c'est comme si une machine à remonter le temps m'avait ramenée cinq ans en arrière et laissé tomber dans cet endroit auquel je n'appartiens plus. Rien n'a changé, sauf moi.

Je passe mes week-ends, mes soirées et même certains matins très tôt au refuge. J'en informe incidemment mon nouveau boss, il comprend tout de suite et m'offre même d'aménager mes horaires pour me rendre plus disponible. Lui aussi aime les animaux.

J'ai l'impression d'être sur une autre planète.

Quand Shelly entre quelque part, l'ambiance change immédiatement. Chaque chien lève la tête et la regarde, attendant des instructions de sa part.

Elle est incroyable et je l'adore.

– Assis, dit-elle, et ils lui obéissent tous. Meg, tu vas bien ?

Elle vient à côté de moi et passe son bras autour de mes épaules en ajoutant :

– Parfois, j'ai l'impression que tu es à des millions de kilomètres.

Est-ce donc si évident ? Je sens mes oreilles devenir écarlate.

– Je suis désolée, il faut que je me concentre…

– Non, non, non. Tu ne fais rien de mal. Elle s'assied tout à côté. Je m'inquiète juste pour toi. C'est tout. Si tu as besoin de parler, je suis là.

– Je sais.

Je soupire et regarde mes mains posées sur mon ventre. Elles sont juste là, complètement inertes, comme si elles ne savaient pas quoi faire. Tout demande un tel effort. Respirer. Penser. Chaque muscle de mon corps est lourd et apathique.

– J'ai connu des ennuis dans mon ancien job. Et je suis heureuse de l'avoir quitté. Certes, ce n'était pas mon choix. Mais je pense que c'était la meilleure chose à faire même si cela m'a semblé tellement horrible à ce moment-là.

– Ce job n'était pas pour toi, affirme Shelly. J'ai bien vu qu'il aspirait toute ton énergie à chaque fois qu'on se croisait. Mais tu ne sembles pas plus heureuse maintenant, Meg. On dirait que tu portes le poids du monde sur tes épaules. As-tu vraiment tout laissé derrière toi ?

Bien sûr que non. Mais comment l'expliquer, sans dire que j'ai couché avec mon boss ? Je n'ai pas envie que Shelly le sache. Cela semble si juvénile, si ridicule. Je vais passer pour une fille complètement désillusionnée – incapable d'accepter qu'un mec issu d'un milieu si différent puisse refuser de fonder une famille avec quelqu'un comme moi. Et peu importe qu'il aime tant le sexe, je n'aurais jamais dû prendre cela pour de l'amour.

Pourtant, ce n'était pas une erreur. Je sais que ça ne l'était pas. Il a ressenti quelque chose et il s'est enfui à toute allure. Et puisque c'est ainsi qu'il agit, je n'en veux pas dans ma vie.

– C'est très difficile de taire son désir de quelqu'un qui te trotte dans la tête, tu sais, avoué-je finalement.

Cela ne veut rien dire hors contexte, mais avec Shelly, ce n'est pas grave.

– Même si tu sais qu'il n'est pas vraiment comme ça. Ce ne sont que des petits morceaux de lui et ton cerveau remplit les vides comme il l'entend…

Elle acquiesce. Encore une fois, on dirait qu'elle se retient de dire quelque chose et je ne sais pas ce que c'est. Shelly trouve rarement une bonne raison de se taire.

– Bon, quoi qu'il arrive, je sais que tu t'en sortiras. Elle me serre contre elle. Dis-moi s'il y a quelque chose que je puisse faire.

Je lui promets de le faire, mais je ne vois pas vraiment qui pourrait m'aider.

***

Pour une raison inconnue, ma télévision est toujours branchée sur la chaîne financière quand je l'allume. J'avais besoin de ces informations quand je travaillais pour Adrian, mais cela n'a plus aucun intérêt pour ma vie actuelle. Et pourtant, je me tiens informée. Et s'il n'y a rien de mieux, j'apprends des choses sur les dernières fusions et acquisitions, et autres spéculations sauvages.

J'y suis habituée je suppose ; cela revient comme une comptine ou une rediffusion de la série *Seinfeld* pour tous ceux qui ont grandi dans les années 1990. C'est toujours bien de se dire qu'il y a au moins quelque chose dans ce monde qui n'a pas changé.

Mais Jim Cramer postillonne à tout va ce soir. Il doit vraiment se passer quelque chose. Je n'ai pas entendu hurler les sirènes donc ce n'est pas si important, mais je me tourne tout de même vers l'écran en débarrassant la vaisselle.

– ... Bon, et alors, suite à cette démission inattendue, que peut-on espérer pour l'avenir ?, s'interroge l'un des commentateurs.

– Vous savez, John, on a déjà vu des situations de cette sorte avant ; c'est toujours un gros bouleversement, mais en fait ce n'est qu'un mauvais moment à passer. Bien entendu, tout dépend du nouveau CEO. Aucun indice ne laisse supposer que cette compagnie ait été mal dirigée jusqu'à présent. Peu à peu, les gens oublieront le nom d'Adrian Risinger.

Je ne laisse pas tomber le verre que je tiens à la main, et en y repensant, je ne vois vraiment pas comment j'ai réussi.

– C'est un peu tôt pour une crise de la quarantaine, ajoute quelqu'un d'autre. Il va y avoir des rumeurs – en fait, des indiscrétions courent déjà, il se retirerait suite à une évocation de corruption ou un problème dont il ne souhaite pas parler. Et cette nouvelle occupera tous les esprits demain à l'ouverture des marchés.

Les doigts tremblants, je tape son nom dans la barre de recherche de mon téléphone. Cinq ou six liens émergent immédiatement. Il y a même une vidéo. Je ne veux pas la regarder, mais j'appuie malgré tout sur le bouton *play*.

« *J'ai déjà évoqué tout cela... J'ai dit tout ce que j'avais à dire. Et cela n'a rien à voir avec Risinger Industries. Ils sauront très bien assurer leur avenir sans moi. Cela n'a jamais été une position facile et je n'étais pas l'homme qu'il fallait. Mon seul regret est d'avoir mis tant de temps à le comprendre.* »

Je m'assieds car mes genoux ne me soutiennent plus. Il a toujours vécu pour cette société. C'est tout ce qu'il a. Il n'y a jamais eu rien d'autre. Et il... abandonne ?

La panique me submerge de l'intérieur et je réalise que tout ce temps-là j'ai eu peur pour lui. Je ne sais pas comment il va arriver à vivre sans moi et c'est d'un orgueil démesuré. J'ai toujours décidé qu'il était arrogant ; pourtant, peu à peu, j'ai cru lui être devenue indispensable.

Ce n'était pas le cas.

Être la secrétaire d'Adrian était mon identité. Et pendant cinq longues années, c'est tout ce que j'ai été. Je n'ai pas voulu comprendre qu'il s'était infiltré en moi si profondément. Adrian sera très bien sans moi. Il vivra très bien sans la compagnie. En fait, il va certainement recommencer à écrire. Il a de nombreux talents, ce qui n'est pas mon cas. À moins que gérer quelqu'un d'insupportable ne soit un talent. Cela ne va pas me servir à grand-chose maintenant.

Le chagrin me tient éveillée toute la nuit. Je voudrais pouvoir tout oublier. Sa vie et la mienne ne sont plus liées. D'ailleurs, je n'ai aucune façon de reprendre contact avec lui.

À moins que.

À moins que.

***

Quand Shelly me demande si je peux venir plus tôt mercredi matin, je me précipite pour demander l'autorisation à mon boss, qui accepte aussitôt. Un camion vient livrer une cargaison de dons et le refuge a besoin de toute l'aide possible pour déballer et s'organiser.

Je suis prête à passer plusieurs heures à effectuer un travail éreintant si cela me permet d'oublier ce qui me ronge.

Et même si je pars un peu après le déjeuner, je suis l'une des dernières bénévoles du groupe à le faire.

Ça fait du bien. Et Shelly a vraiment le chic pour tirer le meilleur de chacun.

Marchant derrière les autres, j'aperçois soudain quelque chose qui fait sursauter mon cœur à travers ma cage thoracique.

Ce n'est pas lui. Non ce n'est pas lui. CELA NE PEUT PAS ÊTRE LUI.

Même avec ce que j'ai appris, ce n'est pas le genre d'événement qui attirerait Adrian. Le travail manuel ? Il est plutôt du genre « je signe un chèque et je l'oublie aussitôt ». Mais si ce n'est pas sa nuque qui sort d'un T-shirt bizarrement familier, je veux bien manger ma chaussure.

Je l'observe. Je ne l'ai jamais vu en jeans auparavant. Je ne l'ai jamais vu habillé décontracté. Je ne l'ai pas vu depuis tellement longtemps après avoir été à ses côtés chaque jour de la semaine et souvent le week-end durant près de cinq années que mon cœur va exploser.

– Adrian, je murmure.

Il se retourne.

J'aperçois dans son regard cet air de « je viens juste de voir passer un fantôme » et je ne peux m'empêcher de m'attarder sur sa bouche, sa mâchoire, car il a fini par laisser pousser sa stupide barbe de trois jours, rien d'extravagant, juste quelques millimètres d'épaisseur en plus. Un ton au-dessus de ses cheveux avec quelques poils bigarrés un peu roux. Ça lui va bien.

Sur son T-shirt, il est écrit : ***KEEP AUSTIN WEIRD***

– Shelly m'avait dit que tu ne serais pas là, dit-il doucement.

– Shelly a menti !, lance cette dernière, apparaissant derrière une pile de cartons poussiéreux. Vous avez besoin de parler tous les deux. Meghan, s'il te plaît, donne-lui sa chance. Vous pouvez aller dans mon bureau. Adrian, vas-y, explique-lui ce que tu m'as dit. Et je te jure, je me contrefiche de l'ampleur de la donation que tu as faite, je te tirerai les oreilles si tu n'y vas pas.

Je la fixe étrangement. Pas étonnant qu'elle ait eu absolument besoin de moi aujourd'hui.

– Mais qu'est-ce qui se passe ?

Elle hausse les épaules.

– Je crois que j'ai fini par comprendre. Je me suis souvenue que tu avais dit travailler pour lui et soudain il débarque. J'ai songé qu'il y avait un lien. Et je n'ai pas eu à le prier beaucoup pour le faire parler. Un homme avec un chaton dans les bras confesse tous ses péchés plus facilement. Je ne dis pas que tu dois lui pardonner. Mais je vous vois vous languir l'un de l'autre, alors essayez d'arranger les choses pour l'équilibre mental de chacun.

Je ne peux pas regarder Adrian, je ne le veux pas, mais il me touche le bras.

– Je pense qu'on devrait y aller, marmonne-t-il avec un sourire crispé sur les lèvres. Elle me fiche vraiment la trouille…

L'air hébété, les oreilles qui bourdonnent, je le suis. Il s'assied sur le coin du bureau, peut-être parce qu'il ne veut pas reproduire le schéma classique de nos rencontres ; sinon, je me serais assise dans le fauteuil du visiteur et lui derrière le bureau.

– Je regrette presque tout ce que je t'ai dit, déclare-t-il d'une voix calme et rauque. Mais rien autant que le fait de t'avoir menti à propos de ces e-mails. Je ne cherchais qu'à te protéger, mais…

– Tu t'es joué de ma confiance. Tu trouves que c'est bien ?

– Non, évidemment non, répond-il, énervé. Est-ce que j'ai dit que ça l'était ? Est-ce que tout ce que j'ai fait dans ma vie jusqu'à maintenant était bien ? Est-ce que c'est cela que tu veux, Meghan ? Je pensais que tu m'aimais pour ce que j'étais. Je pensais que…

Il s'arrête et soupire.

– … la façon dont tu m'as regardé ce soir-là, quand j'ai renvoyé ta mère, j'aurais juré que tu m'aimais.

– Peut-être que je t'aimais. Ma voix déraille et j'en reconnais à peine le son. Pendant une minute. J'avais oublié qui tu étais.

Il prend son visage entre ses deux mains, ses doigts repoussent en arrière ses cheveux.

– Tu veux des excuses, Meg ? C'est ça ? C'est pour ça que tu es là ? Ou bien tu éprouves encore quelque chose ? Est-ce que tu traverses ta vie comme une somnambule ? Est-ce que ton cœur a fait un bond dans ta poitrine quand tu as entendu mon nom depuis que nous nous sommes quittés ?

Est-ce que tu rêves de moi ? Est-ce que tu te réveilles en criant mon nom ?

Le ton de sa voix baisse et je le hais pour cette façon qu'il a d'évoquer la passion qui me dévore, et il sait que je ne peux pas la contrôler.

– Parce que moi, oui. Parce que c'est ce que je ressens. Meg, je ne peux pas t'oublier. En fait, je ne m'y attendais pas. Je pensais que ce serait facile de couper les ponts et de m'enfuir.

– Et ça alors ? Je respire trop vite, je ne sais pas si c'est la colère ou le désir, peut-être une sorte de mélange des deux. Tu donnes un paquet d'argent pour sauver des bébés chiens et puis tu viens te montrer pour prouver que toi aussi tu peux te salir les mains ? Et tu crois que ça va tout arranger ?

Je me mets à crier et je ne peux m'en empêcher. Je crois que je suis en train de perdre la tête.

Il prend l'air exaspéré. C'est une expression que je lui connais bien.

– Je te jure que je n'en savais rien. Shelly te le confirmera. Je lui ai demandé un millier de fois. À chaque fois que je suis venu, je lui ai demandé si tu étais là ou pas. Je ne voulais pas que tu le saches. Parce que je ne voulais pas que tu penses ça.

– Mais pourquoi es-tu là alors ? J'ai envie de savoir.

– Cela vaut mieux que de me saouler chez moi, répond-il. Même si c'est ce à quoi je suis condamné.

– Je ne suis pas du tout désolée pour toi, j'affirme.

Parce qu'en fait, je le suis vraiment.

Adrian soupire.

– Bon. Tu n'as pas répondu à ma question…

– Laquelle ?

J'ai totalement perdu le fil de ce qu'il me raconte.

– Est-ce que tu penses encore à moi ?, demande-t-il, même un tout petit peu ?

– Mais bien sûr ! J'en crie presque.

– Après le départ de maman…

Ma voix se casse en un murmure maintenant.

– … je ne savais pas qu'il était possible de ressentir cela pour quelqu'un…

La douleur se lit sur son visage. Il réduit la distance entre nous, agrippant mon bras et me forçant à me tenir immobile pendant qu'il me parle. C'est un geste subtil, d'une telle domination que je devrais le détester, mais j'aime ça. J'adore ça.

– Te quitter cette nuit-là a été la pire chose que j'ai faite dans ma vie.

Et il ajoute :

– Et crois-moi, j'en ai fait…

Je laisse échapper un petit rire.

– Je ne te crois pas.

– Crois-moi, poursuit-il, je t'ai brisé le cœur cette nuit-là. Je savais que ça arriverait. J'étais terriblement égoïste. J'ai été égoïste toute ma vie, Meg, et je suis certain que tu le sais. Mais ce qui est important est que je le sache. Je l'ai toujours su, mais maintenant c'est différent. Pour la première fois de ma vie, j'ai compris quelles étaient les véritables conséquences de mes actions et si tu ne crois pas que c'est humiliant de l'admettre, ce n'est pas grave… Et cela n'a rien à voir avec moi en fait. Toute ma vie n'a été qu'une suite de choses superflues, remplaçables. Tu sais combien de voitures j'ai bousillées avant d'avoir seize ans ?

Il laisse échapper un rire perplexe avant de poursuivre :

– Et personne ne s'est jamais plaint d'être blessé ; il suffisait que j'agite mon portefeuille pour que les choses se calment. Mes parents me disaient d'être prudent, je n'ai jamais compris le sens de ce mot.

Il passe sa langue sur ses lèvres en me regardant et je sens une montée de désir comme jamais au cours des derniers mois. C'est trop dur de l'avoir en face de moi en train de m'ouvrir son cœur, ses mains qui me touchent, et mon Dieu, tout ce que je veux, c'est lui.

Mais je souhaite entendre ce qu'il a à me dire. Je cligne des yeux, essayant de me concentrer sur ses paroles.

– Avant toi, je ne savais rien, continue-t-il. J'ai toujours regretté ce que je t'ai dit, ce que j'ai fait. J'ai été très imprudent avec quelqu'un qui comptait vraiment.

Je le regarde droit dans les yeux, tentant de calmer l'ouragan en moi.

– Sur quoi d'autre m'as-tu menti ?

– Voyons… Ses yeux se perdent dans mon visage. J'ai menti quand j'ai dit que ce n'était pas une bonne idée qu'on continue à coucher ensemble. J'ai menti quand j'ai affirmé que c'était une erreur, la nuit où à cause de moi ta mère t'a rabaissée. Je sais que je devrais me sentir honteux, mais je ne le suis pas. J'espère qu'elle ne te parlera jamais plus. Et je sais que je vais te blesser en le disant, mais elle est nocive pour toi.

Il esquisse un sourire puis rajoute :

– Plus nocive que je ne le suis, si c'est possible…

– Je sais.

Il effleure mon visage avec ses doigts.

– Je sais et ça me fiche une de ces trouilles !

– Pourquoi as-tu démissionné ?, finis-je par demander.

– Parce que je ne peux plus être ce personnage, c'est fini.

Il l'exprime avec une telle conviction que quelque chose vrille et éclate dans ma poitrine.

– Je ne sais pas qui je veux être, mais Risinger Industries, c'est terminé. Bien entendu, la boîte appartient toujours à ma famille et je suis horriblement riche.

Il sourit puis poursuit :

– Mais j'essaie de m'en détacher autant que possible. Je déteste ne pas me soucier des autres, je déteste être impudent. Et plus que tout, je déteste qu'à chaque fois que tu me regardes, tu voies quelqu'un qui te fait du mal.

– Te séparer de ta compagnie ne va rien changer, murmuré-je.

Je n'en peux plus. Je me mets sur la pointe des pieds et l'embrasse. Le son qu'il émet est surprenant, heureux, perturbé comme si un bruit étouffé pouvait tout rassembler. Mais il n'y a rien de confus dans la façon dont il m'embrasse.

Ma tête repose sur sa poitrine, je peux entendre son cœur qui bat un million de fois à la seconde. Et quand il me parle, je sens sa voix résonner dans sa cage thoracique.

– Quand je t'ai rencontrée, je n'avais rien écrit depuis dix ans. Même plus. Mon père détestait que j'écrive. Il avait trouvé tous mes cahiers quand j'avais douze ans et il les a tous brûlés. Mon avenir était déjà dessiné. Il ne voulait pas que je perde mon temps. Et ce désir que j'ai ressenti quand je t'ai rencontrée – et au-delà de ça, le besoin de prendre un stylo et de laisser l'histoire s'écrire, ce que j'avais toujours voulu faire –, ça m'a fait une de ces peurs ! Et ça m'a rendu furieux. C'était la colère de mon père, je m'en rends compte aujourd'hui. Cette peur de lui que je ressentais et qui me hante toujours. Mais impossible pour moi de l'ignorer. J'ai pensé chaque mot écrit dans mes e-mails. Tu ne ressemblais pas aux femmes avec qui j'étais censé sortir, mais tu étais désespérément sexy et je savais que si je me laissais aller, je ruinerais ta vie. Donc je ne l'ai pas fait. À la place, je l'ai écrit. J'ai tout mis dans cette histoire, et pas seulement ce qui a été publié. Il y a des passages que j'ai supprimés, je n'ai pas osé, je savais que tu te reconnaîtrais. Comme la fois où la ventilation dans le hall n'arrêtait pas de faire du bruit et que la personne de la maintenance était introuvable. Et tu es montée sur un échafaudage de chaises avec un couteau à beurre pour la réparer. Je n'ai jamais rencontré une femme comme toi. Non, je n'ai jamais rencontré une personne comme toi. La façon dont tu t'adressais à moi. Sans prendre garde au fait que tu puisses heurter mes sentiments, sans ménagements pour mon ego. Et bientôt mon seul désir c'était toi, tu me hantais, ce sourire sur ton visage. Jusqu'au moment où j'ai trouvé une façon de te faire taire.

Il passe sa langue sur ses lèvres une fois encore et avoue :

– Je suis désolé, c'est si dur de ne pas se laisser emporter…

Je laisse échapper un bruit indécent et même un peu de morve sur sa chemise. Il ne réagit pas, ce doit être l'amour.

– Oui, je murmure, j'ai remarqué…

Pas un bruit, le silence et les battements de nos cœurs.

– Je me suis haï quand je t'ai virée, poursuit-il, mais c'était la meilleure chose à faire. Et je ne venais que pour te donner la feuille de licenciement et puis partir et puis, oh Meg… Je n'ai pas pu me retenir. Je te voulais une dernière fois. Et après je n'ai rien fait sauf me soucier de toi. Je savais bien que tu n'accepterais aucune aide de ma part. Et cela me détruisait. Mais je savais que tu t'en sortirais. Et quand Shelly m'a dit que tu avais trouvé un job, ça ne m'a pas surpris.

Il soupire, me regarde avec tant de douceur et de considération que personne au bureau ne pourrait supposer que c'est lui. Sauf moi. Car je l'ai vu déjà ainsi et je l'ai ressenti.

– Tu me manques tellement, avoue-t-il dans un chuchotement.

– C'est étrange, n'est-ce pas ? Je souris. Cinq ans à se parler presque tous les jours.

Ma gorge se serre, c'est si dur de prononcer ces mots – je sens la boule de la peur au fond de ma gorge, mais parviens à dire :

– Tu me manques aussi.

Il prend mon visage dans ses deux mains et le lève vers lui puis il s'arrête ; il ne m'embrasse pas, pas encore.

– Est-ce que tes sentiments pour moi ont changé ? Je veux dire, vraiment changé, à part le fait bien sûr que tu as tous les droits de me haïr ?

– Non, je chuchote.

– Parfait. Ses lèvres effleurent les miennes. Je veux te parler, Meg, je veux te parler encore. Je veux te parler pendant des heures. Je veux t'expliquer tout et m'excuser pour tout un millier de fois. Mais d'abord je veux te faire l'amour. Pas te baiser, tu comprends. On a baisé de nombreuses fois, et on baisera encore. J'ai besoin de te faire l'amour. Et tu en as besoin aussi.

Il m'embrasse enfin. C'est long et doux à la fois et cela fait frissonner chaque partie de mon corps.

– Sais-tu combien de fois je t'ai désirée ?, dit-il d'une voix rauque. Je t'ai désirée chaque jour de ma vie. À chaque fois que tu portais une de ces jupes avec une fente sur le côté, je devais me branler sous mon bureau sinon je n'arrivais plus à me concentrer. Depuis des années maintenant, chaque fois que je jouis, j'imagine que c'est sur ta peau. Et je ne peux imaginer rien d'autre que cela.

Tout mon corps tremble.

– J'adore ça, je confesse. Quand tu laisses ta marque sur moi, j'y pense tout le temps, même quand je ne le veux pas.

– Viens avec moi à la maison, murmure-t-il, perdu dans ma nuque, avant que je ne te saute dessus ici et que je ruine tout ce que j'ai prévu.

– Chez toi ?, je demande en le regardant, vraiment, chez toi ?

Il acquiesce et sourit.

– Oui, chez moi, dans mon appartement, mon lit. Sinon, cela voudrait dire quoi ?

– Tu es fou…

Je pleure et ris en même temps. Je ne sais même plus ce qui se passe.

– Tu te fiches de moi ! Tu m'as dit ce truc à propos de ta chambre, que tu ne laissais personne y entrer, ce n'est pas vrai alors.

– Tu peux me croire, affirme-t-il, et même vérifier sur les films de la sécurité.

– Et pourquoi alors serais-je l'exception ?

Adrian éclate presque de rire, mais il se retient et ferme les yeux.

– Je pense que tu peux comprendre toute seule, Meg.

– Dis-moi tout de même…

Je me serre contre lui, ma tête collée sur sa poitrine, ignorant la grosse voix dans ma tête qui me dit que c'est une mauvaise idée de demander ça. J'insiste :

– J'adore la façon dont tu prononces ces mots, M. Risinger.

Il laisse échapper un soupir, repousse une mèche de cheveu derrière mon oreille et répond :

– Parce que chez moi tu es à la maison, Meghan, tu l'as toujours été.

Il m'embrasse et, contre toute attente, je le crois.

Chapitre 18

La chambre d'Adrian est ahurissante.

En fait, pour être plus précis, le plafond de sa chambre est ahurissant. Je ne peux même pas parler du reste. Me faire l'amour, c'est embrasser mon corps tout entier de haut en bas pendant une vingtaine de minutes et cela a beau être fabuleux, je commence un peu à m'impatienter.

Mais c'est formidable.

– Tu es tellement belle, fait-il en haletant, ses lèvres passant de ma poitrine à mon nombril. J'aurais dû te le dire, la première fois que je t'ai vue. J'aurais vraiment dû te le dire.

Je pousse des petits cris de plaisir, j'ai la chair de poule, son souffle caresse la peau si sensible du mont de Vénus.

– Notre relation aurait pris une autre tournure dès le début, poursuit-il.

Il rit, ses lèvres à quelques centimètres à peine de l'endroit où je les veux.

– Et ne me dis pas que tu m'aurais repoussé par un coup entre les jambes, achève-t-il.

– Mais non, assuré-je, ma main s'agrippant à sa tête, mes doigts griffant doucement son cuir chevelu. Et peu importe comment tu fonctionnes, je suis convaincue que tu aurais pu m'avoir sur ton bureau dès la première semaine si tu avais vraiment voulu.

Il s'assied et laisse échapper un long soupir.

– Attends, espèce de sale petite peste, on va mettre les choses au clair à propos de ça. Il fronce les sourcils alors que je gémis. Tu crois vraiment que je ne voulais pas ?

Je prends l'air indifférent pour répondre :

– Tu pouvais m'avoir, c'est tout ce que je dis…

– Je ne te crois pas, affirme-t-il avec un petit rire, mais ce n'est pas le problème, je ne pouvais pas, Meg. Pas avec toi.

Son visage devient sérieux tout en gardant une certaine douceur.

– Et même si j'avais pu claquer des doigts et t'allonger sur mon bureau, je ne voulais pas me conduire comme ça. Pas avec toi. Il fallait que fasse en sorte que cela n'arrive pas. Je ne voulais pas tomber sous le charme. Je voulais quelque chose de plus authentique, avoue-t-il. Une légère grimace traverse son visage. J'en ai peut-être fait trop.

– Tu crois ?

Je me trémousse en ajoutant :

– Est-ce qu'on peut parler de cela plus tard ? Ou demain. Ou n'importe quand, quand je ne suis pas…

Sa bouche se relève sur les côtés.

– Continue.

Je soupire encore.

– Je t'en prie Adrian, arrête de te moquer de moi.

– Je n'essayais pas, assure-t-il, c'est toi qui as arrêté de parler.

– Alors, fais-moi taire…

Il dépose un baiser à l'intérieur de ma cuisse et je gémis.

– Je ne crois pas que tu vas te taire, murmure-t-il, à moins bien sûr que je n'enfonce quelque chose dans ta bouche en même temps…

Adrian se lève et me fait signe de le suivre. Puis il s'allonge sur le lit, sur le dos, et tapote la place à côté de lui. Je pâlis.

– Non, dis-je sans réfléchir.

Il fronce les sourcils.

– Tu te souviens du mot de passe, ma chérie ?

J'acquiesce.

– Est-ce que tu te moques de moi ?

Je secoue la tête.

– Alors quoi ?, lance-t-il avec un regard sombre. Pourquoi te refuses-tu à moi ?

Je me sens rougir de tout mon être.

– Je ne peux pas faire ça. Pas comme ça. Il faut que tu sois au-dessus de moi.

– Pas comme ça ?, répète-t-il, mais je ne t'ai encore rien demandé. Il faut que tu assumes.

Mes bras se serrent autour de mon corps pour me protéger.

– Je sais exactement ce que tu veux me faire faire. Et je te dis que je ne peux pas. J'ai la gorge serrée, je me hais. S'il te plaît… ne me force pas.

Adrian s'assied à côté de moi et caresse mon bras.

– As-tu connu une mauvaise expérience ?

Je secoue la tête.

Alors quoi ?

En me mordant les lèvres, je fixe le lit.

– Je ne veux pas… Je ne veux pas que tu me voies comme ça.

Il éclate de rire. Mais je ne peux lui donner ce qu'il demande.

– Ce n'est pas drôle, j'insiste.

– Je le sais bien.

Sa main repose sur mon bras, sans le saisir, sans le serrer, juste en me rappelant sa présence.

– Je ne te forcerai jamais, Meg, si tu ne le désires pas. Mais si tu le fais, je te jure que cela t'aidera à dépasser tes complexes.

Tout doucement, je relève la tête. Ses yeux sont brillants, il humecte ses lèvres avec sa langue. Et malgré le fait que j'ai jeté un seau d'eau glacé sur les préliminaires, il est visiblement toujours aussi excité.

– Pourquoi ?, j'articule, alors que je connais déjà la réponse.

– Parce que, explique-t-il d'une voix rauque, je le veux. Parce que je le veux depuis le premier jour où je t'ai rencontrée. Je savais que tu hésiterais et donc je ne t'ai rien demandé.

Il suffoque, je remarque sa veine qui bat au niveau de son cou.

– Penses-y, Meg, et tu n'auras plus aucun doute sur ton *sex-appeal* avec mon visage noyé entre tes cuisses et mon sexe dans ta bouche. Tu vas enfin le ressentir. Chaque tressaillement, chaque vibration, cet enchantement pour ton goût, cette magie pour te dévorer, et tu n'es plus qu'odeur et sensation pour moi. Et tu ne douteras jamais plus de mon désir pour toi.

Oh non.

Je suis ivre et me penche vers lui pour l'embrasser, il me donne un avant-goût de ce qui m'attend, sa langue se faufile, vorace, dans ma bouche. Puis il se retire très vite, anxieux, plein de désir. Désir de moi. Désir d'être complètement recouvert par moi de la façon la plus intime possible et mon Dieu, c'est une pensée tout à fait séduisante.

Il recule sur le lit et je me tourne, en me positionnant exactement au-dessus de lui, mon cœur bat fort alors que je m'agenouille de chaque côté de ses épaules. Je hais l'idée de ne pas voir son visage.

– Est-ce que c'est bien comme ça ?, murmuré-je en fixant ses jambes et son érection toujours plus imposante.

– Plus bas, souffle-t-il, son haleine caressant ma peau.

Et je m'abaisse encore plus.

Il agrippe mes hanches et me prend avec sa langue. Tout mon corps vibre comme s'il était chargé d'électricité, un râle inhumain sort de ma gorge. Mes doigts de pieds se recroquevillent.

– Oh la la, je crie en me projetant en avant, oubliant presque ce que je suis censée faire ici.

Je l'entends rire, je le sens rire, il relâche un peu son étreinte et me soulève juste assez pour me dire :

– Pas mal, n'est-ce pas ?

Il est très content de lui, mais je lui pardonne.

– Oui, fais-je dans un souffle en m'agrippant aux draps. Encore.

– Une chose pour une chose, Clarice.

– C'est bien le pire moment pour citer Hannibal Lecter, tu s.... oooooh...

Il me reprend et j'oublie tout le reste.

Sauf que je veux lui faire ressentir même une fraction de seconde ce qu'il est en train de me donner. Je me penche en avant, je le lèche, le suce, le prend dans ma bouche et son cri résonne à l'intérieur de moi. Oui, il a raison. Je ressens exactement ce qu'il ressent et c'est hallucinant. Il grossit dans ma bouche, encore plus dur, encore plus imposant, son membre réagissant et tressaillant à chaque mouvement des muscles de ma mâchoire.

Il est ailleurs. Sa langue me lape comme si j'étais une oasis en plein désert, de petits bruits étouffés accompagnent la douce ondulation de ses hanches alors que j'épouse son rythme. J'en ai oublié ma raison et chaque caresse résonne dans mon corps comme une décharge électrique. Je n'ai jamais rien ressenti de tel. Cette position lui donne accès aux coins les plus insoupçonnables de mon intimité.

Dans un soubresaut, je réalise que je vais jouir.

Non, oui, non, oh mon Dieu, Adrian.

Ce sont les mots qui me traversent l'esprit, mais avec son sexe qui pousse dans ma gorge, cela donne une série de bruits inintelligibles. Je m'agrippe aux draps, mes jambes tremblent, je jouis, et je jouis et je jouis encore et c'est encore plus violent que tout ce que j'ai jamais connu. Il me repousse alors que mon corps tremble encore et je me demande un instant s'il n'est pas en train d'étouffer. Mais non, ce n'est pas ça. J'ai atterri plus ou moins sur le ventre et quand je jette un œil par-dessus mon épaule, c'est pour apercevoir un homme possédé. Son visage est tout mouillé de moi, ses yeux étincellent. Dans un léger grognement, il attrape mes hanches et me soulève.

Je sais ce qui va arriver et je suis prête pour lui, mais je crie encore quand il s'enfonce en moi. Il me sent si ouverte et grosse de lui et vu mon poids, ce n'est rien de le dire. Plus dur, plus vite, il me baise, il électrise jusqu'au bout de chaque nerf de mon corps. Maintenant que ma bouche est libre, je peux hurler son nom. Et c'est ce que je fais.

Il s'enfonce profondément en moi, s'arrête, laisse échapper un cri. Sa voix se casse à la fin, halètements, jurons, et qu'est-ce que j'aime ça. Et qu'est-ce que je l'aime.

Mon cœur s'emballe dans ma poitrine quand je me rends compte que je ne vais pas pouvoir m'empêcher de le dire. Pas maintenant. Mais je ne peux pas le taire. Et tant pis si je ne peux le taire, tant pis si je le laisse sortir.

Adrian caresse mes cheveux, s'allonge sur moi et je peux me perdre dans sa nuque.

– Tu es étonnante, baby. Sa voix roule doucement contre mon dos. Je suis si fier de toi.

Je n'aurais jamais cru l'entendre dire cela.

Des années et des années d'amertume remontent à la surface et risquent de polluer cet instant de grâce. Ah non. Non. Un chagrin soudain et inattendu secoue tout mon corps et je le laisse échapper sans faire exprès.

– Meg ?

Adrian se retire et je gémis, heureusement mon visage est caché par les coussins et il ne peut voir les pleurs perler au coin de mes yeux. Je ne veux pas être la fille qui sanglote après l'amour avec son ex-boss. C'est nul.

– Meg, Meg, regarde-moi !

Il tente de me réconforter, mais quand il aperçoit mon visage tordu par le chagrin que je tente de contenir, il ne comprend pas.

– Est-ce que ça va ? Est-ce que je t'ai blessée ?

Je secoue la tête. Ce n'est pas tout à fait vrai, mais il veut dire physiquement. Oui, ce serait une bonne raison pour pleurer maintenant. Et non pas pour cette bêtise !

Il repousse en arrière les cheveux qui couvrent mon visage, il me regarde, comme pour être bien certain que je ne mens pas. Puis il me prend dans ses bras, presse ma tête contre sa poitrine.

– Tu as été parfaite, susurre-t-il, parfaite…

Comment expliquer que ces mots si gentils puissent me causer tant de chagrin ? Ce conflit épouvantable qui m'agite, la peur qu'il redevienne celui qu'il était, qu'il me traite mal comme il le faisait avant. Je secoue la tête vigoureusement.

– Mais qu'est-ce qu'il y a ?

Sa voix est douce et réconfortante.

– Rien, je murmure, arrête de parler.

Pour une fois, il écoute.

Et je laisse tout partir. Des sanglots secouent mon corps ; il retient mon dos, ne dit pas un mot, ne fait pas un bruit.

Il est resté silencieux tout ce temps-là et quand il se met à parler enfin, je ne peux que lui pardonner.

– Tu sais ce qui me fait si peur ?

Je secoue la tête négativement, entre deux reniflements et trois hoquets.

– Ce qui me terrifie, c'est que je ne sois jamais capable de te convaincre que j'ai toujours été amoureux de toi. Que ce n'est pas seulement le sexe. Je sais que cela en a l'air et que je t'ai maltraitée pendant des années parce que j'étais complètement perdu, comme un petit garçon qui n'a jamais été amoureux avant. Mais je sais que tu penses que j'étais en colère contre toi. Je le sais bien, Meg. Je ne suis pas idiot.

Il soupire et, dans l'ouragan émotionnel qui traverse mon corps, une chose pèse plus lourd que les autres et apaise les battements de mon cœur.

Amoureux. Amoureux. Amoureux.

Il a dit qu'il était amoureux.

– Et tu pouvais m'envoyer balader. Et tu l'as fait. Et j'en étais heureux. Tu sais quoi ? Je me détestais dans ces moments-là, je détestais tout, et toi aussi un petit peu, parce que c'était mon côté compatissant qui ressortait. Il a un petit sourire satisfait, mais dénué de cynisme. Et tu revenais, et je ne pouvais pas te renvoyer. Je ne suis pas assez fort. Je ne peux pas te résister, je n'ai jamais pu et c'est pour cela que j'ai essayé de te tenir loin de moi. Normalement, quand je désire une femme, elle ne voit pas ce côté tout de suite chez moi. Puis les choses tournent mal. Je pensais te montrer le pire pour que tu restes suffisamment éloignée. Tu dois reconnaître que cela a presque marché.

Sa respiration est apaisée, il me berce dans une douce transe avec ses mots.

– Je savais que si tu m'aimais un petit peu, même un tout petit peu, je savais que si tu me regardais comme ça, oh ces yeux, je serais complètement perdu. Alors je me suis dit que c'était pour ton bien, ton bien à toi, au lieu d'accepter la vérité. J'étais terrifié !

Sa voix se fait plus douce, plus basse.

– L'idée de ne pas te posséder était horrible. Mais l'idée de te perdre, encore pire. Je ne pouvais pas. Je suis un sale gosse trop gâté. Je suis incapable d'accepter d'être rejeté. Je dois tout gérer selon mon sens. Et je savais, oui je savais que je te faisais du mal. J'essayais de me persuader que non et pourtant si. Quand je ne pouvais plus me mentir à moi-même, je me souvenais que je le faisais pour toi. Pour te protéger. Alors que c'était juste pour me protéger moi.

Il me regarde et je le regarde. Mon visage est strié de larmes et je pense à toutes ces fois où il me harcelait, quand je partais en courant me cacher dans les toilettes pour pleurer afin qu'il ne le sache pas. Je ne voulais pas le laisser triompher.

Maintenant il n'y a plus rien à gagner. Il a mis toutes les cartes sur la table et c'est à moi de décider ce que je vais faire avec.

– Et là, j'ai très peur, avoue-t-il calmement, et je peux presque entendre sa voix trembler, à moins que cela soit moi qui le veuille. « Terrifié » est le mot juste. Tu peux décider de me quitter. Tu devrais me quitter. Et je ne sais pas si te dire tout cela va rendre les choses plus faciles ou pas. Mais ce n'est pas grave car maintenant tu sais tout.

Il repousse mes cheveux en arrière, il s'étrangle, ses yeux sont ancrés dans les miens.

– Je suis désolé, Meghan. Je sais que ça sonne creux ou que ça fait cliché, et c'est certainement trop tard. Mais je n'ai jamais été aussi sincère de ma vie.

Je le fixe pendant un moment.

– Tu as dit que tu n'avais jamais été amoureux avant ?

C'est vraiment le pire des trucs à dire à ce moment, mais ça sort tout seul.

– Eh oui, déclare-t-il prudemment.

Il n'aime pas que je le fixe comme ça. Il veut que j'entende ce qu'il a à me dire, mais il y a encore une chose que j'ai besoin de savoir.

– Avant quoi, je murmure.

– Arrête..., fait-il en me regardant.

– Je ne joue pas, insisté-je, ma main caressant sa joue sans le vouloir. J'ai entendu tout ce que tu m'as dit, Adrian. Mais tu ne t'es pas attardé sur ce qu'il y a de plus important.

– Cela n'arrangera rien, fait-il brusquement. Au contraire, cela empirera les choses. Ne laisse pas ça tout détruire...

– Non, je réponds en caressant sa joue et en sentant ses poils irriter ma paume. Mon Dieu, tu es presque aussi borné que moi !

Il laisse échapper un petit rire.

– C'est peut-être pour ça qu'on s'entend si bien, dit-il en plaisantant.

– J'adore quand tu me mets au défi, continué-je doucement. La façon dont tu t'y prends est parfois si tordue. Mais je m'y fais maintenant. Je prends de la distance avec cela.

Il secoue la tête, de petites rides apparaissent au coin de ses yeux.

– Je t'ai traumatisée, Meg, tu me l'as dit, je le sais.

– J'étais traumatisée bien avant que l'on ne se rencontre. Tu as croisé mes parents. Il n'y a aucune chance pour que je sois un jour quelqu'un de normal qui se conduise de façon sensée. Si cela a marché entre nous, c'est parce que j'avais besoin d'être maltraitée. Tu sais, j'ai un nouveau boss aujourd'hui. Il est adorable. Il est tellement gentil que je m'ennuie à mourir dans ce boulot. Tu me manques.

Ses sourcils se soulèvent.

– Un nouveau boss ?, demande-t-il, suspicieux.

J'émets un petit rire.

– Il a soixante-cinq ans, est heureux en ménage et a trois enfants.

– Je n'ai pas confiance, estime Adrian. Il te reluque ?

En soupirant, je le ramène au sujet :

– Focus sur moi, s'il te plaît. Tu m'as entendue ? Tu me manques !

– Je t'ai entendue.

Il me tient serrée tout contre lui, sans un mot.

– Je ne veux plus que tu sois un sale mec, assuré-je. Ce n'est pas ce que je désire venant de toi. Mais je te veux dans ma vie. En revanche, je souhaite que tu continues à me pousser et à me défier. Et je ferai de même. Tu as besoin de quelqu'un qui te remette les idées en place. Je ne serai pas ta conscience parce que c'est cliché et condescendant et que je vaux mieux que ça. Mais je serai à tes côtés. Et quand tu me l'ordonneras, je me mettrai à genoux à tes pieds. Parce que j'en ai envie. Parce que j'adore l'effet que cela me fait quand tu me traites ainsi. Comme si j'étais la seule chose qui compte vraiment pour toi.

Je prends une grande inspiration.

– Je t'aime, Adrian. Et j'espère sincèrement que tu ne t'en serviras pas contre moi.

Il rit doucement et un immense soulagement le saisit.

– Tu sais quoi ? On va se chamailler tout le temps ! Il embrasse mon front. Et quand on n'aura plus aucun sujet sur lequel se disputer, on se querellera sur le temps depuis lequel on ne s'est pas disputé.

Je me blottis contre lui.

– Et on se réconciliera sur l'oreiller et on recommencera le lendemain.

– Cela va être épuisant !

– J'espère que tu es prêt !, déclaré-je en relevant ma tête vers lui, et lui vers moi, nos deux nez se touchant.

– La vraie question, c'est : l'es-tu, toi ?

Sa main descend le long de mon dos, douce, mais possessive.

– Étant donné les bruits que j'ai entendus, tu étais à deux doigts de rendre l'âme. Ou de cracher un démon. Tu crois que tu vas y arriver tous les jours ?

– Mais tu es tellement sûr de toi !

J'enroule ma jambe autour de sa hanche, il tressaille et se durcit.

– Mon Dieu, on dirait bien que tu n'as jamais fait jouir une fille avant moi !

D'un mouvement brusque, il me retourne sur le dos et je hurle de surprise en riant, juste pour entendre ma voix se briser alors qu'il me pénètre à nouveau avec douceur et dextérité. Je compte cinq battements de cœur avant qu'il ne soit bien profondément en moi et je laisse échapper un rire de gorge, ma tête reposant sur les oreillers.

– Promets-moi que jamais tu n'arrêteras de t'adresser à moi de cette façon, souffle-t-il en s'arrêtant. Pas encore.

– Je promets…

Je m'étrangle, ma poitrine va exploser.

– … Si toi tu promets de continuer à me prendre comme ça.

– Comme ça… ?

II sourit et recommence à bouger selon un rythme délibérément doux. Tout mon corps se cabre. Et je me mets à haleter, je veux plus, plus vite, plus fort.

– Oui, fais-je en gémissant, encore…

Et ça le fait rire.

– Il faut que je sois gentil avec toi de temps en temps, mon cœur, dit-il en m'embrassant avec douceur, sinon, tu n'apprécieras plus quand je serai brutal.

Mes doigts s'enroulent derrière sa nuque, je rapproche son visage du mien et lui susurre :

– Écoute-moi, c'est très important, OK ? Je veux que tu le saches…

Mon souffle se brise dans ma gorge alors que mon corps ne fait plus qu'un avec le sien, je gémis dans sa bouche.

– Tu. Es. Le. Pire.

– Oui c'est vrai, murmure-t-il contre mes lèvres, mais au moins, je t'aime.

Chapitre 19

INBOX

De : natalie@nataliemcbrideauteur.com
À : megatron_liberee@bmail.com

Baisse la tête, lève les fesses.

Je serai à la maison dans une heure.

De : megatron_liberee@bmail.com
À : natalie@nataliemcbrideauteur.com

OK Pitbull.

De : natalie@nataliemcbrideauteur.com
À : megatron_liberee@bmail.com

LINK : YouTube - Summer of 69 - Bryan Adams

De : megatron_liberee@bmail.com
À : natalie@nataliemcbrideauteur.com

LINK : YouTube - I Would Do Anything for Love (But I Won't Do That) - Meat Loaf

De : natalie@nataliemcbrideauteur.com
À : megatron_liberee@bmail.com

LINK : YouTube - Liar - Mumford and Sons

De : megatron_liberee@bmail.com
À : natalie@nataliemcbrideauteur.com

LINK : YouTube - She's Playing Hard to Get - Hi-Five

De : natalie@nataliemcbrideauteur.com
À : megatron_liberee@bmail.com

LINK : YouTube - Give Me Everything - Pitbull (ft. Ne-Yo, Afrojack, Nayer)

De : megatron_liberee@bmail.com
À : natalie@nataliemcbrideauteur.com

C'est bon, on a fait le tour.

Presse-toi, baby ! Quel est... le terme vinicole pour dire qu'un grand cru est prêt à être dégusté ?

De : natalie@nataliemcbrideauteur.com
À : megatron_liberee@bmail.com

Ouvre...

De : megatron_liberee@bmail.com
À : natalie@nataliemcbrideauteur.com

Oh vraiment, je regrette d'avoir employé cette métaphore, cela me semble un peu obscène.

De : natalie@nataliemcbrideauteur.com
À : megatron_liberee@bmail.com

Et tu ne l'es pas ?

De : megatron_liberee@bmail.com
À : natalie@nataliemcbrideauteur.com

Ramène tes fesses ici et tu verras bien…

INBOX – Actualisée il y a une minute (Dernière actualisation : deux heures)

De : megatron_liberee@bmail.com
À : natalie@nataliemcbrideauteur.com

LINK : YouTube – I Just Had Sex – The Lonely Island (feat. Akon)

Chapitre 20

A*drian*

Et finalement, c'est à cause de ses fossettes que j'ai osé.

Cela fait six mois que l'on sort ensemble et c'est encore trop peu. Mais après cinq ans de préliminaires, je piaffe toujours d'impatience. Je ne pense qu'à notre mariage. Oui, moi. Un mètre quatre-vingt-quinze, vêtu de costumes italiens impeccablement coupés, malveillant pendant les réunions, adepte de bourbon au déjeuner et l'air d'avoir baisé avec tous les mannequins d'Agent Provocateur. Je ne rêve maintenant que de taffetas et de fleurs tendres.

C'est absolument affreux.

Et très utile pour mon nouveau job. Je n'ai plus à faire semblant d'être une femme, les lecteurs me préfèrent en tant qu'homme. J'ai toujours l'avantage, c'est ce côté très romantique qui plaît aux lecteurs. Je prends mon temps pour écrire maintenant que je n'ai plus à le faire en cachette à mon bureau. J'y accorde plus d'importance. J'ai confessé au monde qu'Amanda était inspirée par une femme merveilleuse qui existe, et qui est l'amour de ma vie. Tous les jours, mes lecteurs postent des commentaires sur FB pour savoir quand je vais enfin me décider à l'épouser.

Bientôt, je leur réponds. Bientôt.

Bien entendu que les cloches de l'église vont sonner bientôt pour Dirk et Amanda. Et après, bien sûr, il y aura un bébé.

Et pour moi ?

Mon Dieu, je ne sais pas. Mais je pense avoir surpris Meghan en train de s'extasier sur des costumes de bébé pour Halloween sur Pinterest. Elle a fait comme si de rien n'était puis elle a affirmé que cet espèce d'engouement pour les bébés était un concept assez sexiste et insultant, elle a pris un air renfrogné et s'est mise à surfer sur des sites avec des beaux mecs en costume. Je ne comprends pas pourquoi elle a besoin de regarder des beaux mecs très chics, mais comme elle ne me pose heureusement pas de questions sur mes habitudes sur Internet, je laisse couler.

Cela ne me fait pas peur. Le bébé. Enfin pas autant que cela devrait.

Quelques semaines après que l'on a emménagé ensemble, Meghan a été licenciée. Elle n'aimait pas franchement ce job qu'elle a accepté après mon renvoi ; elle passe dorénavant tout son temps au refuge pour animaux qu'elle m'a persuadé de sauver. La rumeur court que le propriétaire va vendre et je pense que l'on sait tous les deux où cela va nous mener.

Peu m'importe qu'elle rentre à la maison en sentant le chien mouillé, elle a l'air tellement heureuse.

Pendant le dîner, je lui demande si elle peut se libérer quelques semaines. Elle file chercher une bouteille de vin à la cuisine et m'embrasse sur la joue en passant près de moi.

– Pourquoi ?

Elle sourit tout en s'énervant sur le tire-bouchon et renchérit :

– Merci d'en parler comme si cela comptait pour toi.

– Bien sûr que ça compte pour moi ! Je pose ma fourchette. Qu'est-ce que tu crois, que je me moque de toi parce que tu n'as pas un véritable job ? Tu n'es plus mon employée, tu es ma petite amie. Un minimum de courtoisie est requis.

Elle éclate de rire.

– Oh, tu as appris cela chez miss Manners ? Comme c'est mignon.

– Tu sais, quand tu me remercies quand j'agis comme un être humain, je me demande toujours où en est ta consommation d'alcool…

– C'est un encouragement très positif, mon cher.

Elle m'offre du vin, mais je refuse.

– Bon alors, si j'ai droit à un baiser sur la joue pour ne pas m'être moqué de ton travail de bénévole, je gagne quoi si je t'emmène à Hawaï pour notre anniversaire ?

Je me saisis de sa main avant qu'elle n'ait le temps de réagir, l'attirant suffisamment près pour la prendre par la taille et l'asseoir sur mes genoux.

Une étincelle s'allume dans ses yeux, mais je vois bien qu'elle joue les sales gamines trop gâtées.

– Et de quel anniversaire parles-tu ?

– Nos six mois.

Je sais parfaitement où cela va nous mener ; ma main me démange pour la fesser.

Plus tard. Bientôt.

Mais il est flagrant qu'elle n'attend que ça. Et dire que je voulais être tendre pour une fois.

– Tu sais ce que le mot « anniversaire » signifie, n'est-ce pas ?

Elle appuie son front contre le mien en se trémoussant sur mes genoux. J'y ai pensé toute la journée et j'étais déjà à moitié dur quand je l'ai touchée. Maintenant je le suis complètement.

– Je vais t'aider un peu. Cela a la même racine que « annuel ». Année. Rien à voir avec six mois, rajoute-t-elle.

– Tu sais qu'une gentille petite amie serait déjà à genoux, là…

Je la serre plus fort, lui mordille la nuque. Elle a une zone érogène juste derrière l'oreille et j'adore en abuser.

– Mais tu préfères tellement quand je suis vilaine.

Meg lisse ma cravate l'air de rien, en me regardant par en dessous.

Mon sexe se contracte en signe d'accord.

Je pousse un petit cri quand sa main vagabonde sur ma poitrine, puis essaie de trouver son chemin jusqu'à ma ceinture sans parvenir à la défaire.

– Alors, c'est tout ce à quoi j'ai droit alors que je suis un être attentionné et un merveilleux petit ami ? Une sale gamine ?

– Si tu cherches une excuse pour me retourner sur tes genoux, dit-elle en mouillant ses lèvres, tu es le bienvenu.

– Besoin d'aucune excuse, fais-je en bougonnant.

Elle n'arrête pas de se tortiller et je n'en peux plus.

– À genoux et finis ce que tu as commencé ! Et si je sens ta reconnaissance, je te dévorerai jusqu'à temps que tu hurles. Sinon, c'est la fessée et rien d'autre !

Elle fait la moue.

– Est-ce que je peux avoir les deux ?

Je la transperce du regard :

– NON.

Je mens très mal.

***

Et voici comment je me retrouve sur une plage de Hawaï avec mon ancienne secrétaire. Et je n'achète aucune bague de fiançailles avant de partir, car cela serait ridicule.

Naturellement j'y pense. J'y ai songé cette nuit-là quand elle m'a remercié pour le voyage, avec sa langue, avec sa bouche, et quand elle m'a véritablement remercié plus tard si sincèrement, avec tout cet amour qui éclaboussait son regard. J'y ai pensé encore quand elle s'est excusée pour être une vilaine fille trop gâtée, quand elle a repoussé mes cheveux en arrière, quand elle m'a avoué combien elle était excitée et combien j'étais merveilleux.

Et puis j'ai dû la dévorer jusqu'à ce que ma mâchoire me fasse tellement mal que je ne pouvais lui faire ma demande.

Et c'est le grand départ. On se tient par la main à l'aéroport. Je répète. On se tient par la main. À l'aéroport.

Et j'ai un sourire idiot tout ce temps-là sur le visage.

Tout va bien vraiment. Et je garde ce sourire jusqu'à ce que l'on arrive à la plage et qu'elle émerge de la cabine. Je songe alors que j'aurais dû la faire parader en privé dans ce maillot de bain avant. C'est quoi le problème avec moi ?

Le problème avec moi, c'est que l'on ne serait jamais venu sur la plage sinon. Et j'aurais eu raison.

Cela a été une véritable expédition pour en arriver là. L'été dernier, elle a dû acheter une dizaine de maillots de bain. Du maillot-jupette mièvre au traditionnel une pièce, du tankini au deux-pièces vintage à taille haute qui couvre pratiquement tout le corps. Tous superbes et désespérément sexy, mais celui-là signifie vraiment quelque chose. Quelque chose d'important.

C'est moi qui l'ai choisi. Je l'ai imaginée dedans, mais je ne l'avais encore jamais vue avec jusqu'à maintenant. Et à part réciter mentalement la table de Mendeleïev pour faire taire une érection extrêmement gênante, je suis submergé par le fait que je suis la seule personne au monde dont l'opinion compte pour elle.

Et si ce n'est pas de l'amour, c'est quoi ?

La réalité de la situation, c'est cela : il y a des gens sur la plage qui vont la désirer. Et je veux tuer chacun d'entre eux. Il y en a d'autres qui vont la regarder et la juger. Et je veux les tuer aussi. Mais plus doucement.

Et elle s'en fiche.

Cette confiance qui jaillit d'elle, c'est ce sur quoi je travaille soigneusement depuis ces six derniers mois. Et je ne peux que m'en féliciter car je sais ce que cela signifie exactement. Elle a choisi de me croire. De faire passer mon avis avant le jugement idiot d'inconnus. Elle a choisi de m'aimer.

À mi-taille dans l'eau, elle se retourne et me regarde.

– Tu viens ?

Le vent fait voler ses cheveux fous. Ce maillot de bain d'un bleu intense qui ne cache rien est un appel au crime et les seules choses que je regarde, ce sont ces deux fossettes-là au-dessus de ses fesses.

Vous voyez de quoi je parle. Si vous avez déjà admiré une femme avec des courbes en bikini, vous savez exactement ce que je veux dire.

Je la rejoins, lui attrape la main, l'attire tout contre moi.

– C'était une erreur, je murmure dans ses cheveux en observant les gens tout autour.

Elle émet un petit rire.

– De toute façon, il fait trop chaud ici, retournons à l'hôtel.

Cet ordre s'accompagne d'un glissement de doigts sous l'élastique de mon maillot de bain. Personne ne peut voir ce qui se passe entre nous, mais j'attrape son poignet.

– Arrête ça immédiatement.

Meg rit toujours.

– Tu voulais que cela arrive, n'est-ce pas ?, je reprends en l'accusant, mais je ne peux retenir mon sourire.

Elle se mord la lèvre du bas.

– Oui, je l'espérais, reconnaît-elle. C'est là où tu es le plus beau, quand tu as cet air sur le visage. Tu sais, comme si tu essayais vainement de ne pas visualiser ton sexe qui me pénètre.

Je laisse échapper un grognement. Ma main agrippe ses fesses à demi-nues, je songe que quelqu'un va arriver, me taper sur l'épaule et m'expliquer que c'est une plage familiale.

– Quand on rentrera, je te forcerai à te pencher en avant et à ouvrir tes jambes pour moi, je murmure dans son oreille, et tu ne bougeras pas tant que je n'en aurai pas fini avec toi. Et puis tu vas tenir ces seins parfaits bien serrés pour que je les baise ; je veux voir mon sperme couler sur ta nuque.

– Et puis ?, murmure-t-elle, collée à moi.

– Et puis, répété-je, es-tu vraiment certaine que tu vas jouir ? Tu as été très vilaine. Tu m'as excité devant tout le monde.

– C'est toi qui m'as offert ce maillot de bain, rappelle-t-elle. Si tu n'es pas capable d'y résister, retire-le.

– Oh, ça va venir, je concède avec un sourire indulgent, mais après qu'il soit proprement baptisé.

Il y a quelque chose de sauvage et de désespéré dans ses yeux.

– Viens, soupire-t-elle en tirant sur ma main.

Je la suis, ne sachant pas vraiment où elle va, puis je me rends compte que l'on se dirige vers les cabines au bout de la plage. Il n'y a personne, mais tout de même, je l'interroge du regard.

– Allez, Ryn, chuchote-t-elle. Elle mouille ses lèvres. Baby, je t'assure, ce n'est pas le moment de jouer les timides.

Je jette un œil derrière moi et ricane car la bataille est perdue d'avance. Je suis aussi dur qu'un roc et n'irai nulle part ailleurs, à moins que cela soit dans une de ces cabines de bain et, par voie de conséquence, dans sa bouche.

– Mais tout le monde va s'en apercevoir…

Je ne sais pas si les gens nous observent, mon cœur bat si fort que je n'entends même plus mes propres mots.

– Parfait.

Ses yeux étincellent alors qu'elle descend derrière moi le zip de la tente.

– Je veux que tout le monde soit au courant, ajoute-t-elle. Je veux que ces garces au corps parfait et aux lèvres en cul de poule, celles qui méprisent mon corps, me haïssent car c'est moi qui te suce.

J'émets un râle alors qu'elle m'enferme dans la tente, dans ses bras, dans le plus merveilleux des cercles de l'enfer.

Et c'est là que je comprends que je la veux pour femme. Mieux vaut tard que jamais.

***

Il est quatre heures du matin et je ne peux pas dormir.

Meg ronfle doucement à côté de moi. Elle dit que c'est faux et je ne vais pas me battre avec elle, je suis devenu ce genre de mec qui capitule. J'adore ses ronflements. Vraiment.

Je fixe le plafond. Si on rentre à la maison, si on quitte cette île, si on prend cet avion avant qu'elle ne soit devenue ma femme…

Non.

Tout doucement, je me lève et m'habille. Je ne sais pas exactement ce que je vais faire, mais je sais ce que je dois trouver.

Dehors, je hèle un taxi et me rends compte que j'ai laissé mon téléphone et la clé dans la chambre.

Bon. Tant pis. Au moins j'ai mon portefeuille.

Le chauffeur me lance un regard oblique quand je monte.

– Est-ce qu'il y a une bijouterie dans le coin ?

Il me fixe, sidéré :

– Mec, on est au milieu de la nuit.

– Je sais bien, fais-je en rouspétant. Vous pouvez m'aider ou pas ?

Il grommelle.

– Mon frère tient une boutique de prêteur sur gages. Je peux le réveiller, mais je ne suis pas sûr que ça lui plaise.

– Je peux vous assurer que ça va lui plaire, dis-je en sortant mon portefeuille.

***

En considérant ce que me propose le prêteur sur gages, il me vient à l'esprit que Meg pourrait ne pas apprécier l'origine du bijou.

Bien entendu, je pourrais faire ma demande sans bague, mais ce n'est pas pareil. Je commence à la connaître et je pense qu'elle s'en fichera. En fait, elle aimera l'idée que je ne contribue pas trop à la folle industrie du diamant. Mais si vous êtes un rien superstitieux, il y a quelque chose de bizarre à entamer une relation avec un arrière-goût de désespoir, d'échec et de vengeance.

En même temps, c'est nous.

Le frère du chauffeur de taxi est épuisé, mais mon allure d'homme riche semble le revigorer. Peu importe la façon dont je suis habillé, je pue le fric, c'est plutôt utile dans ce genre de situation.

Au début.

– Combien pour celle-là ?

Je montre une bague délicate et ancienne en or blanc. Je ne connais rien à la joaillerie, mais je crois que celle-là plaira à Meg. Et je suis certain qu'elle est à sa taille. Ce n'est pas trop ostentatoire, loin s'en faut, et cela me rappelle un de ses colliers qu'elle aime beaucoup.

Le chauffeur – qui s'appelle Peter – lorgne son frère et ce dernier le guette à son tour.

– Euh… deux mille, répond finalement le propriétaire de la boutique.

Je fronce les sourcils et affirme :

– Cela doit valoir beaucoup plus.

Normalement, je suis un très bon négociateur, mais je n'aime pas non plus rouler les gens. Et surtout pour un tel objet.

Il ricane.

– Personne ne m'en donnera plus. Mais si vous voulez me laisser quelques billets en supplément, ce n'est pas de refus.

– Pas de boîte ?

Pourquoi cela me surprend-il ?

– Déposez-la dans une coupe de champagne, suggère-t-il, les nanas adorent ça.

Soudain, un bruit épouvantable retentit à l'extérieur.

– Qu'est-ce que c'est ?, demandé-je à Peter, occupé à calculer sa part de commission.

– La pluie, répond-il calmement. Vous vous attendiez à quoi en venant ici au moment de la mousson ?

J'éclate de rire. Je n'ai pas du tout envisagé la météorologie en organisant ce voyage. Avant, c'était Meg qui s'occupait de cela pour moi.

– La pluie ? On dirait plutôt l'apocalypse !, je m'écrie en glissant la bague dans ma poche.

– J'ai vu pire, mais on a intérêt à se presser avant que la route ne soit coupée.

Eh merde !

***

Les essuie-glaces de Peter sont foutus, ils ne servent à rien. La radio hurle, Beyoncé chante que si je l'aime, je dois lui passer la bague au doigt.

C'est ce que j'essaie de faire.

Je me penche en avant.

– Pourquoi on ne roule plus ?

– Vous vous souvenez que je vous ai parlé des routes inondées, répond-il en laissant échapper un petit rire sarcastique. Il pleut, quoi. Mais vous êtes d'où ?

Il sait qu'il a déjà gagné son pourboire et il se moque de moi. Et Meg risque de bientôt se réveiller, cela fait longtemps qu'elle dort maintenant. Même si je l'ai épuisée.

Et je n'ai même pas mon téléphone pour la prévenir.

Tout est dingue, je suis complètement dingue, au moins Beyoncé est là pour me soutenir. J'aurais pu faire pire.

J'aurais pu faire bien pire.

– Mon père raconte cette histoire qu'il adore, explique Peter, vous savez ce qu'il y a de mieux à propos d'Hawaï ?

J'ai ma petite idée :

– Le temps ?

Il me regarde dans le rétroviseur.

– Vous comprenez vite.

– Eh merde…

Je sors quelques billets de mon portefeuille et les jette sur le siège avant.

– Merci pour tout, Peter, mais je vais rentrer à pied.

– Il y a près de huit kilomètres encore, assure-t-il, l'air ennuyé.

– Et alors, j'ai l'air d'une mauviette ?

– Non, mais… Il agite la tête. Vous l'aimez cette fille…

– Oui.

Et j'ajoute, la main sur la portière :

– Et puis cela vous fera une bonne histoire à raconter plus tard, vous pourrez vous moquer de moi.

– Nan, rétorque-t-il. Je me souviens quand j'ai rencontré ma femme. Vous savez tout de suite que c'est la bonne. Et même si vous avez le temps, vous avez l'impression que vous ne pouvez pas attendre. Vous allez l'épouser ici ?

– J'espère, avoué-je.

Il sort une carte de visite du tas de cochonneries qui jonchent le siège passager et me la tend.

– Voilà une très bonne adresse pour un mariage à la dernière minute. Ils sont assez habitués à ce genre de choses. Et au contraire de mon frère, ils ne vont pas essayer de vous rouler, même si vous êtes un riche *haole.*

Je range la carte dans mon portefeuille.

– *Mahalo*, Peter.

– *Aloha*, *my friend*, bonne chance.

Il me serre la main avant que je ne me précipite sous la pluie torrentielle.

***

Tous les gens sensés se sont abrités. Les touristes ne sont pas sortis et les autochtones contemplent, effarés, ce fou d'*haole* qui avance péniblement dans les rues, trempé jusqu'aux os.

– Ça va ?, s'écrie un vieillard alors que je passe devant lui.

Il est assis sous son porche, il observe le monde qui se noie.

– Oui, assuré-je, le bruit de ma voix couvert par la pluie. Je vais demander ma petite amie en mariage.

Il rit ; pas sûr que ce soit de moi.

De toute manière, je m'en fiche.

Je patauge dans des flaques de près de vingt centimètres de profondeur, tout est inondé. Mais je me rapproche. Malgré la chaleur de l'air, je suis complètement frigorifié.

Les lumières de l'hôtel sont un phare dans le lointain et je marche encore plus vite, mais la difficulté de l'escapade et ma nuit sans sommeil se font sentir. Quand je parviens enfin à l'intérieur, la pluie s'est transformée en bruine et la réceptionniste ne lève la tête que lorsqu'elle entend mes chaussures grincer sur le sol en marbre.

L'ascenseur met des heures à venir. Je prends une grande inspiration avant de frapper à la porte. Meg se rue sur la serrure presque instantanément. Je l'entends jurer alors qu'elle se bat avec le verrou et la porte s'ouvre, béante.

– Mais où… Oh mon Dieu, Ryn… Ses yeux s'écarquillent, elle me dévisage, étouffe un petit rire. Ça va ? Mais pourquoi…

– J'ai été surpris par la pluie, réponds-je en la rassurant, mais ne t'inquiète pas, cela ira mieux dès que tu m'auras essoré.

Elle glousse et me serre dans ses bras.

– On dirait un rat trempé, bébé ! Qu'est-ce qu'il y avait de si important pour que tu sortes en plein orage ?

– Il n'y avait pas d'orage quand je suis parti, marmonné-je en retirant ma chemise. La climatisation me fait frissonner. Je devais aller chercher quelque chose. Est-ce que tu peux monter le chauffage ?

– Enlève tes vêtements, ordonne-t-elle en se dirigeant vers le thermostat. Tu vas attraper froid.

– Tu ne peux attraper froid quand tu as déjà froid. Je lui fais les gros yeux en baissant ma braguette. On dirait que je fais quoi là ?

– File sous la douche, intime-t-elle, tout de suite. Et pour ton information, j'ai déjà attrapé froid alors que j'étais frigorifiée. Cela arrive.

– Oui, madame.

Aussi surprenant que cela puisse paraître, je ne me chamaille pas avec elle car j'ai quelque chose à effectuer d'abord.

Je retire la bague de ma poche avant d'ôter mon pantalon. Ce n'est pas vraiment ce que j'avais prévu. La demander en mariage en caleçon. Mais c'est comme ça. Je n'ai pas marché pour rien sous la pluie pendant des kilomètres, comme un héros de ces romans du XIXe, je ne peux attendre une seconde de plus.

J'attrape sa main et l'attire vers moi alors qu'elle se bat à nouveau avec le verrou.

– Viens là, Megs.

– Ne m'appelle pas comme ça. Elle sourit. Sérieusement, tu as besoin de…

Son visage se fige au milieu de la phrase. Elle me fixe, elle est en état de choc, ses yeux s'agrandissent puis se remplissent de larmes. Je ressens un petit moment de triomphe, parce que cette fille n'est pas exactement ce que l'on peut appeler romantique. Mais quand elle me voit le genou à terre…

– Adrian…, murmure-t-elle, l'air hébété.

Son visage est pâle malgré le hâle de sa peau.

– Chuttttttt, soufflé-je en pressant mes lèvres sur le dos de sa main. À moins que la réponse soit non. Alors tu peux partir et m'éviter cette humiliation tout de suite.

Sa main libre couvre sa bouche, des larmes dégoulinent sur ses joues. Ah, mon Dieu ! J'avais prévu un petit speech, mais je ne peux pas prolonger cela indéfiniment. En plus j'ai mal à la gorge. Peut-être que je suis en train d'attraper froid.

– Épouse-moi, Meg. C'est tout ce que je trouve à dire maintenant que je suis devant elle. Et cela ne signifie pas dans un futur vague, mais immédiatement, tout de suite. Enfin pas tout de suite, mais avant que l'on rentre à la maison.

J'embrasse chacun de ses doigts. Mes yeux me brûlent, j'ai l'impression que mon cœur va exploser.

– Je ne peux supporter l'idée de poser le pied sur le continent tant que tu n'es pas ma femme.

Avant que je puisse réagir, elle tombe à genoux et se jette à mon cou.

– Oh mon Dieu, murmure-t-elle, je veux dire, j'espérais que tu me le demanderais, mais je n'y croyais pas vraiment…

– Alors, cela veut dire oui ?, je lui demande en riant.

Je veux l'entendre le dire elle-même.

– Oui Adrian, oui. Bien sûr que oui. Elle couvre ma nuque de baisers. C'est pour cela que tu es parti au beau milieu de la nuit ?

Elle se recule suffisamment pour me regarder. J'acquiesce, je prends sa main gauche et lui enfile la bague, qui lui va parfaitement. Elle la fixe, captivée.

– Où as-tu pu trouver une bague de fiançailles à cette heure de la nuit ?, demande-t-elle en faisant tourner sa main pour que le diamant capte la lumière.

Je lui souris.

– Je me suis arrangé.

– Elle est magnifique, balbutie-t-elle, un peu essoufflée. Et… ancienne.

Ses yeux se plissent.

– Dis-moi, tu n'as pas détroussé une gentille petite grand-mère ?

Son visage est strié de larmes heureuses, c'est toujours ma Meghan.

– J'ai trouvé un endroit, avoué-je. J'ai eu de la chance. Le frère du chauffeur de taxi possédait une boutique. Il l'a ouverte pour moi. Mon charisme naturel. L'argent a bien aidé aussi.

Elle lit sur mon visage que je lui cache quelque chose, ce qui signifie qu'elle n'abandonnera pas tant qu'elle n'aura pas eu gain de cause.

– Quel genre de boutique ?

Je suis fichu.

– Une boutique de dépôt-vente.

Ce n'est pas vraiment un mensonge car c'est un service qu'ils offrent aussi.

Les coins de sa bouche se tordent un peu.

– Tu veux dire ce genre de boutique de dépôt-vente que l'on voit dans les shows de télé-réalité sur la chaîne A&E ?

Je voudrais faire une plaisanterie, mais j'abandonne.

– Peut-être…

– Peut-être, répète-t-elle en souriant et en regardant son doigt. Tu es un de ces magiciens, Ryn… Ses yeux scintillent en me regardant. Est-ce que cela ne serait pas dû à l'effet de mes fesses dans le mini bikini ?

– Ce sont tes fesses tous les jours et dans n'importe quoi !, réponds-je avec ferveur. Mais surtout dans le bikini, oui !

Elle éclate de rire, enroule ses bras autour de moi.

– Je le savais. Tu avais cet air sur la figure, comme si tu étais prêt à tomber et à m'adorer.

– J'espère que tu ne te fiches pas de moi. Ma dévotion à tes fesses est à prendre avec le plus grand sérieux.

Meg se recule, la malice brille dans ses yeux.

– Vraiment ?

– Vraiment, oui. Je l'embrasse profondément et elle soupire quand je me retire. Tu te poses des questions sur mon engagement ?

– Mais non, soupire-t-elle sans trop de conviction. Chacun fait sa cour à sa manière.

Oh non !

Je viens juste de demander cette femme en mariage et elle me provoque avec des intentions de débauche. Je savais que j'avais fait le bon choix.

– Est-ce que tu veux dire que j'ai négligé quelque chose ?

Je laisse ma main glisser le long de son corps et attrape la chose en question, puis reprends :

– Parce que tu sais, je suis très à cheval sur certains principes, j'aime garder une promesse pour la lune de miel.

Elle sourit, presse son corps contre le mien.

– Je me demandais juste… Si on se marie pendant que l'on est ici, est-ce que le reste de nos vacances devient notre lune de miel, forcement ?

Je souffle dans ses cheveux.

– Tu sais, c'était juste une plaisanterie, mais si tu le veux vraiment, je suis prêt à te faire attendre.

– Tu es très vilain, répond-elle en caressant mes cheveux. Elle sourit. Mais c'est une bague magnifique, et tu as traversé la mousson pour aller la chercher, donc je te pardonne.

– Vraiment ? J'essaie de me concentrer, avec effort, de ne pas regarder son corps sensuel. Tu te fiches de savoir que la précédente propriétaire l'a vendue pour se payer un avocat après avoir surpris son mari en compagnie de six prostituées ?

Elle siffle.

– Six prostituées, c'est beaucoup !

– Bah, avisé-je en haussant les épaules, elle a eu une grosse réduction, j'imagine. Enfin je ne sais pas.

– Bien.

Elle se mord les lèvres, et j'en perds mes bonnes résolutions.

– Pourquoi voudrait-on une réduction ? Ce n'est pas très chic, demande Meg.

– Une fois de plus, j'aimerais préciser que je n'ai jamais payé pour le sexe. Juste pour les souvenirs.

Meg éclate de rire.

– Naturellement. Et l'amour qui transfigure son regard adoucit les choses.

Enfin, certaines choses. Pas toutes, non, pas toutes.

– Et maintenant, est-ce que tu vas filer sous une douche brûlante ?, demande-t-elle doucement.

– Je jure que je n'ai plus froid.

Et pour que cela soit bien clair, je tourne mes hanches doucement vers elle, poussant mon sexe contre son ventre.

– Mais si cela te fait plaisir, naturellement, j'y vais.

– Bien. Donc, c'est entendu. Elle ferme les yeux un instant, me hume. Je t'aime, Adrian.

Jusqu'à maintenant, je n'avais jamais réalisé combien ce moment me faisait peur. Je songeais qu'elle pouvait dire non, penser qu'il était trop tôt, hésiter, ou…

À peu près tout hormis des larmes de bonheur et une fausse timidité face à la sodomie.

Je ne pouvais espérer mieux comme dénouement et je sais que je ne le mérite pas. Pas seulement ses fesses, mais tout ça.

– Je t'aime aussi.

Je n'ai pas compté le nombre de fois où je lui ai dit, mais c'est chaque jour encore plus vrai.

Elle se lève, prend ma main et m'aide à me relever. Puis elle m'emmène sous la douche, sous l'eau brûlante, où elle me rejoint, sans prendre le temps de retirer sa nuisette rose.

– Tu bousilles tout, grondé-je en résistant à l'urgence de me plonger en elle. Nettoyage à sec seulement…

– Oups !

Avec un gémissement, elle laisse une bretelle tomber sur l'épaule, puis l'autre, se tortille et se révèle complètement nue devant moi. Et peu importe le nombre de fois où je l'ai vue, c'est encore meilleur à chaque fois.

– Babe, je viens juste de décider un truc.

Je ferme les robinets.

– Tu sais, cette lune de miel dont on parle ?

– Oui ?
Ses yeux étincellent.
J'attrape une serviette :
– Elle commence maintenant.

Dépôt légal : juin 2017 – Numéro d'impression : 1704.0396
Achevé d'imprimer en France par Aubin Imprimeur.